# TRAITÉ
## DES RIVIÈRES
### ET
## DES TORRENS.

*Par le R. P. FRISI, Barnabite, Professeur royal de Mathématiques
à Milan, de la Société royale de Londres, de l'Institut de Bologne,
des Académies de Pétersbourg, de Berlin & de Stockolm, &c.
Correspondant de l'Académie royale des Sciences de Paris.*

Augmenté du Traité des Canaux navigables :

*TRADUIT DE L'ITALIEN.*

# A PARIS,
## DE L'IMPRIMERIE ROYALE.

M. DCCLXXIV.

# A MONSIEUR TRUDAINE,

CONSEILLER D'ÉTAT & ordinaire aux Conseils royaux des Finances & du Commerce, & Intendant des Finances.

MONSIEUR,

VOTRE amour & votre goût décidé pour les Sciences étant connus, j'ai cru ne pouvoir rien faire qui pût vous être plus agréable que de travailler, autant qu'il étoit en moi, à leur avancement. C'eſt dans cette vue que je me ſuis attaché principalement à la ſcience la moins connue en France, celle des eaux courantes, en communiquant à ma Nation les lumières que les Auteurs Italiens ont ré-pandues ſur cette matière intéreſſante, auſſi utile à l'Agriculture & au Commerce, que néceſſaire à la manutention de l'une des parties les plus eſſentielles de l'adminiſtration qui vous eſt confiée, ſur-tout depuis qu'il a plu à *SA MAJESTÉ* de réunir les canaux de navigation à vos autres départemens. Quoiqu'une ſimple traduction ſoit un objet peu digne de vous être préſenté, cepen-dant l'importance du ſujet & l'accueil favorable que vous avez fait à cet Eſſai qui ne paroît dans le public que ſous vos auſpices, me donnent lieu d'eſpérer que vous ne dédaignerez pas d'en agréer l'hommage; ſi mes vœux, à cet égard, ſont remplis, ma ſatisfaction ſera complète, &

ce sera le plus puissant aiguillon pour m'encou-
rager à consacrer mes veilles à la suite de cet
Ouvrage ; heureux si par mon travail je puis
mériter la continuation de vos bontés & de votre
protection !

Je suis avec le plus profond respect,

MONSIEUR,

Votre très-humble & très-
obéissant serviteur,
DESERREY.

# INTRODUCTION.

C'EST en Italie qu'ont été jetées les premières
femences de la Géométrie, de l'Algèbre, de la
Mécanique, de l'Optique & de l'Aftronomie, &
par fucceffion de temps ces Sciences fe font étendues au-de là des Monts & de la Mer. Galilée,
Cardan, Cavalieri, Viviani, Caffini, Borelli, Gri-
maldi, Manfredi, Grandi, ont été les génies moteurs
de l'heureufe révolution qui s'eft faite dans ces
Sciences pendant les deux derniers fiècles. Mais
ce n'eft pas à la Tofcane & à la Lombardie feules
que l'on eft redevable des grandes découvertes qui
ont été faites fur le Calcul, les loix du Mouvement & le Syftème du ciel. On en doit une grande
partie à la France, à l'Allemagne, à la Hollande
& fur-tout à l'Angleterre où l'heureux génie de
Newton a été au-delà des bornes qu'avoient at-
teintes jufqu'à lui les autres Gens de Lettres. L'architecture des eaux eft née, s'eft accrûe & prefque

entièrement perfectionnée en Italie, où l'on a traité tout ce qui concerne la théorie des torrens & des rivières, la conduite & la division des eaux claires & troubles, les pentes, les directions & les variations des lits, enfin toute l'Hydrométrie & l'Hydraulique. On est redevable de tous ces ouvrages à Castelli, Viviani, Zendrini, Eustache Manfredi & sur-tout à Dominique Guglielmini qui nous a laissé son grand Ouvrage *sur la nature des rivières ;* Mariotte, Picard, Genneté & quelques autres célèbres Ultramontains n'ont ajouté que peu de chose à nos Auteurs à qui M. d'Alembert, dans son *Diction-naire Encyclopédique,* attribue les principaux progrès qui ont été faits dans ce genre.

Les spéculations des Italiens n'ont pas été bornées au seul honneur de composer des livres, elles ont encore beaucoup influé sur la salubrité de l'air, la commodité de la navigation, la fertilité & la sûreté des campagnes. Le Pô qui, autrefois divisé en plusieurs branches entre Parme & Plaisance, rendoit marécageuse une partie de la Lombardie, a été circonscrit par des chaussées & restreint à un seul lit d'une profondeur convenable, tandis que le Grand-Rhin divisé & subdivisé en Hollande a élevé considérablement

confidérablement fon fond, & met chaque jour dans
une fituation plus malheureufe les terres voifines
qu'il menace continuellement d'une ruine entière.
Le celèbre Muratori, dans la *vingt - unième Differta-*
*tion fur les antiquités du moyen âge ,* en nous donnant
la Géographie-phyfique de la Lombardie, dans le
neuvième & le dixième fiècle, nous a fait voir clairement combien, depuis cette époque, avoit gagné
l'Agriculture depuis le Tefin jufqu'à la mer Adriatique. Depuis cette même époque on a auffi bonifié
en Tofcane une grande partie du val d'Arno, du
val de Chiana, ainfi que des plaines de Livourne
& de Pife. Le mécanifme d'arrofer les campagnes
a été porté au dernier degré de perfection dans le
canal de Muzza que l'on a dérivé de l'Adda, &
diftribué & réparti dans tout le Lodefan. Les autres
canaux navigables que l'on a creufés par d'immenfes
travaux de l'Adda, du Tefin, du Réno & de tant
d'autres rivières, ont été de la plus grande utilité
au commerce de nos Provinces. La découverte des
éclufes & des retenues d'eau, faite dans le quinzième
fiècle, & mife en pratique dans le Padouan, a préparé la jonction que Léonard de Vinci a faite enfuite
à Milan, des deux canaux navigables de l'Adda &

du Tefin; & cette jonction a depuis fervi de modèle
& de méthode à plufieurs autres canaux navigables,
& principalement à celui de Languedoc.

Le Réno & le Pô font les deux rivières qui ont le
plus occupé les Mathématiciens d'Italie. Anciennement le grand Pô arrivoit jufqu'à Ferrare & recevoit
avant d'y arriver le Panaro & le Réno, & quelques
milles au-deffous, à la pointe du Poléfine de Saint-
George, il fe divifoit en deux autres branches appelées de *Primaro* & de *Volano.* Dans le douzième
fiècle, une partie du Pô fe détourna fur la gauche
un peu au-deffus du confluent du Panaro, & forma
une autre branche qui fut appelée, dans la fuite,
de *Venife* ou de *Lombardie.* Le Pô de Venife gagna
fucceffivement fur la branche de Ferrare, & dans
le fiècle paffé, il acheva de l'abforber entièrement.
Cette époque, fi fatale au commerce & à la navigation de cette illuftre Ville, a été poftérieure de
quelques années au temps ou le Réno ceffa de fe
jeter dans le grand Pô. Ce fut en 1604 que le
Réno, arrêté par les atterriffemens de la branche
de Ferrare & par la rareté des eaux qui devenoit
de jour en jour plus grande, fe répandit dans les
vallées de la Sammartina. Ces vallées furent bientôt

bonifiées par les abondans dépôts du Réno, & élevées au point que le Réno ne pouvant plus y couler avec ses eaux, franchit ses digues au-dessus, & inonda les campagnes les plus belles & les plus fertiles du Boulonois. Les cinq autres torrens inférieurs, la Savena, l'Idice, la Centonara, la Quaderna & le Sillaro finirent aussi leurs cours au-dessus de ces campagnes. Toutes ces eaux courant sans bords & sans lits, formèrent de grandes vallées, desquelles elles ne pouvoient sortir qu'en partie & lentement en se rendant à la mer par l'ancien & tortueux lit du Primaro. Un spectacle aussi triste intéressa vivement les Mathématiciens les plus illustres de l'Italie, & donna lieu, sinon à remédier à de si grands maux, du moins au degré de perfection auquel on a porté la science des eaux courantes.

Castelli, Cassini, Viviani, Guglielmini, Grandi, Manfredi & plusieurs autres proposèrent d'ôter la cause de tous ces dommages, en faisant rentrer le Réno dans le grand Pô. Ils surent résoudre d'une manière supérieure toutes les difficultés physiques & hydrométriques que l'on formoit contre ce projet, mais les difficultés politiques obligèrent finalement à l'abandonner. Ce projet une fois rejeté, tous les

autres qui furent propofés fe réduifoient en fubftance à deux; le premier étoit de former un lit aux
eaux parmi leurs propres alluvions, dans la partie
inférieure de la campagne où elles fe répandent
actuellement, & de faire fervir à leur décharge le
tronc inférieur du Primaro : le fecond de détourner le Réno au-deffus des vallées & des ruptures
en lui pratiquant un nouveau lit qui commençât
quelques milles au-deffous de Boulogne, reçût en
chemin tous les autres torrens inférieurs, & les
portât réunis & revêtus de chauffées jufqu'à la mer.
Guglielmini accrédita le premier projet; Euftache
Manfredi combattit victorieufement le fecond. Gal-
liani & Gabriel Manfredi formèrent le projet d'un
foffé de huit milles qui pût donner aux eaux du
Réno une iffue favorable dans le Primaro,& recueillir
en même temps les eaux de la Savena & celles de
l'Idice. Ce fut le célèbre foffé Bénédictin qui auroit
certainement changé la face du Boulonois s'il n'étoit
pas furvenu tant d'accidens dans fon exécution. Le
principal de ces accidens fut que, l'Idice devant
tomber dans le foffé de la hauteur d'environ 18
pieds, & étant mal foutenu par une foible éclufe
pofée à fon embouchure, cette éclufe ayant été

rompue, ce torrent s'eſt conſidérablement abaiſſé & élargi; & a tranſporté de ſon fond & de ſes bords rongés une ſi grande quantité de terre & de ſable dans le foſſé, qu'elle l'a comblé en grande partie ; un autre accident eſt ſurvenu, c'eſt que les chauſſées qui étoient fondées ſur le fond mou- vant d'une vallée par où l'on avoit été obligé de faire paſſer le foſſé, n'ont pu ſe ſoutenir. Le pre- mier accident influa beaucoup ſur le ſecond en ce que les atterriſſemens, formés par l'Idice, ne laiſſant pas aux eaux du Réno une iſſue libre vers le Primaro, rendirent encore plus graves les conſé- quences des ruptures qui ſe formèrent dans les parties ſupérieures.

Je m'étois déterminé à aller voir la ville de Rome en 1760, dans le temps que les Mathématiciens de Boulogne & de Ferrare étoient fortement occupés des controverſes des eaux. Les premiers propoſoient de réparer le foſſé Bénédictin, & de porter toutes les eaux dans le Primaro, en le revê- tiſſant ſur la droite d'une chauſſée neuve, & en relevant & réparant l'ancienne chauſſée ſur la gauche. Les ſeconds repropoſoient, avec quelques changemens, l'ancien projet de faire un nouveau

lit au Réno & aux autres torrens ; & ils objectoient
principalement contre le premier projet, que le
Primaro, dans l'efpace de dix milles depuis le foffé
Bénédictin jufqu'à la Baftia, étoit fort irrégulier &
tortueux, & avoit peu de pente de fond ; que conféquemment en y raffemblant toutes les eaux du
Boulonois, on mettroit en grand danger le bas
Poléfine de Saint-George qui y confine. Ce fut
pour moi un commandement fuprême qui m'en-
gagea à entrer dans cette grande difpute. Je crus
qu'il ne devoit feulement pas être queftion de
penfer au projet de former un nouveau lit pour
y raffembler toutes les eaux, & que l'on pouvoit
fuffifamment pourvoir aux intérêts du Ferrarois, en
continuant le foffé Bénédictin directement jufqu'à
la Baftia, l'efpace de fept milles à travers de la plus
étroite fection de la vallée de Marmorta, où le
terrein eft le plus ftable & a le plus de confiftance.
Les autres tempéramens qui me parurent propres
à faire adopter par les deux parties, le projet du
Primaro, fe réduifoient principalement aux cinq
chefs fuivans : 1.° de former un lit au Réno parmi
fes propres alluvions, depuis les ruptures jufqu'au
commencement du foffé Bénédictin : 2.° d'enlever

les dépôts de l'Idice, de fermer les ruptures du foffé
& de l'achever : 3.° de faire rentrer dans le foffé
la Savena, & d'affurer l'embouchure actuelle de
l'Idice : 4.° de faire paffer par un aqueduc pratiqué
fous le lit de l'Idice, les écoulemens des eaux des
campagnes qui fe trouvent entre l'Idice & la Savena : 5.° de faire la jonction de la Centonara à
la Quaderna, & de réunir enfuite la Quaderna au
Sillaro jufqu'à la Baftia. Ce projet fut alors accepté
& foufcrit unanimement par les Mathématiciens
de Boulogne & de Ferrare.

De cette manière ce projet n'étoit fimplement
qu'ébauché, & je m'étois réfervé de déterminer
fur l'infpection des lieux toute la fuite & l'ordre des
travaux. Après avoir tout obfervé moi-même, &
examiné fcrupuleufement tous les nivellemens qui
ont été faits par des Savans des parties intéreffées
dans toute la plaine du Boulonois, j'ai dit plus
précifement mon fentiment, dans le Livre imprimé
à Lucques en 1762, fur la manière de régler les
rivières & les torrens, principalement ceux du Boulonois & de la Romagne. Depuis ce temps la
difpute eft devenue fi bruyante, & les Écrits pour
& contre tous les projets fe font fi fort multipliés,

que pour y ajouter quelque chofe de plus je n'ai pas voulu abandonner des études plus tranquilles, & principalement celle de l'Algèbre. A Rome, la Congrégation des eaux s'occupa de quatre projets différens, deux defquels étoient de faire un nouveau lit qui commençât de la Sammoggia un peu au-deffous du confluent du Lavino, & reçût enfuite le Réno & les autres torrens & écoulemens, & les portât, tous réunis, par des endroits plus ou moins élevés, dans le Primaro à Saint-Albert, environ fix milles au-deffus de fon embouchure dans la mer. Les deux autres projets étoient pour la continuation du foffé Bénédictin, l'un dans la partie fupérieure de la vallée de Marmorta jufqu'à Saint-Albert; l'autre dans la partie inférieure de la même vallée jufqu'à l'embouchure du Santerno dans le Primaro. Ces quatre lignes ayant été rejetées, on ordonna une vifite de trois Mathématiciens qui étoient chargés de propofer quelque tempérament. Ils furent d'avis qu'il n'y avoit rien à craindre pour le territoire de Ferrare, en conduifant immédiatement dans le Primaro toutes les eaux du foffé Bénédictin, & au furplus ils convinrent entièrement des premières idées de réparer le foffé, d'y faire

rentrer

rentrer la Savena, de faire l'aqueduc fous le lit actuel de l'Idice, & de réunir au Réno, la Quaderna & le Sillaro. Les chofes étant en cet état, j'ai bien voulu permettre une réimpreffion du préfent Traité que j'ai augmenté de différentes obfervations que j'ai faites dans mes voyages de-çà & de-là des Apennins, des Alpes & de la Mer.

# TABLE DES MATIÈRES.

# LIVRE SECOND,
### *Des viteſſes & des pentes des rivières.*

Fin de la Table.

## *Avis au Relieur.*

LA Carte du cours du Primaro doit être placée à la fin *du Traité des Rivières.*

Le Plan du canal de Suède doit être placé à la fin *du Traité des Canaux navigables.*

DE LA MANIÈRE

# DE LA
# MANIÈRE
## DE
## RÉGLER LES RIVIÈRES
## ET LES TORRENS.

## LIVRE PREMIER.
*Des Rivières & des Torrens qui coulent fur*
*le gravier.*

### CHAPITRE I.er
*De l'origine des Rivières.*

UN Philofophe folitaire peut, dans le filence de fa bibliothèque, former des doutes & mettre en queftion de favoir fi les rivières tirent leur origine de la mer plutôt

A

que des pluies & des neiges fondues. Un Philosophe voyageur ne peut avoir à ce sujet aucun doute, lorsqu'il portera les yeux sur le lit de quelque rivière, & qu'il voudra prendre la peine de la remonter jusqu'à sa première source. Étant chargé de tracer le grand chemin auquel on travaille actuellement, & qui conduira de Modène à Piftoie, par la province du Frignano, j'ai été obligé de suivre le cours du Panaro jusqu'à la montagne de Boscolongo, & descendant ensuite par la partie opposée, j'ai côtoyé pendant plusieurs milles le torrent Lima. Une autre fois, pour mon plaisir, j'ai remonté la rivière de Magra depuis son embouchure à la mer, près de Sarsanne, jusqu'à sept milles au-dessus de Pontremoli, & je me suis transporté jusque sur les sept sources, qui dans le point de leur réunion, commencent à prendre le nom de Magra. Ensuite ayant passé la cime de la montagne, j'ai vu à la distance de moins d'un demi-mille les douze premières sources du Taro que j'ai suivi pendant plusieurs milles. J'ai eu diverses occasions de côtoyer long-temps d'autres rivières, & il m'a paru qu'il n'y avoit pas lieu de pouvoir soupçonner qu'elles tiraffent leur origine d'ailleurs que des causes météorologiques des pluies & des neiges.

En remontant le lit d'une rivière, on voit son fond parsemé de matières toujours plus grosses, & on s'aperçoit que dans des espaces égaux, la chute des eaux devient plus grande & que leur quantité diminue. Cette diminution s'opère par une suite continuelle de très-petites différences & par une dégradation telle, qu'il faut l'avoir fous les yeux pour s'en former une jufte idée. Le tronc principal de la rivière fe forme de plufieurs autres moindres branches , & celles - ci d'une grande quantité de rameaux , par degrés toujours plus petits. Tout le fond & les bords du récipient & des autres affluens font parfemés d'une quantité innombrable de très-petites veines, qui fourniffent continuellement de très-petits filets d'eau. Les premières fources font très-petites ainfi que toutes les premières rigoles , qui partant de tant de différentes parties , vont fucceffivement former ou groffir la rivière : on les voit diftiller & couler goutte-à-goutte des côtes humides , des collines & des montagnes; la terre dans les environs eft tellement imbibée & comme faturée d'eau, qu'en quelque endroit qu'on y faffe un creux, il s'en trouve tout d'un coup rempli; enfin il eft vifible que c'eft de la croûte même de la terre d'où fortent petit-à-petit & par tous les points de fa fuperficie, toutes les eaux courantes, & c'eft une rèverie phyfique d'imaginer des conduites fouterraines qui portent toute une rivière de la fuperficie de la mer jufqu'à la cime des montagnes.

Pour voir encore plus clairement cette vérité, il faut obferver que la quantité d'eau que porte ordinairement une rivière, eft très-petite en comparaifon de celle qu'elle porte dans le temps des grandes eaux & des moyennes eaux. Les rivières, dans les grandes eaux, croiffent à plufieurs doubles de leur hauteur. La Seine au pont-royal de Paris n'a quelquefois en été que trois pieds ou trois pieds & demi de hauteur, & dans les grandes eaux des années 1714, 1719, 1760, elle eſt montée juſqu'à la hauteur de vingt pieds & demi *(a)*. Le Pô dans les grandes eaux ordinaires quadruple ſa hauteur ; ainſi en ſuppoſant que la largeur du lit ſoit la même, le Pô dans un ſeul jour de grandes eaux, donneroit autant d'eau qu'en huit jours dans les eaux baſſes. Si l'on ajoute à cela le grand élargiſſement du lit dans les grandes eaux, & ſi l'on fait attention que le Pô a ordinairement deux ou trois grandes crûes d'eau chaque année, chacune deſquelles dure quelquefois trente ou quarante jours, & qu'il y a en outre pluſieurs autres crûes d'eau moyennes, il n'y aura point de difficulté à convenir que la plus grande quantité d'eau eſt celle qu'il porte dans ſes crûes. Or il ne peut y avoir aucun doute que les crûes d'eau ne viennent uniquement des pluies ou des neiges. En effet, on ne voit jamais croître une rivière ſans qu'il y ait eu des pluies abondantes ou ſans qu'on ne ſache qu'à la montagne il y a eu une grande fonte de neige. Les payſans ont des ſignes certains des prochaines crûes d'eau ; dans l'air, dans les vents, ou dans les autres météores, & ils ſavent retirer à propos ce qu'il convient, du lit de ces torrens qui ſe gonflent quelquefois ſubitement.

Nous avons une autre preuve de cette vérité en Italie,

***

*(a)* En 1740 il y eut 25 pieds.
   1751.......... 21.
   1763.......... 22$\frac{1}{2}$.

où les montagnes & les collines font compofées, en
grande partie, de terrein qui a peu de confiftance. La
Tamife & les autres rivières d'Angleterre ne tranfportent
point avec elles, des lieux d'où elles viennent, une
grande quantité de matières, & confervent fuffifamment
leur clarté, même dans le temps des grandes eaux. C'eft
par cette raifon que les arches de l'ancien pont de
Londres, & celles du nouveau pont de Weftminfter font
également libres, & que le fond de toute la rivière ne
s'eft pas élevé fenfiblement. Parmi nous, les eaux qui
tombent fur le haut des montagnes en détachent &
portent avec elles une grande quantité de matières différentes. Les fables les plus gros, les graviers & les pierres
font pouffés irrégulièrement par l'impétuofité des eaux
mêmes, & font précipités çà & là fur le fond des rivières,
fans aucune direction déterminée, & abandonnés fucceffivement à différentes diftances. Les pierres les plus
groffes & les plus irrégulières reftent toujours dans les
troncs fupérieurs des rivières, & la chute & la force
diminuant dans les parties inférieures, les eaux ne pouffent
plus en avant que les pierres rondes, les graviers & les
cailloux par degrés toujours plus petits. Les gros fables
s'étendent au-delà des dernières limites des graviers. Les
fables fins, les parties terreftres & autres de femblable
nature, ayant une gravité fpécifique très-peu plus grande
que celle de l'eau, font foulevés du fond par la violence
du mouvement, & au moyen de la difficulté qu'ils trouvent
à redefcendre, ils forment un même corps avec l'eau &

lui ôtent la transparence; c'est par cette raison qu'elles sont proprement appelées *troubles*. Le changement de couleur que l'on voit dans le premier gonflement des eaux, est un indice certain du chemin & des lieux d'où elles viennent.

Il y a encore une autre observation importante à faire; toutes les grandes rivières & leurs affluens commençant à différentes distances, leurs crûes n'arrivent pas dans le même temps; & en supposant une pluie uniforme dans les montagnes, ou une fonte de neiges subite, les torrens qui ont moins de chemin à parcourir pour arriver à un lieu déterminé, sont les premiers à y porter les grandes eaux. Ainsi il arrive souvent qu'un affluent est trouble, tandis que le récipient est clair, & qu'au contraire la crûe d'eau de l'affluent étant passée, le seul récipient reste trouble. C'est alors que l'on peut voir sensiblement l'eau de l'affluent se tenir, pendant un long espace, contiguë à son propre bord sans se mêler en aucune manière avec celle du récipient. Cela a déjà été remarqué par le P. Grandi, & par plusieurs autres, dans le Tésin & le Panaro, affluens du Pô, lors des visites faites dans ces parties par autorité publique; & je l'ai pareillement observé aux embouchures du Tésin & du Lambro. J'y ai en outre observé, que comme les terres sur lesquelles tombent les eaux qui font grossir ces rivières sont différentes, les troubles qu'elles portent sont aussi de qualités différentes. A ces variations qui naissent de la différence des lieux, il faut ajouter celles occasionnées par la différence des temps. Les changemens arrivés dans ces derniers siècles, dans la superficie des montagnes, la coupe des buissons & des bois; la culture que l'on a entreprise très-mal à propos sur les côtes les plus rapides, font les funestes causes qui font que les eaux de pluies transportent dans le lit des rivières une plus grande quantité de matières qu'elles n'y en transportoient anciennement, parce que les empêchemens causés par les bruyères & les plantes étant ôtés, les eaux retombent plus vîte & en plus grande abondance dans les rivières, & passant sur des terreins remués par la charrue & par la bêche, elles se chargent de sable, de terre & de pierres, plus qu'elles ne le faisoient par le passé.

Enfin tous les phénomènes des grandes eaux, l'ordre avec lequel elles croissent ou diminuent, les matières qu'elles portent avec elles, tout nous fait voir clairement qu'elles tirent leur origine des eaux qui tombent sur les plans inclinés des montagnes & dans le lit des rivières; & attendu que la plus grande quantité d'eau, ainsi qu'il a été ci-devant observé, est celle que portent les rivières dans les grandes & moyennes eaux, il ne seroit pas raisonnable de ne vouloir pas reconnoître que les basses eaux des rivières ont la même origine. D'un autre côté, il est certain que de quelque manière que pussent nous parvenir les eaux de la mer, secouées, filtrées, & s'il est possible rendues douces dans les entrailles de la terre, elles seroient toujours différentes des autres eaux qui tombent immédiatement du ciel. Or l'eau d'une rivière haute ou basse est toujours de la même qualité. A Paris & à Londres

où l'on boit toute l'année l'eau de la Seine & de la
Tamise, lorsqu'on l'a passée par les mêmes filtres &
qu'on l'a purgée de toutes les parties terrestres, on n'y
trouve aucune différence de goût ni de couleur, dans
les différens temps & les différentes saisons de l'année.
La Chimie elle-même n'a pu parvenir à y découvrir
quelque différence sensible. Il faut donc en conclure que
les eaux des rivières, soit hautes, soit basses, soit dans
les temps de pluie ou de sécheresse, tirent leur origine
des mêmes causes.

En outre les sécheresses que l'on ressent quelquefois
dans les plaines, sur-tout en été, n'ont jamais lieu sur la
cime des montagnes. La quantité absolue des pluies qui
tombent chaque année devient plus grande à proportion
que les lieux sont dans une moindre distance des côtes,
des montagnes les plus élevées. A Paris elle est d'environ
18 ou 20 pouces. A Milan elle est d'environ 40 pouces,
& en 1765 elle a passé 47. Dans les montagnes de la
Garfagnana, elle va de 90 à 100 pouces. Les tempêtes
& les pluies sont toujours plus fréquentes & plus abondantes dans les lieux montueux. Les cimes des Apennins
& des Alpes sont couvertes de neige, même en temps
d'été. Les brouillards qui enveloppent les montagnes y
entretiennent une humidité perpétuelle & tiennent lieu
d'une pluie continuelle & invisible. Il y a donc sur les
montagnes une quantité d'eau suffisante pour alimenter
perpétuellement les sources des rivières, même dans le
temps que les basses plaines éprouvent les plus grandes
sécheresses,

fécherefses. Ainfi il eft inutile de s'étendre dans tous les
calculs par lefquels Mariotte, Halley & plufieurs autres,
partant de différentes hypothèfes très - incertaines de la
vîtefse & de la portée des rivières principales, ont voulu
prouver que la quantité d'eau qui tombe annuellement
du ciel, foit en pluie, foit en neige, eft beaucoup plus
grande que celle qui eft tranfportée par les rivières ; parce
que c'eft un fait de pure infpection que toute l'eau des
torrens & des rivières, dans les grandes & les moyennes
crûes d'eau, eft portée dans leurs lits par les neiges fondues
ou par les pluies générales qui arrivent principalement au
printemps & en automne ; & c'eft encore un pur fait que
les pluies, les brouillards & les neiges perpétuelles des
montagnes fourniffent le reftant dans les plus grandes
fécherefses de l'été.

Les grands réfervoirs & les concavités qui fe trouvent
fur la cime des montagnes, font remplis par les grandes
pluies, & la quantité de l'évaporation étant moindre, on y
trouve toute l'année des lacs. On en trouve quelques-uns
fur les montagnes de Piftoie, vers l'origine de l'Ombrone
& du Reno ; & j'en ai vu plufieurs autres en divers lieux.
Scheutzer & Vallifnieri fe font imaginés que ces lacs &
autres réfervoirs d'eau étoient comme autant de fiphons
creufés & continués dans la craie, dans le tuf & les
pierres qui compofent l'offature des montagnes qui fervoient d'aliment aux premières fources des rivières qui
furgiffent quelquefois de la cime des autres montagnes
plus baffes. Pour moi j'ignore s'il y a des fources fur le

B

fommet des montagnes ; je les ai toutes trouvées éparfes
çà & là fur leur penchant. J'ai obfervé en outre qu'aux
environs des fources , toute la terre étoit humide & comme
faturée d'eau. Il eft certain que les fentes & les petits
canaux des terreins incultes qui fe trouvent fur le haut des
montagnes , permettent aux eaux de pluie de pénétrer &
de s'infinuer jufqu'à de notables profondeurs , au contraire
de ce qui arrive dans les terreins cultivés des plaines où
il n'y a que la croûte qui foit pénétrée d'humidité. Il
n'eft donc pas néceffaire d'imaginer aucun fyftème. La
quantité des pluies & des neiges tombées & fondues , la
qualité des terreins qui s'en imbibent fur la cime des
montagnes , l'inclinaifon des plans qui les laiffent couler
dans les baffes plaines , fuffifent pour expliquer les phénomènes que l'on obferve dans l'origine , dans le cours
& dans le gonflement de toutes les rivières.

## CHAPITRE II.

### *Des Matières que tranfportent les Rivières.*

Nous avons remarqué dans le Chapitre précédent , par
quelle dégradation fucceffive on rencontre , en defcendant
le lit de quelque rivière , premièrement les pierres les
plus groffes & les plus irrégulières , enfuite les pierres
rondes , fucceffivement plus petites , après le gros & le
menu gravier , & enfin le fable & la terre pure. C'eft un
fait que l'on obferve par-tout conftamment , refte à en

déduire la cause. Guglielmini, dans le Chapitre sixième, de la nature des rivières, a cru que les sables n'étoient autre chose que des petits morceaux de pierre pulvérisés, de même que les pierres sont souvent composées de sables unis ensemble. Il a observé en outre que les pierres poussées par l'impétuosité de l'eau, courant l'une sur l'autre & se frappant entr'elles, devoient se froisser & s'user continuellement. Il a pensé que le poli des graviers des rivières étoit un signe manifeste de leur usure; & que le murmure continuel que l'on entend dans le lit des rivières qui charient des graviers, étoit moins l'effet du choc réciproque de l'eau que du battement continuel des pierres; & enfin il a assuré que les pierres en se choquant & en se froissant impétueusement entr'elles, s'arrondissoient, diminuoient toujours de masse & se résolvoient peu-à-peu en gravier gros & menu, & enfin se trituroient & se dissolvoient en simples sables. Pour moi je crois que les pierres rondes, les graviers & les sables sont des corps originaires préparés par la Nature, & répandus par tout le globe; que les pierres en courant & roulant dans le lit d'une rivière, peuvent y recevoir un plus grand degré de poli, & que les sables peuvent s'atténuer de plus en plus; que les pierres & les graviers en se choquant réciproquement & se froissant avec quelque force que ce puisse être, ne peuvent jamais se résoudre en sables; & finalement que la dégradation continuelle de ces matières dans les rivières, provient de la diminution de la chute & de l'impétuosité des eaux courantes qui abandonnant,

dans les parties supérieures , les pierres les plus grosses
& les plus irrégulières, ne peuvent transporter à de plus
grandes distances que les pierres rondes & les graviers
par degrés toujours plus petits.

En premier lieu , quelles que soient la force & l'effet du
frottement dans le lit des rivières , il faut nécessairement
accorder que les sables répandus & amassés en si grande
abondance dans les montagnes , dans les plaines & même
fous la terre , font des sables originaires & aussi anciens
que la formation de notre globe. En effet , quelles
pourroient être les causes matérielles qui pourroient
avoir concouru accidentellement à former les couches
immenses , profondes & uniformes des sables de la Nu-
midie , des vastes déserts de la Tartarie & de tant d'autres
plaines éloignées de toutes les rivières & de la mer !
Dans les plaines même qui font arrosées par les rivières
& les torrens , & où il se trouve de très-grandes couches
de sables , il n'y a aucune analogie entre la distribution
des couches & le cours des rivières & des torrens. On
voit dans les Mémoires de l'Académie Royale des Sciences
de Paris, *année 1746*, que M. Guettard en nous donnant
la carte minéralogique de la France & de l'Angleterre, &
observant la distribution & le gissement des trois bandes de
gravier, de sable & d'argile , est convenu que les matières
qui s'y trouvent entrent originairement dans la composition
du globe terrestre. Les couches souterraines de sable
& de gravier que l'on a découvertes en Lombardie , en
Hollande & en plusieurs autres lieux , font si abondantes

& fi profondes que l'on ne peut pas croire que ce foient
des matières triturées & dépofées par les rivières. On trouve
auffi dans les collines & dans les montagnes, où il n'eft
pas vraifemblable qu'il y ait jamais eu aucune rivière, une
immenfe quantité de fables & de graviers gros & menus.
M. Targioni, dans fes Voyages de la Tofcane, nous a
laiffé une ample defcription des différentes couches de
toutes ces matières que l'on rencontre dans plufieurs collines. A Saint-Loup, à Saint-Caffien & en d'autres lieux
où le chemin eft creufé dans la montagne, tous les paffans
peuvent obferver la difpofition des couches de fables, de
graviers & de pierres rondes & liffes. La plaine de la
Lombardie qui eft comprife entre les deux troncs fupérieurs de l'Adda & du Téfin, ainfi que toutes les plaines
qui fe trouvent au pied des montagnes, font amplement
parfemées de fables & de graviers gros & menus.

Si les fables des montagnes, des collines & de tant de
vaftes plaines font des matières originaires, il n'y a aucune
raifon de croire que les fables qui fe trouvent dans les lits
des rivières & des torrens, & qui reffemblent parfaitement
aux premiers par la figure, la dureté & le poids, aient une
origine différente, & aient été formés par la trituration des
pierres & des graviers. Il eft auffi hors de vraifemblance
que les pierres rondes & liffes, fe choquant & fe froiffant
entr'elles, il puiffe s'en détacher tant de petites pierres
irrégulières, garnies de tant d'angles & de pointes très-
aiguës comme font les fables. Dailleurs fi l'on obferve
les différences effentielles & intrinsèques des fables & des

pierres, on verra clairement que les fables ne compofent point ordinairement les pierres, & que celles-ci ne peuvent pas fe réfoudre en fables. Dans nos rivières, comme dans l'Arno, le Reno, l'Adda, le Téfin, &c. il eft affez rare de trouver des pierres que l'on nomme proprement *arénaires,* parce qu'elles font compofées de fables ùnis enfemble; il eft même très-rare d'y trouver des pierres fufibles & vitrifiabies. Les pierres & les graviers de nos rivières font pour la plupart de nature calcaire; & je croirois donner une proportion très-avantageufe, en difant qu'en mille pierres du Réno, à peine une fera vitrifiable, & que toutes les autres feront calcinables. Cependant les fables de ces mêmes rivières, du moins lorfqu'ils font féparés de la vafe, font pour la plupart de fubftance filicée, anguleux, très-durs & vitrifiables. Les globules de fubftance calcaire qui s'y trouvent mélés font très-rares, & fur mille grains de fable, à peine s'en trouvera-t-il cinq qui foient calcinables, tous les autres feront fufibles & vitrifiables. Donc les pierres & les graviers de nos rivières, du moins pour la plupart, ne font pas compofés de fables unis enfemble. Et comme le choc & le froiffement de ces mêmes matières ne peuvent pas changer la nature des petites particules qui les compofent, il n'eft pas poffible de croire que les fables foient de petits morceaux de pierre divifés & pulvérifés comme l'a penfé Guglielmini.

J'ajouterai à ces obfervations naturelles quelques expériences phyfiques. J'ai fait paffer pendant long-temps, fur la meule à aiguifer, diverfes pierres fluviatiles; j'en ai

fait mettre une grande quantité dans des caiffes de bois,
& je les ai fait fecouer fortement pendant plufieurs heures;
tout ce qui fe détachoit de ces pierres, par l'action des
meules dans le premier cas, & tout ce qui fe trouvoit
dans les angles des caiffes dans le fecond cas, n'étoit
qu'une pouffière très-fine, de couleur blanchâtre, qu'un
fouffle répandoit dans l'air, & qui dans l'eau dormante ne
pouvoit jamais entièrement tomber à fond; & quoiqu'en
ouvrant les caiffes il fe trouvât quelquefois des pièces
brifées & quelques écailles enlevées de leurs fections, il
ne m'a jamais été poffible, quelque temps que je les aie
fait fecouer, de pouvoir obtenir un feul grain de fable,
ni des pierres arénaires, ni des autres pierres de nature
calcaire. Ayant même fait brifer, de différentes manières,
des pierres arénaires, & les ayant fait fecouer entr'elles
pendant beaucoup de temps; je n'ai de même pu recueillir,
au fond des caiffes, autre chofe que du fimple pouffier.
C'eft ce dont chacun peut faire l'expérience en preffant
dans les mains deux pierres, & en obfervant la matière
qui fe détachera de leur fuperficie, avec quelque force de
frottement que ce foit. Donc s'il arrive quelquefois que
les pierres arénaires en fe diffolvant fe réduifent en autant
de petits grains de fable qui les compofent, ce fera certainement par toute autre raifon que par le frottement &
par le choc. Les différentes actions du chaud & du froid,
dilatant & refferrant diverfement leurs parties, l'humidité de l'air qui les aura pénétrées, & autres femblables
caufes accidentelles, pourront quelquefois les divifer & les

diffoudre. Mais les pierres arénaires, comme on l'a dit, font très-rares dans nos rivières; & la combinaifon des caufes que nous venons d'indiquer doit être encore plus rare. En général le choc & le battement des pierres & des graviers qui fe trouvent dans les lits des rivières, quelque grands & continus qu'ils foient, ne pourront jamais former les fables, & ne pourront produire autre chofe qu'une pouffière très-fine.

Pour terminer la préfente queftion, j'ai recherché quelle quantité de pouffière on pourroit obtenir par le fimple frottement, & quelle feroit la diminution des pierres & des graviers; & en cela j'ai voulu confidérer l'efpace & le temps du frottement. Pour tenir compte du temps, j'ai pris quarante pierres fluviatiles blanches & grifes, de diverfes grandeurs, groffes & petites; je les ai fait fecouer dans tous les fens, dans une caiffe de bois bien fermée, avec toute la force d'un homme, à différentes reprifes pendant deux heures confécutives; enfuite raffemblant la pouffière que j'ai trouvée dans le fond de la caiffe, avec cinq petits morceaux de pierre irréguliers, & y ajoutant le fédiment que j'ai trouvé, au bout de vingt-quatre heures, dans l'eau dans laquelle je les avois lavées l'une après l'autre, je n'ai trouvé que deux onces feulement; & le poids de toutes les pierres étant de cinq cents quatre onces, il s'enfuit que dans le cas où l'on auroit continué à les fecouer avec la même force, il auroit fallu vingt-un jours pour opérer l'entière diffolution des pierres; temps beaucoup plus long que celui qu'il faudroit aux

eaux

eaux courantes, avec la vîteffe de quatre ou cinq milles par heure, que l'on obferve à leur fuperficie, & avec la vîteffe beaucoup plus grande du fond, pour tranfporter les matières qu'elles charient depuis l'origine des rivières jufqu'aux dernières limites des graviers. Pour confidérer encore l'efpace, j'ai fait paffer fur la meule deux pierres fluviatiles, en les tenant fur la meule dans leur partie la plus pleine & avec la plus grande force poffible; après deux mille deux cents révolutions de la meule, qui donnoient environ quatre mille deux cents foixante-fept bras d'efpace *(b)*, couru fur quelque point que ce foit de leur fuperficie, les pierres s'étoient un peu aplanies fur environ trois doigts de diamètre, & avoient perdu chacune environ un denier de leur poids. D'où il réfulte, qu'en fuppofant même que les pierres fe muffent dans le fond des rivières avec une vîteffe égale à celle de la meule, & que la force du frottement fût la même dans l'un & dans l'autre cas, il faudroit, pour l'entière diffolution des pierres de dix à douze onces de poids, parcourir un efpace beaucoup plus grand que toute la longueur de nos rivières.

Chacun voit cependant que la force du choc & du frottement, dans le lit des rivières, doit être beaucoup moindre que celle avec laquelle on paffe les pierres fur la meule, & on les fecoue impétueufement dans des caiffes. On doit évaluer le choc des pierres fluviatiles entr'elles

---

*(b)* Le bras de Milan, dont on fuppofe que l'Auteur a voulu parler, eft de 1 pied 7 pouces 4 lignes du pied de Paris.

C

par la vîteffe relative, c'eft-à-dire par la différence des viteffes avec lefquelles elles font tranfportées par l'eau. Les fables, la vafe & les autres matières terreftres, qui s'interpofent prefque toujours entre les pierres, & l'eau même dans laquelle elles nagent, diminuent beaucoup l'action des pierres les unes fur les autres. Le frottement même eft très-petit comme l'a prouvé fort au long le P. Belgrado dans fa belle Differtation fur la diminution de la maffe des pierres dans les torrens & les rivières. Il a obfervé que les pierres arrachées des montagnes fe précipitoient le long de leurs penchans en roulant la plupart du temps autour d'elles-mêmes; qu'elles continuoient à rouler de la même manière, dans les lits des torrens, jufqu'à ce que la pente devînt moindre, & qu'enfuite elles gliffoient en rafant le fond, & étoient jetées çà & là fuivant la direction & l'impétuofité des eaux. Il a obfervé enfuite que, pendant tout le temps que les pierres defcendoient en roulant & tournant autour du centre de gravité, les parties les plus aiguës de la fuperficie des unes pouvoient difficilement entrer & s'embarraffer dans les petites cavités & abaiffemens de la fuperficie des autres; d'où il réfultoit que le frottement étoit léger. Enfin il a remarqué que, quand les pierres gliffoient fur le fond en préfentant toujours au contact la même partie, le frottement naiffoit de la preffion, & la preffion du poids des pierres qui rafoient le fond, ce qui ne pouvoit produire que très-peu d'effet, les pierres fluviatiles étant ordinairement fort légères. Le P. Grandi, dans fes Confidérations fur la digue de l'Éra, a trouvé, par diverfes expériences, que les pefanteurs fpécifiques du gravier dans l'eau, & de l'eau elle-même, étoient entr'elles à peu-près comme cinq à trois ; d'où il a inféré que l'impétuofité tranfverfale des eaux étoit quelquefois fuffifante pour foulever les graviers de leur fond & les jeter fur les bords des digues, & même jufque fur les francs-bords & les berges les plus élevées. Amontons a prétendu enfuite que la réfiftance produite par le frottement, étoit égale à la troifième partie du poids ; donc le frottement des pierres fluviatiles & des graviers, doit de toutes les manières être très-petit.

La grande différence qu'il y a entre le frottement qu'éprouvent naturellement les pierres dans les lits des rivières, & celui qu'on leur donne artificiellement fur les meules ou dans les caiffes, étant une fois établie, perfonne ne pourra jamais s'imaginer que le gravier fe pulvérife par l'impétuofité des eaux, ni que les pierres diminuent fenfiblement de leur poids. L'éruption la plus furieufe des pierres arrive dans les premières décharges violentes des crûes d'eau. Les pierres, même en courant depuis l'origine de la rivière jufqu'à la dernière limite des graviers, n'ont ni le temps, ni l'efpace fuffifant pour pouvoir être réduites à une maffe notablement moindre que celle qu'elles avoient d'abord. L'action des pierres qui furviennent, trois ou quatre fois l'année, dans les autres crûes d'eau, fur les pierres déjà dépofées dans le fond des rivières, ne peut être évaluée que beaucoup moins ; & il eft certain que le frottement des pierres contre toutes celles qu'elles rencontrent en parcourant la longueur entière de la rivière, est beaucoup plus grand que celui que peut éprouver un nombre déterminé d'autres pierres qui courent par-defſus dans les autres crûes d'eau. Il y a de même très-peu d'effet à attendre de ce ſoulevement & bouleverſement général que Viviani a obſervé qui ſe faiſoit dans les plus grandes crûes d'eau, des lieux les plus voiſins aux plus éloignés, de la droite à la gauche, & de la ſuperficie au fond. L'action de l'eau qui frappe les pierres & les pouſſe continuellement en avant, doit être comptée pour rien, un petit filet d'eau ne pouvant éprouver une réſiſtance ſenſible de la part du tranchant aigu d'une pierre qui l'attaque obliquement. La dureté des pierres fluviatiles eſt ſi grande, que dans nos chemins de Lombardie, qui ſont ferrés de ces graviers & de ces pierres, & continuellement battus par les carroſſes, les chariots & les chevaux, on n'aperçoit aucune marque d'uſure dans ces pierres, quoique ces chemins ſoient faits depuis un très-grand nombre d'années. Le murmure & le bruit que l'on entend dans les rivières, dans le temps des grandes eaux, non-ſeulement quand elles charient des graviers, mais même quand elles ne charient que des ſab'es & des troubles, dénotent plutôt l'action de l'eau ſur l'air, que ſur les parties remuées & ſecouées dans le fond; car, quand même ces parties ſe froiſſeroient & ſe briſeroient, elles ne pourroient pas nous faire parvenir un bruit ſenſible étant couvertes de pluſieurs pieds d'eau. Il eſt donc vrai de dire que le choc & le battement

réciproque des pierres entr'elles & avec l'eau courante,
pourront bien rendre quelquefois les pierres plus liffes
& plus polies, & de cette manière opérer quelque diminution de maffe, quelque changement de figure, & quelqu'amoindriffement de fuperficie, ce que je n'ai jamais
prétendu nier ; mais ils ne pourront jamais les réduire
en fable ou en pouffière, ni diminuer fenfiblement leur
poids.

Il eft certain que le frottement continuel qu'éprouvent
les pierres dans les lits des rivières, quoiqu'il ne fuffife
pas pour diffoudre & amoindrir notablement les pierres
& les graviers, peut être fuffifant pour les liffer davantage,
& leur donner un plus grand degré de poli. Les pierres
qui font encore brutes & raboteufes, peuvent au moyen
du frottement diminuer de maffe plus facilement, parce
que les angles & les pointes des autres pierres, & fur - tout
des fables, s'introduifant fans obftacle dans les petites
cavités de leur fuperficie ; il ne leur faut, pour qu'elles
puiffent les arrondir & les liffer, que la force fuffifante
pour enlever les petites éminences qui les rendent raboteufes ; mais quand les pierres ont acquis quelque degré
de liffage & de poli, comme elles ne laiffent ni éminences,
ni cavités capables de recevoir les angles & les pointes,
il faut une force beaucoup plus grande pour pouvoir
introduire dans leur fuperficie ces mêmes angles & ces
mêmes pointes. Nous pouvons encore fur ce point
confulter l'expérience ; parce qu'en prenant un marbre
quelconque, pourvu qu'il foit encore brut & raboteux,

& le frottant fortement avec quelque pierre & le fable
mouillé, ou quelqu'autre poudre, avec une force déterminée & dans un temps fixé, on en enlevera une portion
d'autant plus grande que ce marbre aura plus de rudeffe
& d'inégalités dans fa fuperficie. Mais quand le marbre
fera liffe & poli, il faudra un temps confidérable pour en
diminuer fenfiblement la maffe. On pourroit tirer les
mêmes conféquences des expériences que nous avons
rapportées des pierres paffées fur la meule, & il en eft
de même des autres réflexions que nous avons ajoutées ;
on peut en conclure que la diminution de la maffe, dans
les pierres & les graviers, feroit beaucoup plus petite
fi on fubftituoit au frottement des pierres fur les meules,
que l'on appelle *rafant ;* l'autre frottement que l'on appelle
*tournant,* qui eft celui qui a lieu dans les expériences
des pierres fecouées dans des caiffes ; & c'eft l'efpěce de
frottement qu'éprouvent principalement les pierres dans
les lits des rivières. En poliffant les marbres, les verres
& autres corps, par le moyen des fables, on obferve en
outre conftamment que les fables deviennent de plus en
plus fins, à proportion que l'on continue le frottement ;
de manière que ces fables qui font affez gros dans les
commencemens, deviennent à la fin très-menus & très-
légers ; ce qui provient du différent entrelacement des
parties & de leur figure irrégulière, au moyen de laquelle
leurs angles & leurs pointes peuvent être plus facilement
détachés, ainfi que de la raifon du levier que l'on ne doit
point négliger pour ce qui concerne les pointes les plus

éloignées du centre & les plus expofées. Ainfi nous
établiffons une autre vérité importante, c'eft que quoiqu'il
n'y ait pas dans les lits des rivières des forces fuffifantes
pour diminuer fenfiblement les graviers, & les réduire en
poudre; cependant la continuation du mouvement fuffit
pour liffer davantage les graviers & rendre les fables de
plus en plus menus.

Pour réfumer tout ce que nous avons dit ci - deffus ;
les pierres rondes, les graviers & les fables font des
matières originaires arrachées des montagnes par l'impétuofité des eaux courantes, & tranfportées dans les lits des
rivières. Leur quantité & leur diftribution par tout le
globe de la Terre, même dans les lieux où il n'y a jamais
eu ni torrent, ni rivière, nous démontre évidemment que
ces matières ont été originairement préparées & difpofées
par la Nature. M. de Buffon ayant obfervé, dans le Chapitre
feptième du premier Tome de fon Hiftoire Naturelle,
que l'on trouvoit des pierres rondes en différens pays,
fur la fuperficie, dans les parties intérieures de la Terre,
& fur la cime des montagnes, comme l'a auffi remarqué
Léibnitz dans fa Protogée, & comme je l'ai vu moi-même
jufque dans les premières fources des rivières, en a conclu
que leur rondeur étoit l'ouvrage de la Nature. M. de
Reaumur, dans les Mémoires de l'Académie des Sciences,
*année 1723*, a tiré la même conféquence des obfervations
qu'il a faites, que toutes les pierres avoient quelque degré
de rondeur, que tous leurs angles étoient émouffés, & que
leur fection tranfverfale étoit curviligne & rentrante en

elle-même. Ainfi, comme il paroît que les graviers des rivières font plus liffes & plus polis que ceux qui fe trouvent répandus dans les plaines & dans les montagnes, & que d'ailleurs les fables qui fe trouvent graduellement dans les troncs inférieurs des rivières, font de plus en plus menus, tout l'effet du froiffement & du choc de ces mêmes matières entr'elles, fera un plus grand poli de la fuperficie des pierres & des graviers, & une plus grande fineffe des fables : c'eft-à-dire que dans le centre des montagnes où les chutes font précipitées, & d'où les eaux courantes détachent & portent avec elles une grande quantité de pierres, de graviers & de fables ; les pierres & les graviers fe choquant réciproquement, & fe frottant avec les fables qui y font mêlés, deviendront plus liffes & plus ronds ; mais l'impétuofité & la force de l'eau diminuant avec la chute, il n'y aura plus que les pierres plus petites & plus émouffées qui fuivront le cours des rivières, & les pointes & les angles des fables qui roulent avec elles ne pouvant plus s'infinuer dans leur fuperficie, ces pierres ne pourront être réduites en fables, ni même éprouver une diminution fenfible. Dans la fuite de leur cours, ces pierres changeant continuellement de fituation entr'elles & avec les parties raboteufes du fond, elles acquerront un degré de réfiftance que l'eau ne pourra plus furmonter ; ainfi fans aller plus avant, elles feront dépofées fur le fond lui-même. D'où il réfultera la fuc-ceffion des pierres graduellement toujours plus petites ; & la conformation que l'on obferve dans les dernières

limites

limites des graviers ; en forte qu'en fuivant le cours de
quelque rivière, d'un fond tout couvert de gravier, on
paffera à un fond où l'on voit quelques petits cailloux
épars çà & là, enfuite l'on ne rencontre plus de continuation de gravier, que dans les endroits où les eaux font
plus profondes & plus rapides. Et finalement on ne trouve
plus que des fables qui fe broyant & s'atténuant de plus
en plus arrivent avec les autres troubles jufqu'à la mer.

# CHAPITRE III.

## Des premiers Troncs des Rivières & des Torrens.

LA queftion que nous avons traitée & décidée dans le
Chapitre précédent, n'intéreffe pas feulement l'érudition
& la curiofité philofophique, mais elle influe encore
effentiellement fur la théorie & la pratique des torrens
& des rivières. Guglielmini, dans la fixième propofition
du Chapitre cinquième, en établiffant que les pierres &
les graviers, en fe heurtant dans le lit des rivières, & fe
froiffant entr'eux, diminuoient fenfiblement de maffe &
fe réduifoient peu-à-peu en fables, & fuppofant en outre
que tout ce travail d'ufer & de diffoudre les pierres pouvoit
fe faire dans l'efpace qui fe trouve compris entre l'origine
de la rivière & les dernières limites des graviers, s'imagina
que lorfqu'il furvenoit de nouveaux graviers, le lit des
rivières ne devoit point fe rehauffer, & que la quantité
des graviers qui furvenoient journellement, devoit être

D

compenfée par la confommation qui s'en faifoit. Par la
raifon contraire, fi les pierres & les graviers ne fe réfolvent
point en fables, & n'arrivent point jufqu'à la mer, mais
reftent dans le lit des rivières, comme ils y ont été tranfportés dans les crûes d'eau, ce fera une conféquence
néceffaire que le fond des rivières doit fe rehauffer
continuellement dans les lieux où elles coulent fur le
gravier; & c'eft ce qui eft précifément conforme à toutes
les obfervations. Il n'y a perfonne en Tofcane qui révoque
en doute le rehauffement de l'Arno & des autres torrens.
On a reconnu, dans la vifite Riviera, que le Réno avoit
élevé fon fond dans les parties fupérieures; & il eft de
fait que peu d'années avant cette vifite on a prolongé,
jufqu'au pont de la voie Émilia, les chauffées de cette
rivière qui, dans le temps des vifites d'Adda & Barberini,
ne commençoient qu'à l'églife du Trebbo. On a pareillement reconnu, dans la vifite Rinuccini, le rehauffement
du Croftolo & de la Secchia. De même, depuis l'année
1723 jufqu'en 1761, on a remarqué que le fond du
Lavino s'étoit élevé d'environ quatre pieds au pont du
chemin de Saint-Jean. Tous les ponts de la Lombardie,
dont les arches font refferrées & en partie bouchées, font
voir à tous les paffans les amas de graviers qui s'y font
faits. J'ai vu à Pontremoli, où la Magra reçoit un gros
affluent, les veftiges des anciennes maifons au - deffous
du plan des maifons actuelles.

Il n'eft cependant pas vrai de dire, comme quelques-
uns l'ont objecté, que fi les pierres fluviatiles ne fe

réfolvoient pas peu-à-peu en fables, & n'étoient pas tranfportées à la mer fous cette nouvelle forme, le rehauffement & le rempliffement du lit des rivières feroient fi
grands que les eaux regorgeant inonderoient les campagnes,
& fe détourneroient de leur premier cours. Parce qu'en
premier lieu les eaux courantes ne tranfportent avec elles
de nouveaux graviers que dans les premières décharges
violentes de chaque crûe d'eau ; & en outre la quantité
de gravier que tranfporte chaque crûe d'eau, n'eft pas
auffi grande que quelques-uns fe le font imaginé, & qu'il
s'en confomme une partie pour accommoder les chemins,
ou en d'autres ufages : on a calculé que l'on enlevoit
annuellement du Réno 125 mille pieds cubes de gravier,
pour la feule réparation des chemins. Ainfi pour l'ordinaire, les rivières ne peuvent pas rehauffer leur fond au
point de furmonter les chauffées, & de fe détourner de
leur cours. Mais s'il arrive quelque cas où les rivières tranfportent une quantité extraordinaire de gravier, alors de
deux chofes l'une, ou il faudra contenir la rivière par des
chauffées très-élevées au-deffus du plan des campagnes,
comme on l'a fait dans l'Ombrone, ou la rivière fera
obligée de changer de lit, comme cela eft arrivé au Réno,
au Panaro & au Taro, & comme cela arrive fréquemment dans les troncs fupérieurs du Pô, dans les lieux
où les graviers font plus gros & plus abondans. A
l'égard des autres troncs inférieurs, où il parvient une
moindre quantité de matières, & où conféquemment le
fond ne fe rehauffe pas auffi fenfiblement, quoiqu'il

s'élève toujours d'une certaine manière, il est inutile d'aller rechercher ce qui pourra arriver dans la suite des temps, & quelles pourront être, dans quelques siècles, la disposition & le cours de nos rivières.

Il est très-vrai que dans les lieux où le lit des rivières est interrompu par des rochers, ou autres empêchemens semblables, ou traversé par quelqu'écluse, digue ou cataracte, tout le fond de la rivière se rehausse davantage; parce que, comme l'observe très-bien Guglielmini, dans le Chapitre XII, cette digue une fois bâtie, refusant le passage à l'eau & retardant son cours, elle facilitera les dépôts des pierres & des graviers; & de cette manière le lit de la rivière, s'élevant jusqu'à la hauteur de l'écluse, occasionnera un pareil rehaussement proportionné dans les parties supérieures du même lit. Nous en avons un célèbre exemple dans Florence, où l'Arno qui passe au milieu de cette ville, est renfermé entre les deux digues de Saint-Nicolas & de Toussaints, & dont le fond va finir sur la sommité de cette dernière digue. Viviani a fait voir, dans les six premiers paragraphes de son fameux Discours sur l'Arno, que le lit de cette rivière se rehaussoit continuellement, soit par les pierres, soit par les graviers, soit par les sables & la terre même, jusqu'à la mer; & il a prouvé en général cette assertion par la perte des chutes des moulins, par le rétrécissement des arches des ponts, & parce que les lits des affluens de Bisenzio & d'Ombrone s'élevoient de plus en plus au-dessus du plan des campagnes; ensuite il a rassemblé diverses observations qu'il a faites dans l'espace qui se trouve compris entre les deux digues, soit sur les égoûts, soit sur les pavés, ou sur les fondemens des anciens édifices, par lesquelles on peut voir combien a été grand le rehauffement de tout le lit de la rivière. La plus importante obfervation est qu'en l'année 1677, Viviani étant chargé de réparer en partie les fondemens du grand Palais des Offices, & ayant fait avancer, vers la rivière, les anciennes fenêtres du fouterrain de la façade, il les fit murer un bras & demi *(c)* plus haut, sur ce que les gens qui connoissoient le local l'assurèrent que dans les grandes eaux des dernières années précédentes, l'eau entrant par ces fenêtres, ce qui n'étoit jamais arrivé dans les plus grandes crûes des années précédentes, on étoit obligé de faire sortir les chevaux des écuries, ce qui, outre la dépense qu'il falloit faire pour en enlever les boues & les vases, les rendoit mal faines, & occasion-noit pendant plusieurs mois des maladies aux chevaux. Il y a cependant lieu de croire qu'un Architecte aussi célèbre que Vasari, qui en 1560 étoit l'ordonnateur & le furintendant de ce magnifique édifice de la Magistra-ture & de la fusdite façade, qu'il disoit lui-même être fondé fur la rivière & prefqu'en l'air, avoit fait murer les fenêtres assez haut pour que dans son temps l'eau ne pût pas y entrer, même lors des plus grandes crûes.

On a propofé anciennement différens projets pour

---

*(c)* Le bras de Florence est de 1 pied 9 pouces 4 lignes du pied de Paris.

remédier aux regorgemens des eaux, à leurs débordemens,
& aux autres inconvéniens qui font occafionnés par un
auffi grand rehauffement du lit de l'Arno. Ces projets ont
été recueillis & examinés par Lupicini, dans un Difcours
imprimé en 1591, & ils ont été nouvellement repropofés
avec différens changemens. Tous ces projets peuvent en
fubftance fe réduire à trois. Le premier eft de diminuer
la hauteur des eaux dans les grandes crûes, en détournant
l'Arno de Florence en tout ou en partie, ou en ouvrant
au-deffus de cette ville quelque grand déverfoir qui pût
recevoir les eaux furabondantes dans les grandes crûes
& les reporter dans la rivière au-deffous de la ville. On
peut objecter contre ce projet, que ce n'eft pas une
entreprife à tenter, ni même à propofer, que celle de
détourner de fon ancien cours une rivière auffi grande &
auffi rapide que l'Arno ; & que toutes les dérivations que
l'on peut faire aux rivières, ne fervent point à diminuer
la hauteur des eaux dans les grandes crûes, comme nous
le prouverons fort au long en fon lieu. Le fecond étoit
de rehauffer les parapets de l'Arno, & de fermer toutes
les ouvertures latérales des quais, en prenant des moyens
pour procurer un autre débouché aux égoûts ; afin d'empêcher que les eaux, refluant par ces ouvertures, ne
commençaffent d'abord par inonder les endroits les plus
bas, & ne continuaffent à fe répandre par la ville en y
caufant de grands dommages : mais outre la grande difficulté de détourner ou de réunir les égoûts, & de fermer
tant d'ouvertures, chacune defquelles feroit fuffifante

dans les grandes eaux, pour les faire refluer dans la ville, il y a plufieurs autres inconvéniens ; premièrement, le rehauffement d'un bras que l'on a propofé dernièrement de faire dans les parapets, feroit perdre la belle vue de l'Arno, fans garantir la ville des inondations dans le temps des très-grandes eaux ; fecondement, en murant ainfi une rivière, jufqu'à toute la hauteur des grandes eaux, il y auroit toujours beaucoup de rifque à courir de tenir de cette manière une rivière entière comme fufpendue en l'air entre deux murailles. Le troifième projet eft de baiffer le fond du lit de l'Arno dans tout l'efpace qui paffe par Florence, en détruifant en tout ou en partie les digues. On a objeßté contre ce projet, qu'outre que ce feroit priver la ville de la commodité importante des moulins auxquels ces digues fourniffent l'eau ; ce feroit expofer les édifices voifins de la rivière, à un danger évident d'être ruinés, & fur-tout le pont de Sainte-Trinité qui eft un chef-d'œuvre d'architeßture. On a rapporté, pour fondement de cette crainte, que dans la grande inondation arrivée en 1333, comme le raconte Villani, une partie de la digue de Touffaints ayant été ruinée, les eaux arrachèrent du fond une fi grande quantité de matières, qu'elles entraînèrent les deux ponts de la Carraia & de Sainte-Trinité.

Je crois cependant qu'une pareille crainte eft tout-à-fait vaine & inexiftante, parce qu'en premier lieu les anciens ponts de Florence n'avoient pas la folidité & la confiftance avec lefquelles on les a depuis rebâtis ; & dans le fait, il y a eu d'autres occafions où ces ponts ont été renversés sans que les digues aient été détruites. C'est ainsi que l'inondation de 1557, emporta tout le pont de Sainte-Trinité, & une grande partie de celui de la Caraia, comme nous le lisons dans les Opuscules de l'Ammirato. Mais le nouveau pont de Sainte-Trinité a été bâti par le célèbre Ammanati, sur des fondemens si profonds & si forts qu'il n'y a rien à craindre de quelqu'accident que ce soit des grandes eaux. En outre, ce sont deux cas fort différens, que celui d'une digue détruite dans le temps d'une grande crûe d'eau, qui ouvre un débouché libre & imprévu aux eaux qu'elle retenoit, & qui étoient gonflées dans les parties supérieures ; ou l'autre cas d'une digue que l'on abaisse peu-à-peu dans le temps des plus basses eaux, & qui offrant un passage libre aux grandes eaux, les rend en conséquence moins hautes & moins dangereuses. Ainsi, je crois qu'en laissant subsister, pour la commodité des moulins, la digue supérieure de Florence ; & retenant, de cette manière, une plus grande quantité de graviers au-dessus de la ville, on pourroit sans aucun risque abaisser la digue inférieure ; & je crois en outre qu'il n'y a que cette manière de pouvoir se garantir des dommages & des inconvéniens occasionnés par le trop grand remplissement du lit de l'Arno. L'abaissement de la digue emporteroit avec lui celui de tout le fond de la rivière, ainsi que de la hauteur des eaux, & couperoit ainsi la racine aux regorgemens & aux versemens des eaux. En faisant ce même abaissement, de quelques bras seulement, la ville seroit suffisamment garantie, & le

canal

canal des moulins que l'on dérive de la digue de Touffaints, & qui entre d'abord dans le Bifenzio, & enfuite
dans l'Arno, pourroit encore fervir la plus grande partie
de l'année. Et enfin, on peut trouver d'autres moyens
de fuppléer aux moulins inférieurs, fans expofer à de
fréquentes inondations une ville auffi belle, auffi riche
& auffi magnifique.

Mais pour revenir à la conftruction & au mécanifme des
digues, il eft bien vrai qu'en traverfant le lit de quelque
rivière par une digue, on facilitera les dépôts des pierres
& des graviers au-deffus; mais il n'eft pas vrai que par
ce moyen on puiffe retenir toutes les pierres & les graviers
dans les troncs fupérieurs. Ce fut fur ce préjugé que dans
le fiècle paffé on éleva au-deffus des deux tiers des grandes
eaux, la bouche de l'ouverture que l'on fit au torrent de
la Nievole, dans la vue de combler quelques terreins par
le moyen de fes dépôts; mais il arriva tout le contraire
de ce qu'on vouloit, & malgré toutes les précautions
que l'on avoit prifes, les graviers de ce torrent pafsèrent
par-deffus. Le P. Grandi, dans fes nouvelles Confidérations fur la conftruction d'une digue dans l'Éra, en a
apporté pour raifon que les pierres étant foulevées de
leur fond par l'impétuofité de l'eau, & tranfportées à quelque hauteur, paffent par-deffus le bord des digues & fe
précipitent en bas, quoique le fond fupérieur de la rivière
ne foit pas auffi élevé que les bords de cette même digue.
Et pour prouver fon affertion, il a cité l'exemple de la
digue de Ripafratta fur le Serchio. Guglielmini, dans les

E

Chapitres VII & XII, avoit déjà obfervé en général
que les digues & les éclufes ne retiennent les pierres qui
defcendent des montagnes qu'en petite quantité, c'eft-à-
dire autant qu'il en faut pour remplir le vide que forme
la hauteur de l'éclufe, lequel une fois rempli, la rivière
recommence à établir fon fond fupérieurement fur la même
pente qu'elle avoit auparavant, & reprend fon ancien
penchant à tranfporter des matières de même nature que
celles qu'elle tranfportoit auparavant ; qu'ainfi fi on ne
faifoit pas faillir les éclufes notablement au-deffus du fond
de la rivière, & fi on ne les rehauffoit pas continuellement, comme Viviani a confeillé de le faire pour tous les
affluens de l'Arno, il feroit impoffible d'empêcher le
verfement des graviers. Le même P. Grandi, dans fes
Réflexions fur la digue dont nous venons de parler, croit
pouvoir inférer de quelques principes indiqués par
Guglielmini, que le fond de la rivière doit s'établir fur
une courbe femblable à celle qu'il avoit auparavant,
laquelle commence de la fommité de la digue, & s'étend
dans tout l'efpace fupérieur jufqu'à ce qu'il fe rencontre
quelqu'autre digue ou amas de rocher, ou autre obftacle
naturel ou artificiel au moyen duquel la continuité du lit
foit interrompue ; & qui puiffe être, par cette raifon,
confidéré comme l'origine équivalente du tronc inférieur.

Mais le célèbre Bacciali, dans la première Partie du
fecond Tome des Actes de l'Académie de Boulogne,
a très-bien obfervé, que fi, par l'oppofition d'une digue,
tout le lit de la rivière fe rehauffoit également jufqu'à fa

première origine, il faudroit néceſſairement que les lits des affluens, & ceux des écoulemens des campagnes, ſe rehauſſaſſent dans la même proportion, parce qu'ils rencontreroient dans le lit élevé du récipient comme autant d'autres digues; ce qui cependant n'eſt pas confirmé par les faits. En effet, l'écluſe de cinq pieds que l'on a faite à l'Idice, n'a cauſé aucun dommage aux environs; & il en a été de même dans le Biſenzio. Il eſt certain que ſi la vîteſſe de la rivière n'avoit d'autre cauſe que ſa chute antécédente, il ſeroit vrai de dire qu'en oppoſant une digue à la rivière, elle devroit diſpoſer ſon nouveau lit, juſqu'à l'origine ou vraie ou équivalente, ſur une courbe qui contiendroit en elle toutes les innombrables inclinaiſons de l'ancien fond, & diſpoſées à peu-près de la manière que le prétendoit le P. Grandi; parce que, comme c'eſt une propriété générale des rivières troubles d'avoir une pente déterminée, une fois que cette pente eſt diminuée, de quelque manière que ce ſoit, dès qu'il arrivera une crûe d'eau, elle doit la reprendre au moyen des dépôts, & rehauſſer ſon lit également dans tout le tronc ſupérieur. Mais dans le cas particulier des digues, les eaux ſe précipitant de leur ſommité acquièrent une plus grande vîteſſe; & celles qui ſe précipitent, s'accélérant, font accélérer encore les autres qui ſuivent; & de cette manière tout le fond ſupérieur ſe diſpoſe en une concavité remontante, ainſi que l'a obſervé Zendrini en différentes rivières, & comme je l'ai vu moi-même, particulièrement dans la fameuſe écluſe de Caſalecchio.

De-là vient que les rivières établissent leur fond sur une pente de lit moindre qu'elle n'étoit auparavant ; & quoique les attérissemens puissent quelquefois arriver jusqu'à l'origine des rivières, cependant le lit ne doit jamais se rehausser supérieurement autant qu'il se rehausse près des digues.

Eustache Manfredi, · dans son Avis sur la digue de l'Éra, s'est expliqué dans les mêmes termes, & a dit que dans tout l'espace où s'étend l'accélération de l'eau qui tire son origine de la libre chute, la rivière doit courir avec une pente moindre que celle dont elle auroit besoin si son lit étoit continué ; ainsi, il a prétendu que la ligne du nouveau fond au-dessus de la digue ne devoit pas être tirée précisément de la sommité de la digue en remontant, mais seulement du point où la susdite accélération commence à être insensible, lequel point est nécessairement plus bas que la ligne parallèle de l'ancien fond qui seroit tirée de la sommité de la digue, quoiqu'il soit plus haut que la ligne horizontale tirée par la même sommité. Pour avoir quelqu'observation précise sur la distance à laquelle s'étend l'augmentation de vitesse que donne à la rivière sa libre chute, nous consulterons un des Ingénieurs le plus expert qu'ait eu l'Italie. Barattieri, dans le Chapitre sixième du sixième Livre, nous a décrit le fond du Stirone, avec douze stations dans l'espace de six milles depuis le bourg Saint-Donino, jusqu'à l'écluse de laquelle les eaux descendent avec une très-grande vitesse. Suivant le profil qu'il nous a laissé, la superficie de l'eau s'abaisse beaucoup

dans le dernier demi-mille au-deſſus de l'écluſe : mais
on voit encore quelqu'amoindriſſement du corps d'eau,
& quelque diminution de hauteur à la diſtance de deux
milles. Ainſi l'accélération de l'eau s'étend véritablement
beaucoup en remontant, quoique la différence des vîteſſes
que l'œil peut diſtinguer par le moyen des corps flottans,
ne ſoit ſenſible qu'à une très-petite diſtance des écluſes,
ainſi que l'a remarqué le même Manfredi, dans ſes Notes
ſur le Chapitre V I I de Guglielmini.

## CHAPITRE IV.

### *Des rectifications des parties ſupérieures des Rivières.*

Les règles pratiques que l'on doit obſerver dans les
troncs ſupérieurs des rivières, diffèrent eſſentiellement
entr'elles ſuivant les différentes idées que nous pouvons
nous former de la nature & de l'origine des matières qui
ſont tranſportées par les eaux courantes dans leur lit.
Parce que, ſi les pierres fluviatiles, en ſe choquant & ſe
froiſſant entr'elles, s'uſoient continuellement; ſi les graviers
ſe conſumoient au point de devenir de plus en plus petits,
& de ſe réſoudre enfin en ſable; ſi tout ce travail pouvoit
ſe faire dans l'eſpace qui ſe trouve compris entre l'origine
de la rivière & les dernières limites des graviers ; en
augmentant, en quelque manière que ce fût, la force &
la vîteſſe des eaux, ſoit en les réuniſſant enſemble &
augmentant ainſi leur hauteur, ſoit en leur abrégeant le

chemin & augmentant ainſi leur chute, on pourroit eſpérer qu'il y auroit une plus grande quantité de graviers qui ſe diſſoudroient & ſeroient enſuite tranſportés avec les autres ſables juſqu'à la mer. Par la raiſon contraire, ſi du frottement & du choc il ne peut réſulter une diminution ſenſible dans la maſſe, ſi les graviers ne peuvent ſe pulvériſer & ſe réduire en ſables, & ſi les pierres reſtent toujours pierres, comme nous l'avons déjà prouvé par tant de raiſons, d'expériences & d'obſervations, en augmentant la chute, le corps & l'impétuoſité des eaux, il ne pourra en réſulter d'autre effet que celui de leur faire porter plus loin leurs graviers ; mais les mêmes graviers reſteront toujours dans le fond, le rehauſſeront bientôt dans les parties inférieures, & par la ſuite du temps le devront encore rehauſſer dans les parties ſupérieures, parce que les autres eaux chargées de nouvelles matières qui continueront à deſcendre ſur le plan inférieur, déjà relevé par les dépôts des graviers, ſeront obligées de ralentir l'impétuoſité qu'elles avoient acquiſe par l'augmentation de leur chute précédente, & ne pouvant plus pouſſer en avant le poids qu'elles portent avec elles, elles le laiſſeront tomber au fond ; au moyen de quoi les nouveaux ſables & les nouveaux graviers ſe mêlant avec ceux qui avoient été précédemment conduits & dépoſés dans cet endroit, ils le rehauſſeront de plus en plus, & les nouveaux dépôts accumulés dans les parties inférieures ſerviront toujours d'appui aux matières ſuivantes qui reſteront dans le tronc ſupérieur.

En 1718, Manfredi étant conſulté ſur un redreſſement

que l'on vouloit faire au Réno, dans un endroit où il coule encore sur le gravier, il le désapprouva entièrement dans un Avis manuscrit, & il en apporta deux différentes raisons. La première, que les rivières qui charient du gravier ne s'accommodent point la plupart du temps aux chemins par lesquels on s'efforce de les conduire, ou que si elles s'y accommodent quelquefois, elles les abandonnent de nouveau, s'ouvrent d'autres chemins & rendent inutiles tous les efforts de l'art & toutes les dépenses que l'on a faites pour les contenir. Il est certain que dans les rivières dont le lit est établi sur le gravier, à chaque crûe d'eau il se fait çà & là irrégulièrement de nouveaux dépôts qui changent la superficie du fond, & obligent le fil de l'eau à changer de direction & de situation. C'est par cette raison que les rivières qui roulent du gravier supportent difficilement que l'on resserre leur lit, & que l'on fixe leur direction ; ce qui fait qu'il arrive souvent que les redressemens & les coupures que l'on y fait ne réussissent pas ; au contraire de ce qui arrive dans les rivières qui ne roulent que des sables, qui quoiqu'elles ne se maintiennent pas toujours dans le même état, cependant en changent moins & dans de plus courts espaces ; & il arrive même rarement que leur fond & le fil de l'eau changent, ce qui fait que l'on peut plus aisément les resserrer & les régler. L'autre raison, apportée par Manfredi, est que lorsqu'on redresse une rivière, & que l'on abrège considérablement son cours, quoiqu'il doive en résulter un abaissement proportionné du fond supérieur, ce bon effet sera détruit par les graviers qui feront pouffés plus en avant, & qui éléveront le fond inférieur à la coupure. Suivant ce qui a été dit ci-devant fur l'origine & la nature des matières fluviatiles, on peut prédire avec certitude qu'en abrégeant le cours des rivières, il s'enfuivra un prolongement des graviers & une plus grande élévation de fond, d'abord dans les parties inférieures à la coupure, & enfuite dans tout le fond fupérieur. Ainfi, les rectifications & les coupures qui produifent d'excellens effets dans les rivières qui ne portent que des matières déliées, ne feront que détériorer le cours de celles qui portent des graviers.

Pour en apporter un exemple décifif, revenons à la rivière d'Arno. Viviani après avoir prouvé le rehauffement de fond confidérable & continuel de cette rivière, indiqua le fyftème que l'on devoit fuivre pour la régler. Il propofa premièrement d'adoucir la grande pente des vallées latérales les plus voifines de l'Arno, en difpofant & conftruifant plufieurs éclufes ou traverfes dans des diftances proportionnées entr'elles, revêtues de bons murs à chaux & à fable, percées de plufieurs canonnières, fondées folidement fur un plan fort large, ayant un grand talus au dehors, avec leurs banquettes à leurs pieds & plufieurs entailles ou gradins dans les endroits où il pourroit être néceffaire de temps en temps de les porter à une plus grande hauteur, après qu'elles auroient été renforcées par-derrière par les matières qui auroient été portées & dépofées par les eaux. En fecond lieu, il confeilla de faire au-deffus des éclufes & en dedans de

ces

ces mêmes vallées, des plantations très-épaisses de bois, en choisissant ceux qui seroient les plus propres à la qualité du terrein & au local, dans l'espace au moins de trois cents bras, & même encore plus s'il étoit possible. Et à l'égard des vallées où il ne croîtroit aucune plante, & qui ne seroient que de pierres sèches où rien ne pourroit dédommager de la dépense de faire de semblables écluses, & où il ne seroit pas possible de faire aucune sorte de plantation, pour retenir les matières remuées & transportées par l'impétuosité des eaux, Viviani conseilla de choisir, dans l'endroit le plus bas, un espace convenable, uni & de la plus mauvaise qualité qu'il y eût, & de l'entourer de chaussées, pour le faire servir de déchargeoir où ces matières pussent commodément se déposer. En troisième lieu, il proposa de retrancher une partie de la trop grande chute de l'Arno, au-dessous de l'Incisa, en rétablissant quelques digues qui y étoient autrefois, & en en construisant de nouvelles; & de faire pareillement un semblable rempart de digues à travers du lit de la Sieve, à quelque distance de son embouchure dans l'Arno, ainsi qu'aux embouchures des autres petites rivières & fossés qui s'y déchargent. En somme, Viviani posa pour principe qu'il falloit traverser & empêcher, en quelque manière que ce fût, le cours de l'Arno; & obliger, autant qu'il seroit possible, les matières les plus grosses de graviers & de pierres à rester dans les parties supérieures.

Diverses raisons d'établir une navigation plus commode sur cette rivière, & d'acquérir les terreins occupés par

F

les plus grandes sinuosités, ont fait adopter un projet
entièrement contraire. Au lieu de cela, on a enlevé
plusieurs grandes masses qui traversoient le cours de l'Arno,
& qui étoient comme autant de digues naturelles ; on a
resserré & redressé le lit de la rivière au-dessus de Florence,
& on a mis la rivière en canal depuis Florence jusqu'à
Signa. On a abrégé son cours d'environ trois milles au-
dessus de Florence, & d'un mille au-dessous. Nous
ne parlerons point de la dépense qu'a causée tout ce
travail ; voyons ce qui est arrivé. Au-dessus de Florence,
l'Arno a quitté en quelques endroits le nouveau lit
rectiligne ; & il ne s'y maintient, dans les autres endroits,
qu'à force de très-grands empierremens qui sont fort
dispendieux. Dans l'espace qui coupe la ville de Florence, quoique le lit de l'Arno soit contenu entre
deux termes fixes, c'est-à-dire entre les deux digues, il
s'est néanmoins rehaussé notablement depuis le temps de
Viviani jusqu'à présent ; & les pêcheurs m'ont tous assuré
unanimement, que dans ces dernières années on a presque
perdu l'usage de la pêche que l'on faisoit auparavant dans
les petites anses & dans les concavités plus profondes.
De plus, dans ces temps les pierres de l'Arno, diminuant toujours de grosseur au-dessous de Florence,
finissoient à l'abbaye de Settimo, de manière que depuis
cette Abbaye en descendant, on n'en trouvoit pas une
seule le long des plages, comme l'a expressément remarqué
Viviani au commencement de son Discours ; présentement, depuis Florence jusqu'au pont de Signa, qui est

trois milles plus bas que l'abbaye de Settimo, l'Arno continue de tranfporter des graviers & des pierres. Au-delà de l'Ombrone & du Bifenzio on voit un banc de fable de la longueur d'environ neuf cents pieds, dans lequel on trouve des pierres groffes comme des pommes de pin. Au-deffous du pont de *Signa* on voit auffi fur la gauche une autre plage de gros gravier. En allant vers l'embouchure de l'Ombrone on trouve encore quelques graviers plus petits jufqu'à la Gonfolina; il eft cependant certain que ni l'Ombrone, ni le Bifenzio ne tranfportent point de graviers dans l'Arno. Donc, en abrégeant le cours de cette rivière de quatre milles, on a occafionné pendant trois milles une prolongation continuelle de pierres & de graviers.

La prolongation des graviers devoit néceffairement entraîner un plus grand rehauffement du fond. En effet, quelques arches du pont de *Signa* font prefque enterrées dans les dépôts des graviers; d'autres s'élèvent à peine fur les impoftes au-deffus du plan du fond, & les arches les plus élevées font entièrement couvertes par les eaux dans le temps des inondations. Une petite cloche de fer, qui eft fcellée dans la pile droite de l'arche du milieu, peut fervir de règle pour mefurer tout le rehauffement. Diverfes perfonnes affurent que cette petite cloche étoit, il y a cinquante ans, tellement élevée que les mariniers étoient obligés de monter fur la poupe de leurs bateaux pour la toucher; préfentement l'anneau de cette même cloche touche le fond de la rivière, dont la fuperficie

eſt aſſez régulière ſous ce pont. Ainſi, il faut que le fond
de la rivière ſe ſoit élevé dans cet endroit de cinq ou ſix
bras de Florence depuis les redreſſemens que l'on a faits
dans l'Arno. D'un autre côté, il faut convenir que l'on
doit attribuer une grande partie de ce rehauſſement aux
empêchemens occaſionnés par la figure irrégulière de ce
pont dont les arches ſont trop étroites, & qui n'eſt pas
même étendu ſur une ſeule ligne droite, mais plutôt ſur
deux lignes droites inclinées à un angle aſſez ſenſible. Le
rehauſſement du fond au-deſſous du pont eſt moins conſidérable, & ſans l'empêchement des arches, il ne ſe ſeroit pas
amaſſé une quantité de graviers auſſi conſidérable dans cet
endroit ; mais au lieu de cela, ils auroient été pouſſés au-delà
des limites qu'ils ne paſſent point à préſent, & auroient élevé
davantage le fond dans les autres parties inférieures.

En général les graviers feront pouſſés plus loin dans
les rivières droites que dans celles qui ſont tortueuſes ;
& ces graviers ſe dépoſant enſuite ſur le fond, à de plus
grandes diſtances, rehauſſeront par degrés d'abord les
parties inférieures, & par la ſuite du temps les parties ſupérieures. Le rehauſſement ſera encore plus grand ſi les
rivières redreſſées, & en quelque manière encaiſſées,
viennent à couper les affluens dans les lieux où ils tranſportent des graviers & autres matières groſſières ; parce
que de cette manière on réunira dans un ſeul lit & les
eaux & les dépôts de pluſieurs lits ſéparés ; & ainſi les
rivières deviendront de plus en plus mauvaiſes. Les conſéquences néceſſaires du plus grand rehauſſement du fond

feront, une plus grande hauteur des eaux dans les grandes crûes, la difficulté de procurer l'écoulement aux eaux des campagnes adjacentes, & la nécessité d'élever & de fortifier de plus en plus les chauffées. Ainsi, les règles de réunir les rivières, de les maintenir droites & encaissées avec des pentes convenables, quoique généralement vraies pour toutes celles qui ne charient que des fables, dans des plaines qui ont peu de pente, ne peuvent s'appliquer aux rivières qui charient des graviers, & le meilleur parti sera toujours de les laisser comme elles font, divisées & tortueuses. Il seroit même meilleur de les traverser, & d'interrompre leur cours comme le conseilloit Viviani, afin de retenir les graviers dans le tronc supérieur autant qu'il est possible. Quoique Guglielmini se fût formé d'autres idées sur la nature des matières fluviatiles, il fut néanmoins toujours d'accord des mêmes principes, de regarder le redressement & la réunion des rivières & des torrens, dans les lieux où ils charient encore des graviers, comme une entreprise très-difficile, & dont le succès étoit des plus incertains. Et dans la cinquième proposition du Chapitre neuvième, il nous a laissé deux règles pratiques & générales ; la première, de n'introduire jamais aucune rivière qui transporte du gravier dans le lit d'une grande rivière dont le fond est de fable ou de limon ; la seconde, de ne jamais abréger le chemin de celles qui transportent des pierres affez près de leur propre embouchure. Nous ferons usage de ces règles dans le Chapitre suivant.

## CHAPITRE V.

### *De la formation des lits supérieurs des rivières.*

Dans le cas où l'on voudra redreffer, changer les embouchures, ou réunir enfemble, de quelque manière que ce puiffe être, les torrens & les rivières, il faudra que le nouveau lit foit toujours au-delà de la dernière limite des graviers. Il faut étudier la Nature & chercher, par l'art, à l'imiter. La Nature réunit quelquefois les torrens parmi les rochers & les précipices des montagnes; mais dans le milieu des grandes vallées & des plaines fertiles, elle ne réunit point des torrens qui charient encore des graviers, avec d'autres rivières qui ne portent que des fables & des limons. Je ne chercherai pas bien loin la preuve de cette propofition; j'en trouve un exemple dans notre grande vallée de Lombardie, dans le milieu de laquelle coule le Pô qui, après qu'il a fini de charier des graviers dans fon propre lit, n'en reçoit plus d'aucune forte des autres rivières tributaires, comme l'a remarqué Guglielmini dans l'endroit que nous avons cité en dernier lieu; ce grand obfervateur des rivières a ajouté que le Pô, après avoir d'abord erré dans le voifinage des monts Apennins, que les anciennes Hiftoires nomment *Euganéens*, & après avoir été jeté çà & là par les dépôts des graviers des affluens, n'a commencé à couler dans un lit fixe, que lorfqu'après avoir ceffé de charier des graviers, il n'a plus reçu d'aucun de ces

affluens d'autres matières que fablonneufes. Voilà comment
opère la Nature. Nous pourrions citer plufieurs autres
exemples de rivières qui fe font formé des lits fixes
dans un plus grand voifinage des montagnes. Le Réno,
parmi les Apennins, reçoit de groffes pierres de la Li-
mentora, de l'Orfigna & des autres torrens ; mais après
qu'il s'eft étendu dans la plaine, & qu'il a abandonné les
graviers, il reçoit la Sammoggia, laquelle reçoit pareillement le Lavino, dans des lieux où il ne fe trouve
aucunes autres matières que fablonneufes. L'Arno au-
deffous d'Empoli, & le Tibre au-deffous du lieu appelé
*de la Cappanaccia*, n'ont dans leurs lits aucuns graviers,
& n'en reçoivent d'aucun autre affluent. Il eft certain que
fi quelque rivière après avoir abandonné les graviers, en
recevoit de quelqu'affluent, fuivant tout ce que nous
avons dit, elle n'auroit point encore de lit fixe, elle ne
parviendroit finalement à s'en établir un, que lorfqu'elle
feroit arrivée dans des lieux où elle ne recevroit plus de
gravier d'aucune efpèce.

Arrêtons-nous un peu fur le cas particulier du Réno.
Guglielmini nous a laiffé par écrit, *à la page 353*, que
de fon temps le gravier du Réno s'étendoit cinq milles
au-deffous de l'éclufe de Cafalecchio, c'eft-à-dire jufqu'à
l'églife appelée *du Trebbo*, & que dans des temps plus
reculés, le gravier s'étoit étendu beaucoup plus loin. Il
n'eft pas néceffaire de rechercher la caufe du prolongement des graviers dans des temps différens ; peut-être que
du temps de Guglielmini, le fond des vallées inférieures

s'étant rehauffé, & ne pouvant plus recevoir le Réno,
fon cours fera devenu moins libre, & qu'en conféquence
il n'aura plus eu la force de pouffer plus loin les graviers.
Depuis ce temps, on a redreffé le lit du Réno au moyen
d'une coupure d'environ deux milles un peu au-deffous
de la dernière limite des graviers, & il s'eft ouvert de
nouvelles ruptures de plus en plus voifines de Boulogne.
C'eft de cette manière que l'on aura rappelé l'ancien
naturel de cette rivière de porter les graviers à de plus
grandes diftances. Mais quoi qu'il en foit, c'eft un fait
qu'environ un mille au-deffous de l'églife du Trebbo,
le lit du Réno eft préfentement tout couvert de graviers,
de pierres & de cailloux affez gros, & qu'en allant plus
avant on trouve par intervalles d'autres bancs de graviers
couverts par des dépôts de fables & de terre jufqu'au-
deffous du lieu appelé *Malacappa* ; & que les payfans
vont encore avec des chariots prendre du gravier au-
deffous de la Longara, & s'en fervent pour accommoder
les chemins ; figne certain que ces graviers font affez gros
& en affez grande abondance, pour que l'on puiffe dire
que le Réno y coule fur le gravier. Pour qu'il ne reftât
plus aucun doute, j'ai vérifié le fait moi-même ; je me fuis
fait accompagner par d'autres perfonnes, & j'ai entendu
le témoignage des payfans les plus expérimentés. Dans la
Sammoggia & dans le Lavino, les graviers arrivent
à peu de diftance de leur confluent, & ils y arrivent en
fi grande quantité, que les lits de ces deux rivières fe
rehauffent fenfiblement. Dans l'Idice, on trouve encore
les

les graviers & les pierres au-deſſous du lieu de la Mezzo-
lara , & les payſans m'ont aſſuré que quand ils en prenoient
pour raccommoder leurs chemins , ſur un chariot de ſable
& de gravier , ils en tiroient ordinairement le tiers ou le
quart de gravier pur. J'ai appris avec certitude, des payſans,
que dans le torrent Centonara , les graviers arrivoient
juſqu'à la Madonne , appelée *de la Rondanina ;* & que
dans la Quaderna ils arrivoient juſqu'à deux milles au-
deſſous de l'embouchure de la Gaiana.

Je me ſuis appuyé ſur ces faits pour ſoutenir & donner
du poids à une objection déciſive contre un ancien projet
repropoſé avec quelques changemens en 1760, de couper
le Lavino & la Sammoggia au-deſſus de leur confluent,
& de les faire entrer dans le Réno au lieu de la Longara,
en détournant dans cet endroit toutes les eaux du Réno
par le moyen d'un nouveau lit qui iroit directement
rencontrer le Primaro à Saint-Albert , & recueilleroit en
chemin tous les autres torrens & écoulemens du Boulonois. J'ai dit que le nouveau lit couperoit tous les
torrens du Boulonois , dans des endroits où ils tranſportent des graviers gros & petits ; & qu'en ſuppoſant
qu'il y eût la pente néceſſaire , les graviers de la Sammoggia arriveroient juſqu'au Lavino , & que ceux de
Lavino entreroient dans le Réno ; que les graviers des
torrens inférieurs , aidés par la force des eaux réunies ,
feroient pouſſés plus en avant ; qu'il n'y avoit pas lieu
d'eſpérer que la plus grande chute du nouveau lit pût
opérer une diminution ſenſible dans la quantité & dans

G

la maffe de ces mêmes graviers, & que de leurs dépôts
continuels il s'enfuivroit un rehauffement de fond, un
plus grand danger qu'il ne fe fît des ruptures, & une plus
grande difficulté de procurer l'écoulement aux eaux des
campagnes. Ce font principalement ces raifons qui ont
fait abandonner le projet de ce nouveau lit ; & on a
propofé de fe tenir plus bas pour former une nouvelle
route aux eaux du Boulonois, en commençant la dérivation de la Sammoggia au-deffous du confluent du
Lavino, & celle du Réno au-deffous de Malacappa. Il
feroit inutile de répéter ici toutes les autres difficultés
particulières que l'on a produites contre la ligne de la
Longara, & qui concernoient fingulièrement les dimen-
fions qu'il convenoit de donner au nouveau lit, aux francs
bords & aux chauffées, les iffues que l'on croiroit pouvoir
donner aux eaux des campagnes, les éclufes, les conduits
fouterrains, les excavations & la méthode qu'il falloit
fuivre pour les faire. Cependant il ne fera pas hors de
propos de répéter ici les autres difficultés générales qui
concernent les premières théories des rivières, & qui
pourront fervir de méthode dans d'autres cas femblables.

Guglielmini, dans le Chapitre XIV, a établi comme
une règle générale, que la réuffite des coupures que l'on
fait aux rivières qui coulent fur le gravier, eft très-incertaine, & il en a apporté les raifons que nous avons
expliquées ci-devant, & que l'expérience a toujours
juftifiées, comme il eft arrivé à la coupure que l'on a
faite à la Dora au-deffus de Turin. Guglielmini traite

enfuite des nouveaux lits que l'on veut faire aux rivières;
& commençant par le cas d'une rivière que l'on voudroit
conduire à fon terme fans aucun mélange de nouvelles
eaux ; il dit que l'entreprife feroit très-facile dans le cas
où la chute du nouveau lit ne feroit pas moindre que
celle de l'ancien. Ce cas eft précifément celui de la
dérivation exécutée heureufement dans le Ronco près de
Ravenne, après le confluent du Montone. Guglielmini
parle enfuite des nouveaux lits deftinés à recevoir plufieurs
rivières ; & il dit que dans le cas où les rivières que l'on
doit réunir, porteront toutes des matières homogènes,
comme des fables, qu'il y aura chute & force fuffifantes
pour les pouffer jufqu'à leur terme, & que de plus le
nouveau lit pourra être encaiffé dans le plan des campagnes,
le fuccès de ce nouveau lit fera certain : ce fera le cas du
foffé Bénédictin quand on parviendra à l'achever. Guglielmini a conclu par dire que le cas qui entraîneroit le plus
de difficultés, étoit celui où il y auroit des affluens qui
porteroient des matières plus pefantes que celles de la
rivière principale, au point de leur jonction. Il dit que l'on
ne pourra l'entreprendre, avec quelque certitude de fuccès,
que lorfqu'il y aura une chute exorbitante, & une hauteur
confidérable du plan de la campagne. C'eft précifément
le cas de la ligne propofée de la Longara, qui, dans un
efpace notable, feroit au contraire fupérieure au plan de
la campagne, dont la pente ne peut certainement pas
être exorbitante, & dans laquelle l'Idice & le Lavino, par
exemple, auroient porté au point de leur jonction des

G ij

matières plus groffes que celles de la Sammoggia & de
la Savena.

En faifant une autre exception aux théories de Guglielmini, nous rendrons plus générales les règles pratiques
qu'il nous a enfeignées. L'abondance de la chute ne
peut jamais obvier à toutes les dangereufes conféquences
réfultantes de l'union & du redreffement des rivières qui
coulent encore fur le gravier, parce qu'en augmentant
la chûte, le corps & l'impétuofité des eaux, on ne fera
autre chofe que pouffer plus en avant les graviers; mais
ils refteront toujours dans la rivière, & la rehaufferont
& la rempliront continuellement. Pour preuve de cette
affertion, revenons de nouveau à l'Arno. La chute eft
certainement confidérable de Florence au pont de Signa,
puifqu'elle eft en raifon de plus de trois bras par mille.
Viviani l'avoit jugée furabondante de fon temps. Depuis,
en abrégeant le chemin d'un mille, on a augmenté
la chute de la rivière, & il n'en eft réfulté d'autre effet
qu'une prolongation des graviers quelques milles plus
au-deffous, & une plus grande élévation du fond. Il eft
donc vrai en général de dire que les coupures, les unions
& les redreffemens des rivières, qui portent des matières
groffières, font des entreprifes où il y a beaucoup de
rifques & de difficultés. Guglielmini eft convenu, dans
le Chapitre XIV, déjà cité, que nous n'avions point
de règles certaines pour ce genre de travaux, & que
la méthode de commencer le nouveau canal graduellement par les derniers affluens, en obfervant ce qui

arriveroit, pourroit tout au plus nous donner quelque lueur dans une matière auſſi difficile. Mais il a parlé d'un ton beaucoup plus hardi, dans les Écrits inférés au ſecond Tome du Recueil de Florence, en examinant le projet de la formation d'un nouveau lit au Réno, dans l'eſpace d'environ quarante milles ; & il a dit généralement, que quand même la campagne feroit aſſez élevée pour que l'on pût y tenir les eaux encaiſſées continuellement & dans tous les lieux, ce feroit travailler en aveugle que de s'attacher à une pareille entrepriſe, par pluſieurs raiſons, & principalement parce qu'il n'exiſte point d'exemple ſur lequel on puiſſe ſe régler pour la méthode & l'ordre qu'il faudroit obſerver dans les travaux. Euſtache Manfredi a répété la même choſe dans ſon Abrégé ; & dans le fait, la dérivation du Mincio, de la foſſe Philiſtine dans le Pô, faite par Q. Curius Hoſtilius, le débouché ouvert par Claudius au lac de Célano dans le Garigliano, la réunion des eaux du Pô dans un ſeul lit vers Plaiſance, faite par Scaurus, la dérivation du Sile & des autres affluens de la lagune de Veniſe, & les autres ouvrages du même genre, quoique très-grands & très-diſpendieux, ne pourroient cependant pas être comparés avec le projet de la dérivation du Réno, & des autres torrens du Boulonois.

Euſtache Manfredi, dans l'Abrégé déjà cité, a ajouté une autre objection ; c'eſt que la rivière, frappée de flanc par un auſſi grand nombre d'embouchures de ſes tributaires, ſe replieroit vers les rives oppoſées, entreroit dans l'encaiſſement des chauſſées, & alongeroit infailliblement

la ligne ; qu'il ne fe trouve aucune rivière dont le lit foit
droit pendant l'efpace d'autant de milles, ni même dont
le lit, dans un auffi long efpace, foit compofé de deux
ou trois troncs droits, & que cet alongement pourroit
être probablement de la moitié-ou d'un tiers de toute
la longueur du lit. En effet, toute la Géographie ne nous
fournit point d'exemple d'une rivière de cette nature,
qui, pendant un cours de tant de milles, marche toujours
droite, & fans faire des finuofités confidérables. On peut
abréger le cours & couper & étendre en ligne droite,
les rivières qui ne portent que des matières légères de
fables & de terre. Noùs avons dans le Réno même, &
dans plufieurs autres rivières de l'Italie, des exemples de
pareilles rectifications qui ont bien réuffi, & cela par les
raifons que nous avons dites ci-deffus, que le fond &
le fil de l'eau de ces rivières éprouvent très-peu de changemens; mais les rivières qui tranfportent du gravier, comme
nous l'avons dit au commencement du Chapitre précédent, l'amaffent très-fouvent irrégulièrement en divers
endroits du lit, & forment des élévations qui forcent le
courant à fe replier d'un autre côté où, s'il fe rencontre
des matières qui oppofent moins de réfiflance, il fe forme
de nouvelles corrofions; en forte qu'au moyen du battement & rebattement continuel des eaux, tout le lit de la
rivière fe difpofe en une fuite d'arcs concaves & convexes.
Ainfi, il eft impoffible qu'avec tout l'art humain on puiffe
jamais contenir, dans l'encaiffement des chauffées, une
rivière qui porteroit des matières groffières, en recevroit

de nouvelles de tant d'autres affluens, de tant de hauteurs différentes & par des crûes d'eau qui n'arriveroient pas dans le même temps, fans que cette rivière ferpentât & alongeât fenfiblement fon cours. Au moyen de cet alongement, il arriveroit que, quand même la chute & la pente du nouveau lit feroient fuffifantes au commencement, pour que la rivière pût tranfporter jufqu'à la mer toutes les troubles toujours incorporées avec l'eau, par fucceffion de temps, elles feroient infuffifantes pour empêcher les dépôts & les attériffemens du lit.

Mais pour ce qui concerne la fuffifance de la chute, il eft à propos de faire plufieurs autres réflexions très-importantes. Dans la première expofition du projet dont nous parlons, comme on voyoit par les anciens nivelle-mens que le fond du Réno, à la Longara, étoit élevé d'environ 72 pieds *(e)* au-deffus du fond du Primaro vers l'embouchure du Santerno, on avoit cru que cette chute feroit plus que fuffifante, en la diftribuant par degré, d'abord à raifon de trois pieds par mille, enfuite de deux & demi, & toujours en diminuant. Mais pour porter les eaux d'un point à un autre, il ne faut pas confidérer feulement la différence de la chute dans les deux extrêmes; car, même en fuppofant que la chute totale foit fuffifante, il faut encore examiner avec quelle proportion la pente de la campagne diminue dans tout l'efpace intermédiaire;

---

*(e)* Le pied de Boulogne eft de 1 pied 2 pouces $\frac{2}{10}$ de ligne du pied de Roi.

& ici il peut arriver deux cas différens & oppofés ; c'eft-à-
dire que les terreins inférieurs aient une pente plus grande,
ou plus petite que celle qui conviendroit. Dans le premier
cas, il fera néceffaire de faire de très-grandes excavations,
& de faire tomber les affluens par de très-hautes digues
que l'on placera à leurs embouchures. Dans l'autre cas,
il faudra foutenir la rivière comme en l'air ; on ne pourra
plus y faire entrer les écoulemens des campagnes, & dans
le cas d'une rupture on ne pourra plus réparer les chauffées.
Suivant les anciens & les nouveaux nivellemens, la ligne
projetée pour la dérivation du Réno à la Longara, rencontreroit en divers endroits l'une & l'autre de ces deux
difficultés. Dans quelques-endroits, tout le nouveau lit
feroit comme enféveli dans la terre, & la Savena & l'Idice
y tomberoient du haut de digues fort élevées. Dans
d'autres endroits, le nouveau lit feroit plus élevé que le
plan de la campagne, il y auroit à la vérité quelques
écoulemens que l'on pourroit y faire entrer en les dérivant, & en leur donnant une iffue plus au-deffous ; mais
il y en auroit d'autres pour lefquels il n'y auroit d'autre
expédient que de faire autant de conduits fouterrains,
lefquels par leur multiplicité & leur grandeur feroient
toujours très-difpendieux, & dont la réuffite feroit fort
incertaine : mais c'en eft affez.

DE

# DE LA
# MANIÈRE
## DE
# RÉGLER LES RIVIÈRES
# ET LES TORRENS.

---

## LIVRE SECOND.
*Des vîteſſes & des pentes des Rivières.*

---

### CHAPITRE PREMIER.
*De la vîteſſe avec laquelle l'eau ſort des vaſes.*

C'EST un principe connu & auſſi ancien que l'hydraulique, que la vîteſſe avec laquelle l'eau ſort par les ouvertures faites dans les vaſes de quelque ſorte que ce ſoit, eſt généralement plus grande en proportion de la hauteur de l'eau contenue dans les vaſes. Jules Frontin l'a clairement énoncé dans ſon Traité ſur les Aqueducs de Rome. La queſtion étoit de trouver en quelle proportion des hauteurs, les vîteſſes devoient toujours varier. Benoît

H

Caſtelli , dans le ſecond Livre ſur la meſure des eaux courantes , commençant à rechercher en quelle proportion augmentoit la viteſſe qui naît de la preſſion des parties ſupérieures , ſoupçonna que cette même proportion étoit celle du nombre des parties preſſantes , c'eſt-à-dire des ſimples hauteurs. Mais Caſtelli ne pouvant réſoudre tous ſes doutes , ni par les conjectures qu'il avoit imaginées , ni par celles que lui avoit communiquées Cavalleri dans quelques lettres ; il laiſſa à d'autres le ſoin de continuer plus heureuſement que lui de ſemblables recherches. Torricelli , à la fin du ſecond Livre ſur le mouvement des corps graves , a établi , plutôt au moyen de quelques expériences phyſiques que par ſes conjectures mécaniques , que les vîteſſes occaſionnées par la preſſion ſont comme les racines quarrées des hauteurs , & il a attribué à Maggiotti le mérite d'avoir été le premier à tenter diverſes expériences à ce ſujet.

Torricelli a commencé ſa démonſtration par un principe certain d'hydroſtatique , qui eſt , que ſi l'on applique aux ouvertures faites aux côtés d'un vaſe autant de tubes , l'eau y remontera juſqu'à la ligne horizontale tirée de la ſuperficie de l'eau du vaſe. Enſuite il ſuppoſe deux choſes ; la première , que la vîteſſe avec laquelle l'eau commence à entrer dans les tubes , eſt toute celle qui lui eſt néceſſaire pour pouvoir remonter juſqu'à toute la hauteur du vaſe : la ſeconde , que l'eau ſort toujours avec la même vîteſſe par toutes les ouvertures du vaſe , ſoit que les tubes y ſoient appliqués , ſoit qu'on les en ait ôtés. Il a inféré facilement de ces principes, que l'eau fort par les trous avec la vîteffe qu'elle acquerroit en defcendant de toute la hauteur de l'eau fupérieure, & qui eft par conféquent comme la racine de la hauteur même. Mais il eft aifé de voir que ces deux fuppofitions contiennent équivalemment le théorème que l'on veut démontrer; ainfi la démonftration n'eft autre chofe qu'une pure pétition de principe. L'autre principe établi dans la mécanique d'Huygens, & par Daniel Bernoulli, de l'égalité entre la defcente & l'afcenfion potentielles des corps, retombe dans les mêmes fuppofitions que Torricelli pour tout ce qui peut s'appliquer aux eaux courantes. Varignon, dans les *Mémoires de l'Académie des Sciences de Paris, année 1703*, & Hermann, dans le *Chapitre neuvième du fecond Livre de la Phoronomie*, ont parlé d'une manière très-vague, en difant que la preffion dans les vafes eft proportionnelle à la hauteur; que la quantité du mouvement dans l'eau qui fort des trous eft proportionnelle à la preffion; que le nombre des particules forties dans un temps fuppofé, eft proportionnel à leur vîteffe; & que par conféquent la hauteur eft peut-être le quarré de la vîteffe. On peut tout au plus appliquer ces principes aux premières particules qui fortent, mais non pas aux autres qui fuivent après que tout le fluide eft en mouvement.

Newton, *dans la XXXVI.ᵐᵉ Propofition du Livre fecond de fes Principes*, en voulant déterminer le mouvement de l'eau qui fort par un trou ouvert dans le fond de quelques vafes, a commencé par une autre fuppofition,

qui eft, que chaque particule d'eau eft véritablement def-
cendue de toute la hauteur qui eft au-deffus d'elle. Ce
qu'il s'eft imaginé devoir arriver de telle manière que
toute l'eau autour du trou doit refter fans aucun mouvement, précifément comme fi elle étoit glacée, & que
l'eau qui eft au-deffus du trou doit defcendre par degrés
en forme d'entonnoir, en fe refferrant depuis la fection
fupérieure du vafe jufqu'à la fection du trou lui-même,
& former ainfi une efpèce de cataracte ; & en ajoutant
encore à ces fuppofitions une autre, qui eft, que toutes les
couches de l'eau paffant du haut en bas, & fe groffiffant
à proportion qu'elles diminuent de diamètre, demeurent
parallèles entr'elles. Newton détermina, avec fa fublimité
& fon élégance ordinaires, la figure de la cataracte, &
les autres loix du mouvement, & fur-tout que la vîteffe
de chaque particule d'eau dans le trou, eft en raifon
quarrée de la hauteur. Il a obfervé enfuite qu'à caufe de
l'obliquité des directions & des mouvemens avec lefquels
les particules parviennent à la fection du trou, & dans le
centre & de côté, il arrive qu'elles fe rapprochent encore
plus entr'elles dans l'ouverture, & qu'elles fe réduifent un
peu au-deffous du trou à une fection plus étroite qu'il
appelle *veine contractée.*

Pour définir la contraction de la veine qui naît de la
fimple convergence des mouvemens, fans y comprendre
le refferrement du diamètre qui, dans toutes les chutes
verticales, naît de l'accélération de la chute ; ce grand
homme imagina de faire le trou fur le côté du vafe, de

manière que l'eau commençât à fortir horizontalement.
Le trou étoit circulaire, il avoit $\frac{5}{8}$ de pouce de diamètre,
& il étoit taillé fur une petite lame unie & très-mince.
En y laiffant fortir l'eau, Newton a trouvé que le diamètre
de la veine, à la diftance d'environ un demi-pouce du
trou, étoit au diamètre du trou lui-même, à peu-près
comme 21 à 25. Or, comme la viteffe de l'eau qui paffe
par les différentes fections, eft réciproquement comme
l'aire des fections, ou réciproquement comme les quarrés
des diamètres, la raifon de la viteffe dans les deux fections
du trou & de la veine contractée devoit être celle du
quarré de 21 à 25, ou du fimple de 441 à 625, ou de
1 à 1$\frac{2}{5}$, ce qui eft à peu-près la raifon de l'unité à la
racine du double. Ainfi, en confidérant la veine contractée
comme la dernière fection de l'eau qui fort du vafe, &
en établiffant que la viteffe abfolue eft celle qu'elle acquerroit en tombant de toute la hauteur; la viteffe de l'eau
dans le trou fera à la vérité proportionnelle à la racine de
la hauteur, mais dans fa quantité elle fera feulement celle
qu'elle acquerroit en tombant de la moitié de cette
même hauteur.

Ces recherches font trop ingénieufes & trop célèbres
pour que l'on doive en perdre la mémoire; & elles ont
dans la fuite occupé les plus illuftres Mathématiciens,
Jean & Daniel Bernoulli, Mac-Laurin, le P. Grandi,
le marquis Poleni & plufieurs autres. Daniel Bernoulli
ayant jeté dans l'eau des poudres colorées, a obfervé que
ces poudres defcendant avec l'eau formoient une cataracte

bien différente de celle qui avoit été déterminée par Newton, qui devroit être une hyperbole du quatrième degré. Il a trouvé à la vérité la même proportion entre les diamètres de la veine contractée & du trou ; mais toutes les autres circonstances du mouvement lui ont paru différentes, comme on peut le voir dans le troisième Paragraphe de la quatrième Partie de l'Hydrodinamique. Le marquis Poleni a trouvé par quelques autres expériences, que le diamètre de la veine contractée étoit au diamètre du trou comme $20\frac{1}{2}$ à 26. Plusieurs autres Auteurs, & principalement Jean Bernoulli, dans son Hydraulique, ont proposé différentes difficultés sur toute la théorie de Newton. La principale difficulté est que cette théorie est fondée sur différentes suppositions qui, peut-être, n'existent jamais dans la Nature ; & dont, quand même elles se vérifieroient dans quelques cas particuliers, il ne seroit pas moins difficile de démontrer la réalité, que de résoudre tous les autres problèmes que l'on pourroit proposer sur le mouvement des fluides.

Les recherches de Newton ont été plus étendues par Mac-Laurin, dans le douzième Chapitre de son grand Ouvrage sur les fluides ; mais il a toujours enveloppé les théories hydrauliques avec quelques suppositions arbitraires, comme, par exemple, la distribution & la division du poids total du fluide en trois parties, desquelles une est destinée à accélérer le fluide au dedans du vase ; l'autre à l'accélérer dans l'ouverture ; & la troisième finalement à presser le fond du vase. Jean Bernoulli, voulant

fubftituer une nouvelle théorie hydraulique à celle de
Newton, a changé fes fuppofitions contre quelques autres,
comme, par exemple, que tout le poids du fluide eft
employé à l'accélération de toutes ces particules ; & que
la vîteffe des particules, même en paffant des plus grandes
aux plus petites fections, naît uniquement du poids.
M. d'Alembert, dans la nouvelle, fublime & générale
théorie qu'il nous a donnée de la réfiftance des fluides,
a très-bien relevé les doutes & les difficultés qui peuvent
naître des théories de Newton, de Mac - Laurin & de
Bernoulli ; & il a obfervé en général que tout ce que
l'on peut dire fur cette matière fe borne à deux hypothèfes : la première, que les différentes couches du fluide
confervent toujours leurs parallélifmes, même lorfqu'elles
font en mouvement : la feconde, que la vîteffe eft égale
& parallèle à l'axe du vafe dans toutes les particules qui
compofent la même couche. Sur cette matière on peut
voir le Traité d'hydroftatique du célèbre P. Lecchi,
dans lequel il a amplement relevé l'incertitude des démonftrations Mathématiques que l'on a données jufqu'à
préfent fur les loix du mouvement des eaux qui fortent
des vafes, ou qui courent dans le lit des rivières.

Une fimple réflexion fuffit pour faire voir que tous les
problèmes d'hydraulique font au - deffus de toutes les
forces de la Géométrie & du Calcul. La difficulté de
tous les problèmes augmente en proportion du nombre
des conditions, des cas & des différences que l'on y fait
entrer ; ainfi les problèmes mécaniques font d'autant plus

compliqués, que le nombre des corps dont on cherche le mouvement, & qui agiſſent en quelque ſorte entr'eux, eſt plus grand. Or, la première & la plus eſſentielle propriété des fluides, eſt qu'en eux la preſſion s'étend de tous les côtés, & que leurs particules cèdent ſubitement à quelque force que ce ſoit, & qu'en cédant elles ſe meuvent facilement entr'elles. Donc, dans une maſſe de fluide qui ſe meut dans un tube quelconque ou dans un canal, le nombre des corps qui agiſſent enſemble eſt infini ; donc c'eſt un problème qui dépend d'une infinité d'équations, & qui conſéquemment eſt au-deſſus de toutes les forces de l'Algèbre, que celui de déterminer le mouvement de chacun de ces corps. C'eſt par cette raiſon que je regarde l'hydraulique & l'hydrométrie comme une partie de la Phyſique plutôt que des Mathématiques, ou comme une partie des Mathématiques dans laquelle les progrès que l'on a faits juſqu'à préſent, & ceux que l'on fera dans la ſuite, ſont purement hypothétiques & limités à certains cas qui n'exiſtent peut-être jamais dans la Nature. Comme mon intention eſt de réunir, dans le préſent Traité, tout ce qui peut être du meilleur uſage pour la direction des rivières ; j'ai renoncé exprès à toutes les démonſtrations & les calculs hypothétiques, dans leſquels divers Auteurs, & ſur-tout Zendrini, ont enveloppé cette matière ; & au lieu de cela j'ai raſſemblé toutes les expériences, les obſervations & les réflexions qui peuvent donner quelque lumière dans les cas de la plus grande importance.

Nous

Nous fommes affurés, par les expériences phyfiques, que les vîteffes des eaux qui fortent par les ouvertures des vafes font, du moins à peu-près, proportionnelles aux racines des hauteurs. Guglielmini a été le premier à recommencer, en détail & avec plus de précifion, les expériences de Maggioti & de Torricelli. Car ayant pris un vafe plein d'eau, de quatre pieds de hauteur, dans lequel il avoit pratiqué de côté feize trous circulaires d'un pouce de diamètre, chacun defquels pouvoit s'ouvrir tandis que les autres reftoient fermés; & les ayant ouverts par degrés l'un après l'autre, il obferva que la quantité d'eau qui étoit fortie dans un temps égal, & par confé-quent la vîteffe avec laquelle elle fortoit par les ouvertures, dans fix expériences, étoit à peu-près proportionnelle aux racines des hauteurs. Dans huit autres expériences, il ne s'écartoit de cette loi que d'environ une centième partie; une autre fois la différence fut de $\frac{1}{16}$, & une autre fois de $\frac{1}{32}$. Mariotte, Poleni & plufieurs autres Auteurs, ont trouvé que la même loi étoit d'autant plus approchante du vrai, qu'ils avoient apporté plus de foin & plus d'exactitude à répéter les obfervations & les expériences. Dans toute la fuite des expériences qui ont été faites dans ce genre, celles que M. Michelotti a faites il y a peu d'années dans le voifinage de Turin, & qu'il a enfuite décrites fort au long dans fon Traité fur la mefure des eaux courantes, méritent particulièrement d'être rap-pelées & confervées par leur multiplicité & leur préc fion. Elles achèvent de prouver que les vîteffes des eaux font

I

véritablement en raiſon quarrée des hauteurs des colonnes
preſſantes, & que l'on doit attribuer toutes les différences
que l'on a coutume de trouver dans les expériences, aux
réſiſtances des lèvres des ouvertures, & à d'autres cauſes
accidentelles.

Ce principe établi, en ſuppoſant la hauteur de l'eau,
ainſi que la figure des ouvertures, c'eſt une affaire de pur
calcul que de trouver la proportion des quantités d'eau
qui en ſortent dans un temps limité. Guglielmini &
Grandi nous ont laiſſé à ce ſujet divers théorèmes, & moi
j'y en ai ajouté un autre ſur la fin du ſecond Chapitre du
premier Livre ſur les loix de la gravité. Si la figure du
trou eſt d'abord un quarré, qui par un côté touche la
ſuperficie de l'eau dormante dans un vaſe, enſuite un
cercle inſcrit dans le quarré, après un triangle pareillement inſcrit, premièrement avec le ſommet en haut, &
enſuite renverſé avec le ſommet en bas, & finalement un
triangle qui ait la même hauteur & le même ſommet que
le dernier, avec ſeulement la moitié de la baſe; la quantité
d'eau qui ſortira dans un temps égal, dans ces cinq cas
différens, ſera graduellement comme 5, 4, 3, 2, 1.
Dans le cas d'une ouverture quarrée, comme on la fait
ordinairement pour laiſſer couler les eaux, toute la difficulté de la répartition ſe réduit à quarrer le ſegment
d'une parabole dont l'axe ſoit vertical, la ſommité dans
la ſuperficie de l'eau dormante, & la hauteur de tout le
ſegment la hauteur même de l'ouverture. La Table
parabolique du P. Grandi épargne la peine du calcul

purement arithmétique. L'expérience rapportée par Mariotte, dans fon premier Difcours fur le mouvement des eaux, conftate que par un trou circulaire d'un pouce de diamètre plongé conftamment une ligne au - deffous de la fuperficie de l'eau, il fort, dans une minute, trois pintes & trois huitièmes d'eau, mefure de Paris, qui font 25 livres $\frac{84}{100}$ de France *(f)*. Cette expérience fuffit pour calculer la quantité abfolue d'eau qui peut fortir dans un temps fuppofé, & par une ouverture auffi fup-pofée. Il faut voir à préfent comment on applique le même principe au cas plus intéreffant des portées entières des rivières.

## C H A P I T R E  I I.

### *Des vîteffes des Rivières folitaires.*

LA vîteffe d'une rivière, qui coule feule fans recevoir d'autres rivières, & qui fe groffit par les feules eaux de fources ou de pluies, dépend ou de la chute, ou de la preffion des parties fupérieures. Toutes les particules d'un fluide, tombant fur un plan incliné, doivent s'ac-célérer par les mêmes loix que tous les autres corps graves qui tombent. L'accélération qui naît de la preffion eft propre & particulière aux fluides, qui étant compofés

---

*(f) Nota*. Il y a erreur dans l'Auteur ; la pinte de Paris contenant deux livres, poids de marc d'eau, trois pintes trois huitièmes font fix livres douze onces.

de parties détachées cèdent à toutes les forces qui leur font imprimées, & se meuvent. La pente du fond contribue principalement à l'accélération des eaux dans les premiers troncs des rivières, dans le centre des montagnes où la hauteur du corps d'eau eſt très-petite, & où les chutes font très - rapides. La preſſion des parties ſupérieures contribue principalement à l'accélération des rivières, dans le milieu des grandes plaines où l'inclinaiſon du fond eſt très-petite, & où le corps d'eau eſt plus conſidérable. La vîteſſe qui naît de la preſſion, dans les rivières qui font plus groſſies dans les plaines, eſt quelquefois plus grande que celle qui naît de la pente du fond dans les lieux montueux. Zendrini a obſervé, dans le X.$^{mc}$ *Chapitre,* que le Pô dans les parties inférieures, acquiert au moyen de l'accroiſſement du corps d'eau, une vîteſſe plus grande que celle qu'il avoit lorſqu'il abandonne les graviers dans les parties ſupérieures, & que cette vîteſſe eſt telle qu'elle pourroit ſuffire pour pouſſer beaucoup plus loin ces mêmes graviers, s'ils pouvoient traverſer tout l'eſpace intermédiaire, & arriver juſqu'à l'endroit où le plus grand corps d'eau commence à compenſer la force toujours plus diminuée par la diminution de la chute.

Dans les troncs intermédiaires des rivières, toutes les deux raiſons peuvent contribuer à l'accélération des eaux, la hauteur du corps d'eau & la chute; mais alors la chute doit être différente dans les différentes parties de la même ſection: & comme les parties voiſines du fond doivent s'accélérer par la pente du fond, de même les parties voifines de la fuperficie doivent s'accélérer par la pente de la fuperficie. Au-deffus de toutes les digues, des retenues & des traverfes des rivières, où le fond va en remontant, comme nous l'avons dit vers la fin du Chapitre troifième, la pente de la fuperficie contribue beaucoup à l'accélé-ration des eaux ; parce que les fections s'abaiffant fur le fommet des digues, à caufe de l'accélération qui naît de fa libre chute, la fuperficie devient plus inclinée dans fa partie fupérieure ; & par cette raifon les eaux s'accélèrent encore davantage, & même pendant un efpace plus confi-dérable qu'elles ne le feroient, à caufe qu'elles font unies par une forte de vifcofité & d'adhéfion, avec les autres eaux inférieures. La même raifon a lieu principalement, ainfi que nous le verrons dans la fuite, à l'embouchure des rivières qui vont s'étendre fur la plus baffe fuperficie de la mer, en y tombant d'une hauteur confidérable au-deffus de leur fond ; parce qu'en augmentant la chute on augmente auffi la vîteffe des eaux qui font à la fuper-ficie de la rivière, & que par la ténacité naturelle des parties, l'accélération s'étend encore aux autres eaux qui font au-deffous. C'eft par cette raifon qu'il arrive fouvent qu'une rivière qui a quinze à vingt pieds ou plus de hauteur n'a, à fon embouchure, que cinq ou fix pieds de profondeur, fans qu'il y ait aucun élargiffement notable dans le lit, & quoiqu'elle coule fur un fond qui va en remontant.

Galilée, dans fon *Difcours fur la rivière de Bifenzio*, a été le premier qui ait appliqué aux eaux courantes, les

théories des plans inclinés & de la chute des corps graves.
D'après ces principes, il a été fi avant qu'il a établi que
les vîteffes demeurent les mêmes dans deux canaux de
différentes longueur & tortuofité, pourvu feulement qu'ils
aient la même hauteur, c'eft - à - dire dans le cas où ils
demeureront reftreints entre les mêmes termes. Cependant
ce théorème n'eft vrai que métaphyfiquement en faifant
abftraction de toutes les réfiftances ; & le fait montre
conftamment que dans les canaux tortueux, comme les
réfiftances augmentent, de même les vîteffes diminuent.
Ainfi Viviani, difciple & fuccelfeur de Galilée, dans la
furintendance des eaux de la Tofcane, eut raifon de
faire, à la rivière de Bifenzio, les mêmes redreffemens
que Galilée avoit défapprouvés. Le P. Gaftelli a été le
premier qui a fait entrer, dans les quantités d'eaux que
portent les rivières, l'élément de la vîteffe qui naît de
la preffion. Nous lui avons obligation de divers théorèmes très-fimples, généraux & importans; comme, que
dans une rivière réduite à un état de permanence, fans
qu'elle fe hauffe ou fe baiffe de fuperficie, la quantité
d'eau qui dans un temps égal paffe & fe décharge par
toutes les fections, doit être égale ; & que cependant dans
les mêmes fuppofitions, les vîteffes moyennes, dans les
différentes fections, doivent être en raifon réciproque de
l'amplitude des fections. Mais la théorie de la vîteffe qui
naît de la preffion des eaux fupérieures, n'a été mife
dans fon véritable jour que par Guglielmini & par Grandi.
Torricelli, dans fes Écrits fur les étangs, a été le premier

qui a parlé de l'accélération qui naît de la pente de la
fuperficie.

La vîteffe qui naît de la libre chute, feroit fujète aux
mêmes loix que tous les autres corps graves qui tombent,
c'eft-à-dire qu'elle feroit comme la racine de toute la
hauteur, fi les irrégularités du fond, les détours des bords
& plufieurs autres empêchemens qui fe rencontrent dans
la continuation du cours, n'en faifoient pas perdre une
grande partie. Toutes les rivières, même avant qu'elles
fe groffiffent beaucoup par l'union des affluens, ont une
vîteffe beaucoup moindre que celle qu'elles devroient
avoir eue, égard à la hauteur de la chute. Le P. Grandi,
dans la $xxx.^{me}$ *Propofition de la feconde Partie de fon Traité*
*fur le mouvement des eaux*, nous a appris la manière de
défalquer ce que les empêchemens précédens peuvent
avoir enlevé à la vîteffe primitive de l'eau. Il a dit, en
premier lieu, qu'il falloit s'affurer par des expériences,
quelle étoit la vîteffe de la fuperficie d'une rivière. On
peut y parvenir, ou en mefurant l'efpace que parcourt un
corps flottant dans un temps fixé, ou par le moyen d'une
roue dont les volets touchent la fuperficie de l'eau, en
comptant le nombre des révolutions qu'elle fait dans un
temps déterminé, ou en mefurant, avec un cadran, combien un poids qui pend du centre de ce même cadran,
eft détourné de la ligne verticale par le choc de la fuperficie de l'eau, parce qu'il eft connu que les tangentes
des dérivations des pendules, doivent être proportionnelles au choc & à la force de l'eau, c'eft-à-dire à la

vîteſſe & au nombre des particules qui y frappent dans un temps déterminé, ou ce qui eſt la même choſe au quarré de la vîteſſe. Cela poſé, il faut rechercher par les méthodes connues, à quelle hauteur correſpond cette même vîteſſe, ou, ce qui eſt la même choſe, de quelle hauteur devroit tomber un corps pour acquérir la vîteſſe avec laquelle ſe meut la ſuperficie de la rivière; & enfin il faut ajouter cette hauteur à toute la hauteur de la ſection, pour avoir la hauteur vive à laquelle la vîteſſe actuelle correſpond; c'eſt ce que le P. Grandi appelle *l'origine équivalente de la rivière.* De cette manière, il prétend que la vîteſſe, dans les différentes parties de l'eau, doit être, non pas comme la racine de la hauteur vraie de la ſection, autrement l'eau de la ſuperficie ne pourroit avoir aucun mouvement, attendu qu'elle n'a point d'autre eau au-deſſus d'elle, ni comme la racine de la hauteur priſe de l'origine vraie de la rivière, comme ſi les eaux ne rencontroient aucune réſiſtance dans leur cours; mais comme la racine de la hauteur vive qui doit être meſurée de l'origine équivalente.

La vîteſſe qui naît de la preſſion dans les lits horizontaux des rivières, ſeroit de même en raiſon quarrée des hauteurs vraies des colonnes preſſantes, ſi le cas des particules d'eau qui coulent dans le lit d'une rivière, étoit préciſément le même que celui de l'eau qui ſort par les ouvertures d'un vaſe d'égale hauteur. Wolf, dans *le Théorème* XXIX *de ſon Hydraulique,* a cru que, pour prouver l'identité des deux cas, il ſuffiſoit de dire que
dans

dans l'un & dans l'autre, l'eau fe meut par la preffion, & qu'ainfi, & dans les ouvertures des vafes, & dans les fections des lits horizontaux, les particules également diftantes de toute la fuperficie devoient avoir une vîteffe égale. Guglielmini, dans la *Propofition II du Livre III, fur la mefure des eaux courantes*, en a donné une autre raifon, il a fuppofé que tout le canal horizontal étoit coupé par un plan vertical qui empêcheroit le cours de l'eau, dans lequel plan on ouvriroit fucceffivement plufieurstrous par lefquels l'eau commenceroit à fortir ; & il a averti que l'eau fortiroit par chaque trou avec la même vîteffe qu'elle auroit dans le lit libre & horizontal; d'où Guglielmini a inféré que dans le cas où l'on multiplieroit les trous à un tel point qu'ils formeroient enfemble toute l'ouverture de la fection, la vîteffe de chaque particule d'eau feroit précifé-ment la même que celle qu'elle auroit fi elle fortoit d'un vafe d'égale hauteur. Les conjectures par lefquelles Torricelli s'eft efforcé de prouver que la vîteffe de l'eau qui fort par les ouvertures des vafes, eft comme la racine des hauteurs, feroient également applicables au cas des lits horizontaux; puifqu'en plongeant un tube ouvert dans une rivière, à quelque profondeur que ce foit, l'eau y remontera jufqu'au niveau de la fuperficie de la rivière. Or, puifqu'elle y remonteroit par la feule preffion des eaux fupérieures à l'ouverture du tube; & qu'en outre la preffion eft toujours la même, foit que le tube foit plongé dans l'eau, foit qu'il en foit ôté; la vîteffe avec laquelle l'eau entreroit dans l'ouverture, & avec laquelle

K

elle fe meut dans le lit horizontal, doit être la même que celle avec laquelle elle pourroit monter à toute la hauteur de la feĉtion, & par conféquent comme la racine de la hauteur même.

Quoique ces conjeĉtures, & autres raifons femblables, ne forment pas à la rigueur des démonftrations mathématiques, cependant elles fuffifent pour donner la plus grande vraifemblance ou certitude phyfique à ce que nous avons entrepris de prouver. Il paroîtroit même que l'analogie de la Nature nous porteroit à adopter la loi du cas des eaux qui fortent des vafes à celui des eaux qui coulent librement dans le lit des rivières. Le fecond cas eft même fortifié par les expériences & les obfervations. Zendrini, dans le *Chapitre V.ᵐᵉ de la feconde Partie de fon Traité fur les loix & les phénomènes des eaux*, ayant examiné avec le pendule, les vîteffes en différens endroits & en différentes feĉtions du Pô, il les a trouvées à peu-près proportionnelles aux racines des hauteurs, lorfque ces mêmes vîteffes n'étoient pas fort grandes, & il n'a trouvé de différence fenfible que dans le cas des très-grandes vîteffes dans lefquelles la boule étant repouffée en haut & le fil courbé fenfiblement, il n'étoit pas poffible de mefurer, avec une certaine exaĉtitude, le mouvement & l'impétuofité de l'eau par la déviation du pendule. La même loi a toujours été trouvée vraie dans toutes les expériences qui ont été faites avec le flacon hydrométrique, imaginé & propofé par les Boulonois en 1721 ; dans lefquelles les quantités d'eau qui, dans un temps égal,

entroient par un petit trou ouvert à la fommité, & qui
fe raffembloient dans le flacon plongé fucceffivement à
différentes profondeurs, tant dans l'eau dormante que
dans l'eau courante, étoient toujours à peu - près proportionnelles aux racines des hauteurs. Le P. Grandi,
en rapportant ces expériences dans la *Propofition X L V I du
Livre I.'*, a paru n'en pas faire grand cas, à caufe qu'en
tenant le trou à fleur d'eau, il n'en entroit pas une feule
goutte dans le flacon; de même que fi la fuperficie de
l'eau n'étoit que comme tranfportée par l'eau inférieure,
de manière que cette eau, rencontrant l'oppofition des
parois du vafe, faifoit encore détourner à droite & à
gauche celle de la fuperficie, fans qu'elle pût entrer dans
le trou ouvert. Mais ce phénomène devoit précifément
arriver de cette manière, à caufe de cette vifcofité & de
cette adhéfion des particules de l'eau dont nous avons
déjà parlé ci-devant, & dont nous parlerons encore plus
au long dans le quatrième Chapitre du troifième Livre.

En raffemblant le tout, il doit paroître fuffifamment
certain que les vîteffes de l'eau, quoiqu'elles naiffent de
caufes différentes, ou de la libre chute, ou de la preffion
des eaux fupérieures, ont une feule loi & font proportionnelles aux racines des hauteurs ou vraies ou vives,
c'eft-à-dire qu'elles font proportionnelles aux racines des
hauteurs vraies & abfolues des fections, quand la fuperficie de l'eau n'a aucun mouvement fenfible; & que,
quand le mouvement de la fuperficie eft fenfible, elles
font proportionnelles aux racines des hauteurs vraies,

augmentées de la quantité correſpondante à la vîteſſe de la ſuperficie. Ce théorème nous fournit une méthode facile pour calculer les portées entières des rivières. Les élémens de tout le calcul ſont les ſuivans. Un corps grave, en tombant librement, décrit, dans une ſeconde de temps, 158 pouces $\frac{13}{14}$ du pied de Boulogne, & par la vîteſſe acquiſe à la fin de la chute, il pourroit, dans un temps égal, décrire 317 pouces $\frac{6}{7}$. Cela poſé, s'il y a une parabole dans laquelle, à l'abſciſſe 158 $\frac{13}{14}$, correſponde la ſemi-ordonnée 317 $\frac{6}{7}$, toutes les autres ſemi-ordonnées exprimeront les vîteſſes correſpondantes aux hauteurs des autres abſciſſes, & en diviſant le quarré de la ſemi-ordonnée par ſon abſciſſe, on aura le paramètre de la parabole qui ſera de 635 $\frac{5}{7}$. L'eſpace que parcourt, dans une ſeconde, le corps flottant ſur la ſuperficie de la rivière, diviſé par le même paramètre, donnera la hauteur correſpondante à la vîteſſe de la ſuperficie, laquelle, ajoutée à la hauteur vraie de la rivière, fera toute la hauteur vive ou équivalente. La racine du produit de la hauteur équivalente par le paramètre donnera la vîteſſe du fond de la ſection. Deux tiers du produit de la vîteſſe du fond par toute la hauteur équivalente, moins deux tiers du produit de la vîteſſe de la ſuperficie par la hauteur ajoutée à la hauteur vraie, donneront la vîteſſe moyenne. Finalement, le produit de la vîteſſe moyenne par les largeur & hauteur vraies, donnera la quantité d'eau qui paſſe, dans une ſeconde, par la ſection rectangulaire. Dans les ſections en trapèze, il faut de plus calculer la quantité d'eau qui paſſe par toutes les perpendiculaires des triangles formés au-delà du plus grand reḍangle inſcrit ; mais la méthode eſt toujours la même.

J'ai fait l'application des règles précédentes à différens cas, mais principalement à celui des eaux du Boulonois. Ainſi, en ſuppoſant que la vîteſſe de la ſuperficie, dans le torrent Lavino, avant ſon embouchure dans la Sam-moggia, ſoit de trois milles par heure, ou de 180 mille pouces, & prenant les largeurs réduites, & les hauteurs des plus grandes crûes d'eau, en deux ſeḍions différentes qui ſont les plus approchantes du reḍangle, & qui, dans les aḍes de la dernière viſite, ſont diſtinguées par les lettres *Q* & *P ;* j'ai trouvé que la quantité d'eau qui paſſe, dans une ſeconde par la première ſeḍion, eſt de 8 millions 219 mille 112 pouces cubes ; & que celle qui paſſe pendant le même eſpace de temps, par la ſeconde ſeḍion, eſt de 11 millions 844 mille 43 pouces cubes. De même en ſuppoſant, dans la Sammoggia ſeule, avant le confluent du Lavino, que la vîteſſe de la ſuperficie ſoit de trois milles par heure ; & prenant les meſures don-nées des deux ſeḍions, marquées par les lettres *O* & *N,* j'ai trouvé que la portée de la première ſeḍion étoit de 21 millions 85 mille 741 pouces cubes ; & la portée de la ſeconde de 38 millions 12 mille 504 pouces. Les réſultats des calculs étant auſſi différens dans les deux différentes ſeḍions, il faut obſerver que la première ſeḍion du Lavino, ainſi que la première de la Sam-moggia, ont été priſes ſur un fond beaucoup plus rapide

& plus incliné que celui sur lequel on a pris les deux autres sections inférieures. La plus grande inclinaison du fond, faisant accélérer davantage les eaux, devoit rendre moindres les hauteurs vraies, & les vîtesses de la superficie toujours plus grandes dans les deux premières sections que dans les secondes. Si l'on avoit des observations plus exactes sur ce qui concerne ces mêmes vîtesses, on pourroit faire tout le calcul avec plus de justesse. Pour parvenir à la plus grande exactitude que l'on puisse espérer dans des calculs de ce genre, nous prendrons un moyen arithmétique, comme l'on fait ordinairement pour combiner les différences de résultats semblables; & nous donnerons 10 millions 31 mille 577 pouces à la portée du Lavino, & 29 millions 574 mille 122 à celle de la Sammoggia, lesquelles feront ensemble 39 millions 605 mille 699 pouces; ce qui approche beaucoup des calculs des deux autres sections prises dans la Sammoggia au-dessous de l'embouchure du Lavino. Puisqu'en supposant de nouveau que la vîtesse de la superficie soit de trois milles par heure, la portée de la première section seroit de 37 millions 641 mille 360 pouces; & celle de la seconde de 42 millions 468 mille 497 pouces : & le moyen arithmétique seroit de 40 millions 54 mille 917 pouces. Nous ne croyons donc pas nous écarter beaucoup de la vérité, en supposant que la quantité d'eau dans la Sammoggia unie au Lavino, & dans la Sammoggia seule, sont entr'elles comme 4 à 3. Quoique les élémens de ce calcul ne soient pas exacts, & qu'il y ait une différence considérable dans la quantité absolue de l'eau; cependant comme on a fait le calcul de la même manière dans toutes les sections des deux torrens unis & divisés, & que l'on a pris le moyen arithmétique entre les deux différens résultats, il ne pourra jamais se trouver une erreur bien grande dans la détermination de la proportion & du rapport des portées d'eau; ce qui suffit pour ce que nous aurons à dire dans la suite.

On peut faire le calcul avec moins d'incertitude dans le Réno, dont le fond est plus régulier. Les anciennes observations donnent à la vîtesse de la superficie du Réno environ trois milles & demi par heure; & comme elles ont été faites avec des corps flottans très-légers, on doit les préférer aux autres expériences plus nouvelles qui lui donnent une vîtesse plus grande, parce qu'elles ont été faites avec quelques fascines que l'on a jetées dans la rivière, lesquelles étant en grande partie plongées dans l'eau, participoient non-seulement à la vîtesse de la superficie, mais encore à celle des autres couches inférieures. J'ai calculé, d'après ces suppositions, deux sections du Réno qui m'ont paru assez régulières pour qu'il n'y eût point à craindre qu'en calculant leurs portées, par leurs largeurs réduites, & par les hauteurs des plus grandes crûes d'eau, on ne pût pas avoir les proportions des quantités d'eaux très-approchantes. J'ai trouvé que la portée de la première section étoit de 111 millions 749 mille 323 pouces cubes par seconde; & celle de la seconde de 87 millions 950 mille 554 pouces; des-

quelles, prenant le moyen arithmétique, j'ai trouvé que
la portée du Réno ſeul étoit de 99 millions 849 mille
938 pouces cubes ; & qu'ainſi la quantité d'eau dans
le Réno ſeul, étoit à la quantité d'eau du Réno uni à la
Sammoggia, à très-peu-près comme 5 à 7. En prenant les meſures données des autres torrens du Boulonois,
dans les ſections les plus régulières, comme on peut les
voir dans la Table qui eſt à la fin du préſent livre, j'ai
trouvé, qu'en ſuppoſant le Réno ſeul de 100 parties ; & la
Sammoggia unie au Lavino de 40, & conſéquemment en
ſuppoſant le Réno, après le confluent de la Sammoggia,
de 140 parties ; que le canal navigable en ajoutoit deux ;
la Savena, dans les grandes eaux, 20 ; l'Idice 24, & les
trois autres torrens inférieurs, la Centonara, la Quaderna
& le Sillaro enſemble 25. Ceux qui ont calculé, ſur
d'autres meſures, les portées de ces torrens, & qui,
conſidérant les ſections comme étant en trapèze, ont
tenu compte plus ſcrupuleuſement de leurs petites irrégularités, ſont parvenus à des rapports qui ne ſont pas fort
différens. Mais comme il ſuffit à mon deſſein de fixer
à peu-près, & comme on peut le faire dans ces matières,
la proportion des quantités d'eau, je ne crois pas qu'il
ſoit néceſſaire de pouſſer plus loin les calculs.

CHAPITRE

## C H A P I T R E  III.

### *Des vîteſſes des eaux dans les canaux artificiels.*

ON a vu par quelle loi l'eau s'accélère dans une rivière ſolitaire, & par la preſſion des eaux & par la chute. Dans les rivières qui s'uniſſent enſemble, il paroît que l'on doit encore tenir compte d'un autre élément, c'eſt-à-dire du choc & de la compoſition de la vîteſſe & du mouvement qui ſe font à leur confluent. Guglielmini, dans la *Propoſition IV du Chapitre VIII de ſon grand Ouvrage ſur la nature des rivières,* a commencé à appliquer aux eaux courantes, le principe de la compoſition du mouvement. Dans les *Mémoires de l'Académie des Sciences de Paris, année 1738,* M. Pitot s'eſt ſervi du même principe pour déterminer la moyenne direction que prendroient librement deux rivières qui s'uniroient enſemble; mais pour trouver la vîteſſe commune des eaux après le confluent, il a ſuppoſé que, dans les eaux courantes comme dans le choc des corps durs, la même quantité de mouvement ſe conſervoit invariablement; &, partant de cette ſuppoſition, il en a tiré la conſéquence que la vîteſſe commune des rivières unies eſt égale aux quantités de mouvement des rivières ſéparées, diviſée par la ſomme de leurs quantités d'eau. Fontenelle nous a obſervé, dans ſon Hiſtoire de la même année, que cela ne s'accorde point avec les phénomènes des eaux qui s'uniſſent dans un ſeul lit, &

L

qui acquièrent par leur union une plus grande vîteſſe.
Le P. Grandi, dans les *Chapitres IV & V du premier Livre*,
a eſſayé de déterminer, par les mêmes principes de la
compoſition & de la réſolution du mouvement, non-
ſeulement la direction, mais encore la vîteſſe abſolue des
eaux qui s'uniſſent enſemble ou qui ſe diviſent. Pour cet
effet, il a inventé un corps flottant qui, dans le confluent
du fil de l'eau des deux rivières, fût attaqué en même
temps par la force du récipient & par celle de l'affluent
ſelon leurs premières directions, d'où il devoit arriver,
ſuivant les loix de la mécanique, que le corps flottant
devoit continuer ſon mouvement dans une direction intermédiaire ; & en ſuppoſant en outre, dans la *Propoſition XLVI*,
que le mouvement du corps flottant étoit commun au
fil de l'eau de toute la rivière, après le concours des
deux confluens, il en a conclu que le fil de l'eau devoit
naturellement avoir une direction intermédiaire à celles
du récipient & de l'affluent. Cela poſé, dans les douze
corollaires & les deux ſcholies ſuivans, il a appliqué
généralement aux eaux courantes, toutes les théories
mécaniques de la compoſition des vîteſſes ; & dans le
troiſième ſcholie, il a prétendu que ſi les bords du récipient, un peu au-deſſous de l'embouchure, ne cédoient
pas à l'impreſſion de l'affluent, le fil de l'eau du récipient
devoit ſe tenir dans la même direction qu'il avoit auparavant, en accroiſſant cependant ſon ancienne vîteſſe
d'une telle portion, qu'elle fût à la vîteſſe de l'affluent,
comme le ſinus du complément de l'inclinaiſon des

rivières au finus total. D'où il devroit s'enfuivre que, fi
le fil de l'eau de l'affluent fecondoit par fa direction celle
du fil de l'eau du récipient, en faifant un angle fort aigu ,
comme cela arrive ordinairement, la vîteffe dans le lit
commun, feroit égale à la fomme des vîteffes du récipient
& de l'affluent ; parce que la vîteffe qu'auroit le corps
flottant, dans le fil de l'eau de la rivière unie , feroit
précifément la fomme des deux vîteffes féparées.

Ce principe admis , il s'enfuivroit que les fections du
récipient ne pourroient augmenter beaucoup à caufe de
l'union de l'affluent , précifément par la raifon que la
quantité d'eau augmentant, les vîteffes feroient compofées
de cette augmentation , & que le cours de l'eau deviendroit plus rapide qu'auparavant. Mais, outre les difficultés
générales que nous avons déjà relevées fur toute l'hydraulique, il pourroit naître encore beaucoup d'autres doutes
particuliers fur les fuppofitions du P. Grandi. On pourroit particulièrement nier que le cas d'un fimple corps
flottant fût le même que celui de deux corps d'eau qui
paffent de deux lits féparés, dans un feul lit. Mais laiffant
à part les hypothèfes des théories, on pourroit encore
ici fuivre la méthode que nous avons déjà commencée,
qui eft d'épier les loix de la Nature par fes phénomènes.
Mais, fur cette matière , on ne peut tirer que très - peu
de lumières des Auteurs anciens. Guglielmini , fur la fin
du Chapitre V I I, confidérant le célèbre phénomène du
Pô de Venife qui a reçu la branche de Ferrare & le Panaro,
fans que fon lit fe foit élargi , a dit en général , qu'une

L ij

petite rivière peut entrer dans une grande, fans l'augmenter
de largeur ni de hauteur ; & il a cru que cela pouvoit
arriver, parce que le corps d'eau accrû fe maintenoit tout
en mouvement en fuivant la direction du fil de l'eau,
fans s'écarter latéralement. Dans l'hypothèfe que toutes
les fections feroient vives, & que les vîteffes, avant &
après le confluent des deux rivières, feroient comme
les racines des hauteurs vraies ; les cubes des hauteurs
feroient comme les quarrés des quantités d'eaux qui fe
déchargent par les fections dans un temps égal. Manfredi,
dans le *Chapitre III.*$^{me}$ *de fa Réponfe à M.*$^{rs}$ *Ceva &*
*Mofcatelli*, a déduit de ce théorème que le Reno, dans
les grandes eaux, ajoutant $\frac{1}{34}$ d'eau au Pô, fuppofé
également dans fes grandes eaux, il ne pourroit en faire
augmenter la hauteur que de 8 pouces $\frac{1}{2}$ ou d'environ $\frac{1}{51}$.
Mais réfléchiffant enfuite fur plufieurs autres circonftances,
& principalement fur l'expérience qui a été faite plufieurs
fois, que les eaux de l'égoût de Burana, ajoutées ou
retranchées du Panaro, n'occafionnoient aucune différence fenfible dans la hauteur de cette rivière ; Manfredi
a foutenu, dans le *Chapitre IV.*$^{me}$ que dans la pratique,
l'élévation du Pô devroit être très-petite à caufe de
l'augmentation d'eau que lui porteroit le Réno.

Les controverfes qui fe font élevées dernièrement fur
la matière des eaux, à Boulogne & en Hollande, ont
fait difcuter en détail cette importante partie de l'hydrométrie. Le grand Rhin fe divife, près d'Emmerik, en
deux branches prefqu'égales entr'elles, le Wahal & le

Rhin. Le lit de chacune de ces branches eſt à peu-
près égal à celui de la rivière entière avant la diviſion ; &
quand les eaux groſſiſſent, elles ſont également hautes
dans l'une & dans l'autre. La ſeconde branche ſe diviſe
de nouveau vers Arnheim, pour former l'Iſſel & la ſection
de l'Iſſel n'eſt pas fort différente de celle du Rhin. La
première diviſion de toutes les eaux du Rhin a été commencée ſous les Généraux Romains, Druſius & Corbulon ;
elle a été enſuite continuée, dans les ſiècles poſtérieurs,
par un grand nombre d'autres ſubdiviſions. Cette grande
multiplicité de canaux, en procurant de très-grands avantages à la Navigation & au Commerce de la Hollande,
entraîne avec elle les conſéquences les plus funeſtes, qui
ſont, que les eaux diviſées en tant de branches perdent la
vîteſſe & la force dont elles auroient beſoin pour ſoutenir
& pouſſer en avant les matières hétérogènes qu'elles tranſportent. Le rehauſſement continuel du fond rend toujours
plus difficile l'écoulement des eaux des campagnes,
augmente la dépenſe qu'il faut faire pour contenir les
rivières entre leurs chauſſées, rend toujours plus grands
les dommages que ſouffrent de vaſtes terreins lorſqu'il
ſe fait quelques ruptures, & menace tout le pays d'une
ruine totale. Pour garantir des inondations la partie de la
Hollande, qui eſt entre Rotterdam, Utrecht, Amſterdam
& l'Océan, on a propoſé, en 1754, le projet de faire
dans le Leck, qui eſt une autre diviſion du Rhin, une
coupure de ſeize écluſes, par laquelle on en déchargeroit
une partie dans la Meruva, qui eſt l'union de la Meuſe

avec le Wahal. M. Genneté, déjà connu par divers petits
Ouvrages ſur la culture des campagnes, la purification
de l'air dans les Hôpitaux, & la manière d'empêcher
les cheminées de fumer, a publié en cette occaſion ſes
expériences ſur le cours des rivières. Cet Ouvrage eſt en
forme de Lettres à un Magiſtrat Hollandois.

Genneté a ſoutenu que la dérivation proposée ne ſer-
viroit à rien pour diminuer la hauteur des grandes eaux;
& a propoſé au lieu de cela de réunir toutes les eaux du
grand Rhin dans l'ancienne branche de l'Iſſel, & de les
conduire de cette manière juſqu'à la mer par le chemin
le plus court. Il a ſoutenu que par l'union de toutes les
eaux, on augmenteroit leur vîteſſe, & que cependant on
n'augmenteroit point l'amplitude des ſections; & qu'ainſi
les eaux auroient plus de force pour creuſer le lit, &
empêcher les dépôts qui s'y font ſucceſſivement. Il a
appuyé ſes idées ſur l'exemple de ce qui arrive au contraire
dans les diviſions actuelles du Rhin; & il a ajouté que ce
fleuve, avant que d'être diviſé en Hollande, reçoit à
Mayence le Mein, dont la portée d'eau eſt preſqu'égale,
ſans que l'on puiſſe apercevoir aucune différence ſenſible
dans les dimenſions de ſon lit. De même, de Mayence
en allant à Cologne il reçoit la Moſelle, & pluſieurs autres
moindres rivières, & cependant le lit du Rhin eſt plus
reſſerré à Cologne qu'au-deſſus du confluent de la Moſelle;
mais comme il n'avoit point de meſures préciſes des ſections
du grand Rhin, au-deſſus & au-deſſous de ſes affluens,
il a recherché, à l'aide des expériences, la différence

des vitesses & de la hauteur dans des petits canaux dans lesquels la différence de la quantité d'eau fût déjà connue. Pour cet effet, il a fait construire à Leyde une rivière artificielle à laquelle on fournissoit l'eau par le moyen d'un vase de cinq ou six pieds de hauteur, & dans laquelle il se déchargeoit d'autres ruisseaux par le moyen de quelques écluses. Il a donné au fond du récipient & de tous les affluens la pente uniforme d'un pied sur douze cents ; & il a observé toutes les variations qui arrivoient en y ajoutant des affluens ou en les retranchant. Les canaux étoient larges au moins de six ou sept pouces, comme me l'a dit M. Alamann, célèbre Professeur de l'Université de Leyde, qui avoit été présent aux expériences faites en 1755. Dans le temps de mon séjour à la Haye, j'ai eu des conversations avec quelques-uns des Commissaires qui y avoient été présens par ordre du Gouvernement, & avec diverses autres personnes qui attestoient aussi leur vérité. Le résultat des expériences a été ce qui suit :

Genneté ayant d'abord marqué la hauteur de l'eau dans le seul récipient, il y fit entrer un ruisseau qui y ajoutoit la moitié de cette même eau ; & ensuite un autre qui y en ajoutoit une autre moitié ; il a observé que les quantités d'eau, dans le récipient, étant successivement comme $1$, $1\frac{1}{2}$, $2$, la hauteur de l'eau étoit sensiblement la même, & qu'ainsi les vitesses & les quantités d'eaux augmentoient dans la même proportion. Ensuite ayant mesuré les vitesses actuelles, par le moyen d'une petite

machine qu'il avoit placée ſur la rivière dans le temps
des expériences, il trouva qu'elles étoient véritablement
en raiſon de 1, 1 $\frac{1}{2}$, 2. Finalement, pour trouver les limites
au-delà deſquelles l'accroiſſement de hauteur commençoit
à devenir ſenſible, il fit entrer ſucceſſivement dans la
nouvelle rivière d'autres ruiſſeaux égaux aux premiers.
Le premier degré d'accroiſſement parut quand l'augmentation de la quantité d'eau dans le récipient fut trois fois
plus grande qu'elle n'étoit au commencement, & l'accroiſſement fut de $\frac{1}{48}$ de toute la hauteur ; le ſecond degré fut
de $\frac{1}{24}$, & on l'obſerva quand les eaux furent augmentées
au quadruple ; & de ſuite quand les quantités d'eaux furent
5, 6, 7, l'accroiſſement de hauteur fut de $\frac{1}{16}$, $\frac{1}{12}$, $\frac{1}{9}$. De
l'union des eaux, paſſant à la diviſion, Genneté donna à ſa
rivière artificielle la plus grande hauteur poſſible, en y intro-
duiſant tant d'eau qu'elle étoit prête à la verſer par ſes bords;
enſuite levant une écluſe, il en dériva environ $\frac{1}{16}$ ; & il
obſerva que la ſuperficie de l'eau s'abaiſſoit au commencement, mais que le canal de dérivation étoit à peine
rempli, que la ſuperficie revenoit à la même hauteur
qu'auparavant, les eaux du canal de dérivation, & de la
rivière entière, ſe ſoutenant au même niveau. On fit une
autre coupure qui prenoit la moitié de l'eau de toute la
rivière, & qui ne produiſit pas un plus grand effet. Il eſt
vrai que les canaux de dérivation étant ouverts, & les
choſes réduites à l'état de permanence, la vîteſſe meſurée
avec la petite machine dont nous avons parlé, ſe trouvoit
diminuée. Les limites des diminutions étoient les ſuivantes.
Quand

Quand on uniſſoit enſemble deux ruiſſeaux égaux entre eux, & que l'on ouvroit, loin de leur embouchure, deux coupures chacune d'une ſection égale à celle de la rivière entière, les eaux s'abaiſſoient de $\frac{1}{16}$. Quand les ruiſſeaux égaux entr'eux & unis enſemble, étoient au nombre de cinq, & que la ſection des deux canaux de dérivation étoit, comme ci-deſſus, égale à celle de la rivière entière, l'abaiſſement étoit de $\frac{1}{24}$. Il en étoit de même quand il y avoit trois canaux de dérivation & ſix ruiſſeaux unis enſemble. Avec deux canaux de dérivation & ſix ruiſſeaux tous égaux entr'eux, l'abaiſſement étoit de $\frac{1}{48}$.

Le Livre de M. Genneté fut publié préciſement dans le temps que j'étois occupé des controverſes de Boulogne; & en comparant entr'elles les obſervations faites dans les rivières, il me paroiſſoit que l'on pouvoit en tirer la conſéquence que très-ſouvent on n'a pas un accroiſſement ſenſible de hauteur avec une augmentation conſidérable de la quantité d'eau, & qu'ainſi la vîteſſe de l'eau augmente ſenſiblement dans la même raiſon de ſa quantité. Quoique les expériences faites dans les petits canaux ne puiſſent pas ſervir de méthode pour régler les grandes rivières, elles ſuffiſent cependant pour faire voir que la Nature, en petit & en grand, opère toujours de la même manière, & qu'elle eſt toujours analogue à elle-même. C'eſt par cette raiſon d'analogie que j'ai inféré dans mon Livre le réſultat des expériences, & que je les ai fait, tout de ſuite, connoître en Italie. Il n'y eut perſonne, dans le nombre de ceux qui les examinèrent, qui

M

niât qu'il y eût quelque cas dans lequel les expériences puſſent ſe vérifier, comme il paroît par les différens rapports inſérés dans le *Recueil de Florence*, & principalement depuis la *page 544 du ſixième Tome*. Quelques perſonnes les ont jugées entièrement fauſſes; & d'autres ont penſé qu'elles conduiroient aux conſéquences les plus abſurdes, parce qu'en appliquant aux rivières, ce que Genneté avoit obſervé dans les canaux artificiels, & prenant dans le ſens le plus général le réſultat particulier des expériences, ils ont penſé que la conſéquence naturelle ſeroit que l'on pourroit doubler, ſans aucunes bornes & à l'infini, un corps d'eau, ſans qu'il augmentât ſenſiblement de hauteur. Une pareille abſurdité n'a rien de commun avec les obſervations faites en petit par Genneté, ni avec la thèſe particulière que j'avois établie d'après les obſervations faites plus en grand dans nos rivières. Ma thèſe étoit préciſément que, comme le Réno reçoit la Sammoggia, ſans qu'il y ait une différence ſenſible dans l'amplitude des ſections, de même il pourroit encore recevoir la Savena, l'Idice & les autres petits torrens inférieurs ſans augmenter ſenſiblement de hauteur ni de largeur.

Les expériences ont été répétées avec beaucoup d'attention, à Ferrare en 1762, réitérées à Rome en 1763, & enſuite recommencées de nouveau à Ferrare en 1766; les réſultats en ont été tout-à-fait différens. En ſuppoſant que Genneté nous a décrit ſes propres expériences, avec autant de vérité que d'exactitude, ce dont j'ai été certifié par pluſieurs témoins oculaires, & ſuppoſant en outre,

ce que tout le monde a accordé, que les expériences de
Genneté pouvoient se trouver vraies dans quelques cas
particuliers; il ne restoit plus à dire autre chose, sinon
que les cas de Rome & de Ferrare n'étoient pas les
mêmes que celui de Leyde. M. Genneté s'est offert de
venir recommencer lui-même ses expériences en Italie:
mais, ni dans son Livre, ni dans ses Lettres particulières,
il n'a jamais indiqué les circonstances de sa rivière artificielle, comme, par exemple, quelles étoient la largeur &
la hauteur précises des sections, quelle étoit la disposition
des prises d'eau, à quelle distance entroient les affluens
& se faisoient les diramations. Cependant, Genneté a
suffisamment fait voir dans ses Lettres, que les expériences
de Rome ne présentoient rien qui pût s'accorder avec
les règles de l'hydrométrie. Il est certain que le plan de
la machine décrite dans la *Table V du Tome VI du Recueil
de Florence,* suffit pour faire voir que la largeur des canaux
séparés n'avoit aucune uniformité; que dans l'endroit de
la réunion, les eaux se heurtoient d'une manière différente, & que toute la construction étoit très-différente
de celle de Genneté. De plus, la machine de Rome
étoit trop petite, les petits canaux n'ayant qu'un pouce
de largeur & douze pieds de longueur, comme il paroît
par la *page 512 du Recueil déjà cité.* Il est bien aisé de voir
que la résistance du fond & des bords, dans des ruisseaux
aussi petits, devoit troubler tout le résultat des expériences.
On doit dire la même chose de la machine employée à
Ferrare en 1766, dont le canal avoit 10 pieds 5 pouces $\frac{1}{2}$ de

longueur, 2 pouces de largeur & 2 pouces $\frac{1}{4}$ de hauteur, comme il paroît par la *page 533 du même Recueil.* De plus, les eaux y entroient par différens trous ouverts dans le réfervoir même ; en forte qu'il n'y avoit rien qui pût reffembler à une rivière attaquée & heurtée de flanc par quelqu'affluent.

La machine employée à Ferrare en 1762 , avoit plus de reffemblance avec celle de Genneté. Le récipient avoit 199 pieds de longueur & 7 pouces de largeur ; les affluens avoient la même largeur , & leur difpofition étoit telle qu'ils y entroient latéralement à angle aigu. Le réfultat des expériences fut , qu'en laiffant entrer dans le récipient le premier affluent , dont la partie d'eau étoit prefqu'égale , l'augmentation de hauteur étoit prefque de la moitié ; & cette augmentation fut prefque d'une autre moitié lorfqu'on y eut ajouté un autre affluent. Si l'on vouloit appliquer ces expériences à l'hydrométrie, il n'y auroit autre chofe à dire , finon, que la quantité d'eau étoit trop petite, & la vîteffe de la fuperficie trop grande, pour que l'on pût y trouver de la reffemblance avec quelque rivière ; la vîteffe de la fuperficie étant , dans les expériences de Ferrare, de 199 pieds en quatre minutes , ou de 2985 pieds par heure , étoit d'environ un cinquième de la vîteffe que nous avons déjà fuppofée dans la fuperficie du Réno, tandis que le corps d'eau n'étoit que de 4100 pouces cubes par chaque minute, c'eft-à-dire environ 146 mille fois moindre que la portée entière du Réno dans les grandes eaux. Or, il n'eft pas naturel qu'en diminuant ainfi tous les élémens d'une rivière, le feul élément de la vîteffe de la fuperficie ne doive pas auffi diminuer lui - même avec quelque forte de proportion ; de plus, je ne voudrois jamais que l'on prétendît établir les loix des grandes rivières fur ce qui arrive dans d'auffi petits filets d'eau. Ainfi, je ne m'étendrai point fur les autres expériences qui ont été faites à Rome & à Boulogne, & qui s'accordoient mieux avec celles de Genneté. Je laiffe à la Phyfique expérimentale toutes ces fubtilités de l'art ; & je vais continuer à épier, dans la Nature, les principes & les règles de l'Hydrométrie.

## CHAPITRE IV.

### *Des vîteffes des Rivières unies & divifées.*

Dans la vifite qui a été faite dernièrement dans le Boulonois, par tant d'Experts & de Mathématiciens, on a pris, avec la plus grande exactitude & la plus grande précifion, quatre fections du Réno au-deffus de l'embouchure de la Sammoggia, & cinq autres au - deffous de cette même embouchure. Les plus grandes hauteurs ont été prifes d'après la crûe d'eau du Réno, arrivée le 15 novembre 1761. Les mêmes hauteurs, les largeurs réduites & les fections ont été trouvées comme il fuit :

| | HAUTEURS les plus grandes | LARGEURS réduites. | SECTIONS. |
|---|---|---|---|
| *Au-deſſus de l'embouchure.* | *Pieds.* | *Pieds.* | *Pieds quarrés.* |
| I............. | $17\frac{1}{2}$. | 176. | 3080. |
| II............. | 17. | 157. | 2672. |
| III............. | $16\frac{1}{4}$. | 151. | 2491. |
| IV............. | $16\frac{1}{2}$. | 207. | 3415. |
| *Au-deſſous de l'embouchure.* | | | |
| I............. | $14\frac{1}{2}$. | $158\frac{1}{2}$. | 2298. |
| II............. | $13\frac{1}{3}$. | 166. | 2213. |
| III............. | 13. | 198. | 2574. |
| IV............. | $13\frac{1}{2}$. | 153. | 1763. |
| V............. | $9\frac{1}{3}$. | $259\frac{1}{2}$. | 2422. |

Les quatre premières ſections inférieures ont été priſes dans des lieux très-éloignés des vallées, & toutes dans des endroits où la ſuperficie haute de la rivière eſt parallèle à la ſuperficie baſſe, & où la ſuperficie baſſe eſt parallèle au fond ; où, par conféquent, l'accélération qui naît du débouché libre des ruptures ouvertes dans les vallées ne peut s'étendre. La ſection la plus baſſe des quatre qui ont été priſes dans la partie ſupérieure, eſt éloignée de deux milles de l'embouchure de la Sammoggia ; & conféquemment il ne pouvoit y avoir aucun ſoupçon de refluement. Preſ-que toutes les ſections ſupérieures & inférieures ont été priſes dans des lieux où le lit eſt très-régulier, & ne forme point de coudes & de détours, & où conféquem-ment on ne peut pas dire que les ſinuoſités, devenues

moindres, contribuent à l'accélération des eaux. La crûe
d'eau du Réno, au jour indiqué, ne parvint véritablement
pas à fon comble en même temps que celle de la Sammoggia, parce qu'il arrive rarement que les grandes eaux des
rivières, dont le cours eft différent, arrivent précifément
dans le même temps. Cependant, comme cette différence de cours n'eft pas fort grande, attendu que l'origine
du Réno & celle de la Sammoggia ne font pas fort
éloignées, & que ces deux rivières groffiffent par les
mêmes caufes des pluies & des neiges fondues, il arrive
toujours que le Réno, lorfqu'il eft à fon plus haut point,
trouve la Sammoggia très-gonflée. En effet, le comble
de la crûe d'eau de la Sammoggia ne précéda ce jour-là
que de quelques heures le comble de la crûe du Réno.
Donc, le Réno s'accrût d'un corps d'eau confidérable
par l'union de la Sammoggia, fans croître fenfiblement
de hauteur ni de feClion.

Il arrive la même chofe à la Sammoggia par la confluence
du Lavino. On a pris deux feClions de cette rivière
au-deffus de l'embouchure, l'une à la diftance de 1132
perches *(m)* fur un fond très-rapide, & qui, par cette
raifon, ne peut être comparé avec les feClions prifes au-
deffous, dans des lieux où la pente eft beaucoup moindre;
l'autre à la diftance de 356 perches fur un fond très-
régulier. La plus grande hauteur de la feconde étoit
de 18 pieds fur la largeur réduite de 58 pieds, & toute
la feClion étoit de 1044 pieds quarrés. La Sammoggia,

---

*(m)* La perche eft de 18 pieds de Boulogne.

immédiatement au-deffous de l'embouchure du Lavino,
tombe d'une élévation très-rapide d'environ 4 pieds de
hauteur, comme il paroît par les profils; ainfi, l'accélération de la chute doit empêcher que le refluement des
eauxunies, quel qu'il foit, ne s'étende beaucoup au-deffus.
En outre, la pente du fond de la Sammoggia, dans ces
356 perches, eft de plus d'un pied; d'où il fuit que,
quand même le refluement, au confluent du Lavino,
foutiendroit un pied d'eau morte, ou feroit les fonctions
d'une digue d'un pied de hauteur, la ligne horizontale
tirée de la fommité de cette digue, ne pourroit jamais
parvenir à rencontrer un fond auffi éloigné; ainfi la fection
mefurée feroit libre. Finalement, au-deffus & au-deffous
de cette fection, la fuperficie eft parallèle au fond fans
qu'il ait aucune apparence fenfible de refluement. Au-
deffous de l'embouchure du Lavino, où le fond de la
Sammoggia eft plus régulier & marche parallèlement à la
fuperficie, la hauteur la plus grande eft de 15 pieds $\frac{2}{3}$ fur
la largeur réduite de 70 pieds $\frac{1}{2}$, & toute la fection eft
de 1107 pieds quarrés. La Sammoggia & le Lavino étant
plus voifins entr'eux, & ayant prefque le même cours,
leurs grandes eaux arrivent toujours en même temps.
Ainfi, quoique la quantité d'eau foit augmentée d'environ
un tiers dans la Sammoggia après l'union du Lavino,
comme on l'a dit, & quoique la pente du fond de la
Sammoggia foit alors diminuée notablement, cependant
la hauteur eft moindre, & toute la fection eft de très-peu
plus grande qu'auparavant.

Les

Les opérations que l'on a faites dans la Gaiana ne font pas moins exactes ; cependant quoiqu'elle augmente de près de la moitié le corps d'eau de la Quaderna, elle n'en augmente pas fenfiblement la hauteur ni toute l'amplitude des fections. La fection du Tibre, au-deffus du confluent du Tévérone, eft de 4013 palmes quarrés *(n)*, & au-deffous du confluent elle eft de 4071 palmes. Nous avons encore plufieurs autres exemples d'eaux courantes augmentées confidérablement, fans qu'il en réfulte aucun accroiffement fenfible de hauteur ni de largeur. C'eft ainfi que nous lifons, dans le *Procès-verbal des obfervations faites fur le Pô, dans la vifite de 1719 & de 1720*, que le Pô étant obfervé dans le temps d'une de fes plus grandes crûes arrivée en 1714, aucun des habitans de Lagofcuro, ni des autres lieux voifins du Pô, n'a pu remarquer dans cette rivière aucune différence fenfible de hauteur, quoi-que dans le même temps il fût furvenu une grande crûe d'eau dans le Panaro. Nous lifons en outre, dans le même Procès-verbal, que dans les crûes d'eau de 1719, ni le Panaro, ni la Secchia n'ont élevé fenfiblement la fuper-ficie du Pô, quoique le comble de la crûe du Pô eût certainement concouru avec celui de la Secchia. Nous lifons, dans le *Recueil de 1728,* que l'épreuve ayant été faite de mettre des fignaux fixes dans le Panaro, & d'y faire entrer, & enfuite d'en retirer les eaux du gros égoût de Burana ; on n'a remarqué dans le Panaro, ni aucune

---

*(n)* Le palme **Romain** eft de 8 pouces 3 lignes du pied de Roi.

N

élévation ſenſible dans le premier cas, ni aucun abaiſſement ſenſible dans le ſecond. Ces trois faits nous ſont
encore particulièrement atteſtés par Euſtache Manfredi,
dont le témoignage vaut tous les autres. Il n'y a rien à
objeɛer contre ces faits ; car on ne peut pas dire que la
quantité d'eau de l'affluent n'avoit pas de proportion
ſenſible avec celle du récipient, ni que les ſeɛions du
récipient n'étoient pas vives, ni que l'on pourroit attribuer
l'invariabilité de ces mêmes ſeɛions à d'autres cauſes qu'à
l'augmentation de viteſſe qui s'étoit faite dans les eaux unies
en proportion de la quantité de leur accroiſſement.

Ce que l'on obſerve dans la jonɛion des rivières ſe
voit de même dans leur dérivation ou diviſion, où il
arrive ſouvent qu'en détournant du tronc principal un
corps d'eau conſidérable, le corps d'eau reſtant n'eſt pas
diminué ſenſiblement de hauteur ni de largeur. Quoique
Genneté n'ait pas donné des meſures bien préciſes des
obſervations qu'il a rapportées, cependant elles peuvent
ſe confirmer par une autre obſervation faite dans le Pô
de Veniſe, & décrite en détail dans le célèbre *Avis de*
*M.ᵍʳ Riviera.* La ſeɛion de la branche d'Ariano, ſéparée
de celle des Fournaiſes, eſt de 2365 pieds quarrés ; celle
du tronc principal, avant la ſéparation, eſt de 1270 ; &
celle de l'autre branche des Fournaiſes eſt de 12330$\frac{1}{2}$ ;
& enfin, la largeur réduite du tronc principal eſt de 35
pieds plus petite que la largeur de la branche des Fournaiſes, & la hauteur eſt ſeulement d'un pouce & demi
plus grande dans celui-là que dans celui-ci. Avec une

aussi petite diminution de hauteur, & une augmentation de largeur de 35 pieds, on parvient à tirer d'une section de 1270 pieds, une quantité d'eau assez grande pour en former une section de 2365 pieds, par la seule combinaison de la différence du résultat des vîtesses dans les deux canaux. Comme toute l'eau qui passe par les deux branches inférieures des Fournaises & d'Ariano, est la même que celle qui avoit passé auparavant par le tronc principal du Pô, avant la division; il n'y a pas lieu de douter que la même chose ne dût arriver dans le cas où, par un mouvement rétrograde, ces deux mêmes branches se réuniroient dans un seul tronc, & ce d'autant plus aisément que le confluent s'en feroit par un angle plus aigu qu'il n'est dans l'endroit de la séparation. Cette observation suffit pour prouver l'inutilité de toutes les dérivations, même dans le cas où elles enlèveroient, du tronc principal, une quantité d'eau qui auroit une proportion sensible avec tout le reste de la rivière.

C'est un paradoxe d'hydrostatique, communément enseigné par les Auteurs Italiens, & toujours confirmé par l'expérience, qu'on ne diminue point la hauteur des eaux dans les grandes crûes, en diminuant la quantité de l'eau. Le P. Castelli, dans le *Coroll. XIII du Liv. I.er sur les eaux courantes*, a désapprouvé la division que l'on faisoit anciennement du Pô à Bondeno, & qui ensuite a été abandonnée dès l'année 1638. Guglielmini, dans le Chapitre XII, a confirmé l'opinion de Castelli, en ce qui concerne le peu d'utilité que l'on retire des déverſoirs, tant par le peu d'eau qu'ils déchargent en proportion de celle de toute la rivière, que par le peu de hauteur qu'ils retranchent à celle qu'auroit eue cette même rivière ſans ces dérivations. Euſtache Manfredi a très-bien prouvé, dans un écrit qui n'a pas été imprimé, l'inutilité & le danger des coupures que quelques perſonnes avoient propoſé de faire ſur la droite de la rivière de Serchio. L'expérience a pareillement demontré l'inutilité de la coupure faite à la chauſſée de la droite de l'Arno, au lieu des Fornacettes, au moyen de laquelle on croyoit anciennement pouvoir garantir la ville de Piſe des inondations. Cette coupure ayant été faite en 1740, il y eut dans le tronc ſupérieur de l'Arno, trois ou quatre ruptures, & cependant on ne s'aperçut à Piſe d'aucune diminution dans la hauteur des eaux. On fit de nouveau cette même coupure en 1761 au mois de novembre, dans le temps d'une très-grande crûe d'eau ; & cependant les eaux continuèrent à monter à un tel point, que quelques perſonnes ne pouvoient ſe perſuader que l'on eût fait cette coupure. La crûe d'eau ſurvint en peu d'heures la nuit du 14, & continua, avec de légères variations, juſqu'au ſoir de la journée du 15 ; à ſept heures de la même ſoirée on fit, à la chauſſée de la gauche de la rivière, aux Fornacettes, une ouverture d'environ huit bras, qui fut bientôt élargie par les eaux juſqu'à 28 ou 30 bras. Cependant, nonobſtant l'amplitude de la ſection & la quantité d'eau qui en ſortoit, la rivière continua de croître à Piſe, & vers les onze heures elle parvint à la plus grande hauteur que l'on eût vu de mémoire d'homme. La matinée fuivante j'ai vu toutes les arches du pont, aux plages, couvertes par les eaux ; il n'y avoit dans le pont du milieu qu'une feule arche, & deux dans le pont à mer qui n'étoient pas entièrement couvertes. L'après-midi du 16, la crûe augmenta de nouveau, & ce ne fut que vers le foir qu'elle commença à diminuer.

Je pourrois ajouter à ma propre obfervation, celles qui ont été faites dans d'autres rivières que nous connoiffons. Le canal que fit creufer l'empereur Nerva, pour dériver les eaux furabondantes du Tibre, dans le temps de fes plus grandes crûes, ne fervit point du tout à empêcher les inondations, ainfi que Pline nous l'attefte dans fes Lettres. Les deux fections du Tibre que l'on a levées, dans le plan de 1744, au-deffus & au-deffous de la féparation du canal de Fiumicino, ont, à peu de chofe près, la même largeur ; la profondeur réduite dans la fection fupérieure, eft de dix palmes, & toute la fection eft à peu-près rectangulaire. La profondeur réduite dans la fection inférieure, eft de neuf palmes ; mais comme la profondeur vraie va, d'un côté de la fection, jufqu'à dix-huit palmes ; en la réduifant à une fection régulière & rectangulaire, on trouveroit que fa portée eft à peu-près la même. Ainfi, la branche de Fiumicino ne procure aucun avantage fenfible à celle d'Oftie. Les deux déver-foirs que Vincent Viviani a fait ouvrir dans la rivière de Celone, qui eft un affluent de la Chiana, ont été caufe de l'attériffement & de la perte du tronc principal ; on

peut voir à ce fujet l'*Avis* donné par Thomas Perelli,
favant Mathématicien, *fur les dérivations du torrent Marrog-
gia.* On peut voir encore le *Difcours* du célèbre Lorgna,
*fur les inondations de l'Adige,* où il eft prouvé fuffifamment que toutes les dérivations faites à cette rivière,
n'ont produit d'autre effet qu'une plus grande élévation
du fond, & ont par-là rendu les crûes d'eau plus
dangereufes.

En réfumant le tout, il eft très-certain que la hauteur
des rivières réunies augmente dans une raifon beaucoup
moindre que celle du corps d'eau dont elles font accrues;
& que fouvent avec un accroiffement confidérable de la
quantité d'eau, on n'obtient pas une augmentation fenfible
de hauteur, d'où il réfulte que dans ce cas la vîteffe de
l'eau augmente fenfiblement en raifon de fa quantité.
Ce phénomène faute aux yeux de quiconque comparera
la hauteur & la fection d'une rivière, avec la fomme de
toutes les hauteurs & de toutes les fections des affluens.
Toutes les obfervations qui ont été faites jufqu'à préfent
dans les rivières, grandes & petites, confirment la même
vérité. Le grand Rhin, après qu'il a reçu le Mein qui
eft prefqu'également gros, ne paroît pas fenfiblement
groffi, & lorfqu'enfuite il fe divife en deux ou trois
branches, fa fuperficie ne s'abaiffe pas fenfiblement. Le
Danube reçòit la rivière d'Inn qui eft prefqu'également
groffe, fans devenir par-là plus large ni plus profond.
Les plus grandes crûes d'eau de la Secchia & du Panaro,
n'occafionnent au Pô aucune augmentation de hauteur qui

foit fenfible. Par la même raifon les divifions du Pô & du Tibre, ne font pas que les fections inférieures foient beaucoup moindres que celles du tronc principal. Le Tibre à l'embouchure du Tévérone, le Panaro à l'égoût de Burana, la Quaderna à l'embouchure de la Gaiana, n'éprouvent point de différences fenfibles dans leurs fections par l'augmentation du corps d'eau. De même la Sammoggia, après qu'elle eft augmentée d'un tiers par l'union du Lavino, & le Réno, après qu'il a été augmenté, un peu moins de deux cinquièmes, par l'union de la Sammoggia, n'augmentent fenfiblement ni de largeur, ni de hauteur dans les grandes eaux. Une vérité hydrométrique ne peut être appuyée fur un plus grand nombre d'obfervations uniformes. Donc, en général les vîteffes des eaux unies augmentent dans une raifon peu différente de celle de leurs quantités. Donc, dans le cas particulier du Réno, quand même fes eaux feroient augmentées à deux feptièmes par l'union de la Savena & de l'Idice, au lieu d'augmenter de fection, il devra accélérer fon cours à peu-près en raifon de la quantité d'eau dont il aura été accrû. Cette conclufion particulière fuffit pour ce que nous aurons à dire dans la fuite.

# CHAPITRE V.

## *Des pentes des Rivières.*

Toutes les rivières qui portent des ſables & des vaſes,
quoiqu'elles coulent encore dans leurs propres lits ſans
être groſſies par l'union de nouvelles eaux, diſpoſent
leurs fonds, dans les parties inférieures, ſur une pente
moindre que celle qu'elles ont dans leurs parties ſupérieures ; c'eſt-à-dire, que les inclinaiſons des lits diminuent
d'autant plus que les rivières s'éloignent davantage de leur
origine, comme l'a enſeigné Guglielmini, dans la ſeptième
règle du Chapitre I V. Tous les nivellemens qui ont été
faits dans les rivières de cette nature, entre un affluent
& l'autre, abſtraction faite de quelques irrégularités,
donnent une pente de fond réduite, graduellement
moindre, à meſure que l'on va en deſcendant. Ainſi,
par exemple, le Réno, dans les 781 premières perches,
au-deſſous de l'embouchure de la Sammoggia, a, ſuivant
les derniers nivellemens, une pente de 17 pouces 8 lignes
par mille ; & dans tout l'eſpace de ſept milles & demi,
depuis la Sammoggia juſqu'à la rupture actuelle, que l'on
appelle *Panfilia*, il a une pente réduite de 18 pouces 4 lignes
qui diminue enſuite juſqu'à 14 pouces $\frac{3}{4}$ dans les trois
derniers milles au-deſſus de la rupture ; & dans le temps
que cette rivière couloit juſqu'à Vigarano, ſix ou ſept
milles plus bas que la rupture actuelle, ſa pente n'étoit,

dans

dans le dernier tronc que de 12 pouces $\frac{3}{4}$ par mille, comme on le voit dans les *Actes des visites de M.<sup>gr</sup> Riviera*. La raison en est que, par la continuation du cours, les fables s'entrelaffant entr'eux de différentes manières, & se froiffant & se heurtant toujours, deviennent de plus en plus menus, & qu'ainfi ils ont befoin de moins de force pour être pouffés en avant; & quoiqu'il foit vrai de dire que la pente du fond contribue à l'accélération des eaux & à augmenter leur force, cependant, en fuppofant le même corps d'eau, il eft certain que lorfque les matières font plus légères il faut une moindre pente pour tenir le fond du lit toujours bien nettoyé. On obferve la même diminution de pente dans les rivières & les torrens qui roulent des pierres & des graviers, non pas par la raifon que les pierres & les graviers diminuent fenfiblement de maffe par le frottement continuel, mais parce que les graviers & les pierres les plus groffes & les plus irrégulières reftent par degrés toujours plus en arrière. C'eft par ces différentes raifons que fe vérifie toujours généralement le principe, qu'en fuppofant le même corps d'eau, la pente du fond diminue en proportion que les matières que tranfportent les rivières, font plus petites & plus légères.

S'il eft queftion enfuite des rivières qui fe groffiffent par l'union d'autres moindres rivières; il eft également certain que leur fond aura befoin d'une pente d'autant moindre que le corps des eaux unies fera plus confidérable. Cè principe a été traité fort au long par Guglielmini,

O

dans le *Chapitre V;* & par Euſtache Manfredi , dans
ſes *Réponſes à Corradi & à Ceva ,* & c'eſt un. principe
confirmé par les faits & les phénomènes. Parce que, ſi
l'on meſure les pentes de toutes les petites rigoles qui
forment un ruiſſeau, de tous les ruiſſeaux qui forment un
torrent, & de tous les torrens qui débouchent dans une
grande rivière ; on trouvera toujours que les petits ont le
fond plus rapide & plus incliné que les grands. Barattieri,
dans la première partie de ſon Architecture , a déjà
remarqué que le grand Pô , depuis Cremone juſqu'à l'embouchure de l'Oglio , coule ſur une pente plus grande
que celle qu'il a dans les parties inférieures. La pente du
Pô, depuis la Stellata juſqu'à Lagoſcuro, eſt en raiſon de
7 pouces par mille ; & depuis la Stellata , en remontant
juſqu'au Mincio , ſa pente réduite eſt de 8 pouces $\frac{1}{2}$,
comme l'a compté Manfredi , dans ſes Dialogues. La
pente du Panaro, au-deſſus du même lieu de la Stellata ,
eſt de 18 pouces 10 lignes $\frac{3}{4}$. La pente du Lavino ſeul
eſt en raiſon de 76 pouces $\frac{1}{2}$; & la pente de la Sammoggia, dans les deux derniers milles au-deſſus de l'embouchure du Lavino, eſt en raiſon de 53 pouces 5 lignes
pour chaque mille. Après la jonction du Lavino, la pente
réduite de la Sammoggia n'eſt plus que de 37 pouces $\frac{1}{3}$
juſqu'à ſon embouchure dans le Réno. La pente du Réno,
deux milles au-deſſus du confluent de la Sammoggia,
eſt de 26 pouces 2 lignes par mille, & dans tout l'eſpace
ſupérieur de cinq ou ſix milles, il a une pente réduite
de 25 pouces. Mais après la jonction de la Sammoggia,

la pente du Réno n'eft plus que d'environ 18 pouces,
comme on l'a déjà obfervé. En confidérant en détail
toutes ces obfervations, l'exemple du Pô & du Panaro
pour les grandes rivières, & celui du Réno, de la Sammoggia & du Lavino pour les rivières plus petites, nous
fourniront un autre principe; c'eft que fi l'affluent & le
récipient portent au point de leur confluent des matières
à peu-près femblables & homogènes, la pente du lit
commun fera plus petite, non-feulement que celle de
l'affluent, mais même encore que celle qu'avoit auparavant
le récipient dans fon propre lit. Les autres nivellemens
que l'on a faits dans le Tibre, au-deffus & au-deffous du
Tévérone, & dans la Quaderna, au-deffus & au-deffous
de l'embouchure de la Gaiana, confirment la vérité de
cette propofition.

Il eft certain que fi l'on fuppofe que les fables & les
troubles de l'affluent & du récipient font à peu-près en
même quantité & de la même qualité, il en réfultera
une rivière prefqu'également trouble & avant & après le
confluent, & qu'une même quantité d'eau contiendra
une même quantité de terre & de fable. Or, quelle que
foit la force qui eft néceffaire pour foutenir les troubles
toujours incorporées, enlever les dépôts & maintenir le
fond bien nettoyé, elle doit dépendre du corps d'eau &
de la pente; ainfi, fi le corps d'eau fuppofé, du feul
récipient, s'établit fur une inclinaifon de fond auffi fuppofée, après l'union d'un affluent, au moyen d'un plus
grand corps d'eau, ce même récipient devra établir fon

O ij

fond fur une pente moindre qu'auparavant. Tout ceci
doit également avoir lieu dans les plus grandes eaux,
dans les plus baffes, & dans tous les états intermédiaires
de la rivière. Euftache Manfredi, dans l'*Explication* qu'il
a donnée *du Coroll. IV de la Prop. VI du Chapitre V de*
Guglielmini, qui porte que *plus le corps d'eau ordinaire de
la rivière fera grand, moins le lit aura de pente*, a remarqué
que le temps auquel la force de l'eau eft capable de
poufter en avant les matières détachées qui font dans le
lit, n'eft pas borné au feul état des plus grandes excroif-
fances de la rivière, mais que le même effet peut s'opérer,
du moins jufqu'à un certain degré, même dans l'état
ordinaire de l'eau. Il ne fert de rien d'objecter que les
eaux diminuant, la quantité des matières qui font tranfportées par l'eau ne diminue pas dans la même proportion,
& qu'alors la rivière demeurant également trouble, elle
pourra laiffer des dépôts fi une chute abondante ne fup-
plée pas à la hauteur de l'eau devenue moindre. Cette
difficulté qui concerne l'établiffement du lit des rivières
qui font encore folitaires, n'eft point applicable aux rivières
dont on fuppofe que le lit eft déjà établi, & qui enfuite
s'uniffent enfemble; & il fera toujours vrai de dire que
fi le récipient feul, avec une pente fuppofée, entretient
toujours fon fond bien nettoyé & dans le temps que les
eaux font baffes, & dans les temps des plus grandes ou
des moyennes eaux, après l'union d'un affluent, il aura
befoin d'une moindre pente pour foutenir en tous temps
les troubles, & détacher les nouveaux dépôts.

Ce que nous venons de dire peut s'appliquer également
au cas où les grandes eaux n'arrivent pas dans le même
temps, & où , comme il eſt ordinaire, l'affluent a plus
de pente dans ſon propre lit que n'en a le récipient.
Dans toutes les rivières réglées, s'il ſurvient un affluent
avec ſes grandes eaux, les eaux refluent en haut dans le
récipient, & y laiſſent des ſédimens ; il peut même encore
ſe faire des dépôts au‑deſſous de l'embouchure, ſi le
ſecours que reçoit l'affluent des eaux baſſes du récipient,
n'eſt pas ſuffiſant pour compenſer la différence de la chute
que trouve l'affluent en paſſant de ſon propre lit dans le
lit commun. Mais le regorgement ne peut tenir les eaux
arrêtées, depuis le point en‑deſſus des deux fonds, auquel
arrive la ligne horizontale tirée de la ſuperficie baſſe du récipient rehauſſé par l'affluent qui arrive avec ſes grandes
eaux , comme l'a démontré le P. Grandi, dans la *Propo-*
*ſition* X X X V I *du Livre II.* Ainſi l'affluent étant gonflé,
& non le récipient, & le regorgement des eaux ne pouvant être empêché, il ſe formera des attériſſemens dans
le lit , même dans les parties ſupérieures ; mais à l'arrivée
des grandes eaux du récipient, les choſes ſe rétabliront
dans leur premier état. C'eſt ainſi que la Sammoggia
rencontre ſouvent , à l'embouchure du Lavino , les dépôts
que celui‑ci y a laiſſés dans ſes précédentes crûes d'eau :
& il arrive de même aſſez ordinairement que le Réno
rencontre , dans ſon propre lit, les dépôts que la Sammoggia y a laiſſés. Ce nonobſtant , lorſque les grandes
eaux de la Sammoggia ſurviennent, ſon fond ſe rétablit

ſur une pente, non-ſeulement moindre que celle du
Lavino, mais encore moindre que celle qu'il avoit dans
ſon propre lit. Et de même le Réno, dans ſes grandes
eaux, ſe maintient toujours ſur une pente notablement
moindre que celle de la Sammoggia, tant au-deſſus qu'au-
deſſous de ſon embouchure. On peut, par ces exemples,
conjecturer avec fondement ce qui arriveroit dans le cas
où l'on feroit entrer, dans les parties inférieures du Réno,
d'autres affluens qui ne porteroient pas des matières groſſières à leurs embouchures, quand même leurs grandes
eaux n'arriveroient pas dans le même temps; c'eſt-à-dire,
que la pente du Réno devroit diminuer par degrés à l'embouchure du premier affluent, ainſi que du ſecond & de
tous les autres inférieurs.

Corradi, en ſe ſervant de quelques formules de Parent,
a voulu fixer la loi de la diminution des pentes. Ce
Géomètre a prétendu prouver, par quelques-uns de ſes
raiſonnemens, que la force du frottement d'un corps
raboteux eſt environ la troiſième partie de la force perpendiculaire qui preſſe une ſuperficie contre l'autre, ce qui
eſt conforme à quelques expériences d'Amontons. Mais
dans les plans inclinés à l'horizon, la gravité reſpective
qui les ſollicite à la deſcente eſt proportionnelle au ſinus
des inclinaiſons; & l'autre portion de la gravité qui agit
perpendiculairement aux plans, eſt proportionnelle aux
co-ſinus; & de plus, dans les plans dont l'inclinaiſon eſt
très-petite, on peut négliger la première de ces deux
forces par rapport à la ſeconde. Donc, toute la force

du frottement, & toute la force qui eſt néceſſaire pour faire mouvoir un corps raboteux ſur un plan incliné, ſera proportionnelle au co-ſinus de l'inclinaiſon. Corradi a prétendu établir par ce principe deux règles de la dégradation des pentes des rivières dont le fond n'eſt point variable : la première, que les ſinus des complémens des lits des rivières qui ſont fixées, & qui tranſportent des matières de la même eſpèce, ſont comme les viteſſes lorſque ces lits vont en deſcendant vers l'embouchure ; la ſeconde, que de deux rivières fixées, dont l'une a ſon lit deſcendant & l'autre un lit remontant vers l'embouchure, la vîteſſe de la première eſt à la vîteſſe de la ſeconde comme le ſinus du complément de la première, eſt à la ſomme du ſinus droit & du ſinus du complément de la ſeconde. Mais ſi l'on vouloit appliquer la première règle au cas des rivières du Boulonois, & ſi l'on ſuppoſoit, comme Corradi, que les vîteſſes fuſſent comme les racines des hauteurs d'eau, on trouveroit une ſi grande diminution dans la pente du Réno, pour un accroiſſement encore très-petit de la vîteſſe & de la hauteur, qu'au confluent de la Savena & de l'Idice le ſinus du complément devroit être plus grand que le rayon, & que la baſe ou le pied de la pente devroit être plus grand que le lit lui-même qui penche ; au moyen de quoi la pente parviendroit à s'établir tout au rebours, & de deſcendante deviendroit montante, & les eaux pourroient couler en remontant. C'eſt la principale abſurdité à laquelle Manfredi a réduit en général les règles de Corradi.

Guglielmini , dans le Chapitre V.<sup>me</sup> a cõnſidéré ſépa-
rément deux cas de l'établiſſement du fond des rivières ;
le premier eſt celui qui ſe fait par voie d'excavation de
l'eau ; le ſecond par alluvion, réplétion ou dépôt de
matières. On ne voit pas aſſez de clarté dans le diſcours
par lequel ce grand maître des rivières indique , dans la
première Propoſition de ce Chapitre , les règles générales
de la pente néceſſaire à une rivière , ou pour creuſer ſon
fond , ou pour ſoutenir les troubles & ne point laiſſer de
dépôts. Il paroît que le tout peut ſe réduire aux principes
ſuivans , qui ſont par eux-mêmes très-ſimples & très-clairs.
Si une rivière , dont le lit eſt ſtable , coule ſeule ſur une
pente déterminée , & ſi , après le concours de quelqu'affluent , le fond du lit commun ſe trouve compoſé
de parties également amovibles , elle pourra maintenir ſon
fond également creuſé , même avec ¦une pente moindre
que celle qu'elle avoit auparavant , lorſque la force que
l'eau emploie pour bouleverſer les parties du fond , unie
avec la force qu'ont ces mêmes parties pour courir ſur
les plans, inclinés , formeront avant & après une ſomme
égale. Or , comme la gravité reſpective qui détermine
les parties du fond à deſcendre, eſt proportionnelle aux
ſinus des inclinaiſons des plans, & que cette gravité eſt
peu différente dans deux plans dont l'inclinaiſon eſt à
peu-près égale ; lorſqu'il eſt queſtion de lits dont l'inclinaiſon à l'horizon , eſt très-petite , on peut négliger la
force de la gravité reſpective, ſans que cela puiſſe empêcher
qu'il n'y ait une excavation de fond à peu - près égale,
avant

avant & après le concours d'un affluent, lorſque la force & la vîteſſe de l'eau feront les mêmes avant & après. De même, comme il faut un certain degré d'agitation proportionné au poids, à la maſſe, à la figure & à la ſuperficie des particules de terre & de ſable, pour les maintenir toujours unies & incorporées avec l'eau; il eſt évident que lorſqu'il fera queſtion d'eaux, également ou preſqu'également troubles, & que, dans une égale quantité d'eau, il y aura toujours la même quantité de terre ou de ſable, les troubles pourront ſe ſoutenir ſans faire de dépôts, toutes les fois que dans le lit du récipient, la force & la vîteſſe de l'eau feront les mêmes, avant & après le concours de l'affluent.

Guglielmini nous a laiſſé en outre quelques règles plus précifes dans les *Corollaires de la ſeconde Propoſition du cinquième Livre.* Ces règles ſont les ſuivantes : *plus la quantité d'eau que portera une rivière ſera grande, plus la chute en fera petite ; & plus la force de l'eau fera grande, moins les lits des rivières auront de pente.* Mais comme, ſur la fin de la ſeconde Propoſition, il a entendu par force de l'eau la vîteſſe elle-même, il faut réſoudre la ſeconde règle en cette autre ; les fonds auront d'autant moins de pente que la vîteſſe de l'eau fera plus grande. Mais la vîteſſe des rivières qui s'uniſſent enſemble augmente à peu-près en raiſon de la quantité d'eau dont elles ſont accrûes, ainſi qu'on l'a dit dans le Chapitre précédent ; donc les deux règles ci-deſſus indiquées ſe réſoudront finalement en une feule, que la pente du fond des rivières diminuera

P

dans la même proportion dans laquelle croîtra le corps
d'eau. Cette propofition peut être établie avec encore
plus de certitude par les autres chofes que nous avons
dites ci-devant : puifque la gravité refpective étant proportionnelle aux finus des inclinaifons des plans, fi le finus
de l'inclinaifon du fond du récipient, après le concours
de l'affluent, fe diminuoit en raifon de la quantité d'eau
dont il eft accrû, de même les forces accélératrices & les
accélérations fucceffives, qui font occafionnées par la
pente du fond, diminueroient dans la même raifon. Mais
la vîteffe entière des eaux courantes, avec le concours
d'un affluent, croît en raifon de leur quantité, du moins
à peu-près & fenfiblement. Donc, fi les finus des pentes
du récipient, avant & après le concours de l'affluent,
étoient réciproquement proportionnels aux quantités d'eau ;
la vîteffe totale & abfolue, après le confluent, feroit
plus grande qu'auparavant, & la force feroit plus grande
auffi ; d'où il réfulte que les troubles fe foutiendroient
d'autant mieux, & que le fond des eaux unies devroit même
fe creufer. Donc, en retranchant le finus de la pente fur
laquelle le fond du récipient folitaire eft établi, en raifon
de la quantité d'eau dont il eft accrû, on auroit une pente
plus grande que celle qui feroit néceffaire au corps des
eaux unies.

Mais pour lever tous les doutes & les difficultés ordinaires de l'hydraulique, nous chercherons encore en cette
occafion à établir la vérité de ce théorème par les obfervations que nous avons fur les pentes des rivières. Les

quantités d'eau de la Sammoggia unie au Lavino., & de
la Sammoggia feule, étant à peu-près comme 4 à 3,
fuivant les réfultats du Chapitre précédent, & la pente
réduite de la Sammoggia, au-deffus de l'embouchure du
Lavino, dans tout l'efpace où il n'y a point de pierres & de
graviers étant de 53 pouces 5 lignes par mille, fi on diminuoit les finus des pentes, en raifon fimple de la quantité
d'eau accrûe, la pente de la Sammoggia, au-deffous de
l'embouchure du Lavino, feroit de 40 pouces; & fuivant
les derniers nivellemens elle s'eft trouvée précifément
de 37 pouces $\frac{1}{2}$. Ainfi, quoique le fond de la Sammoggia
foit irrégulier, on voit cependant que dans fes pentes
réduites il s'accommode à peu-près à la fufdite règle. On
peut facilement attribuer la petite différence qui fe trouve
entre le calcul & les obfervations à la diminution de pente
qu'éprouveroit néceffairement la Sammoggia, même lorfqu'elle eft encore feule, quand elle eft parvenue au de-là
des dernières limites des graviers qui font vers le confluent
du Lavino. Le fond du Réno eft plus régulier, & il porte
des matières plus uniformes & au-deffus & au-deffous
de l'embouchure de la Sammoggia. La portée du Réno
feul eft à la portée du Réno augmenté par la Sammoggia,
environ comme 7 à 5. Si l'on diminuoit les finus des
pentes, dans la fufdite raifon, & fi la pente au-deffus de
l'embouchure de la Sammoggia étoit de 25 pouces, cette
pente feroit au-deffous de l'embouchure de 17 pouces $\frac{6}{7}$;
& fi on prenoît la pente de 26 pouces 2 lignes, elle feroit
de 18 pouces $\frac{1}{7}$. Or, la pente du Réno, un peu au-deffous

du confluent de la Sammoggia, eft de 17 pouces $\frac{2}{3}$, &
dans tout l'efpace inférieur jufqu'aux ruptures, fa pente
réduite eft de 18 pouces $\frac{1}{3}$; donc les obfervations font
d'accord avec la règle autant qu'on peut l'efpérer dans
ces fortes de chofes. C'eft un pur fait, & ce fait peut
nous éclairer fuffifamment pour conjecturer ce qui pourroit
arriver dans le cas où l'on réuniroit au Réno la Savena,
l'Idice & les autres torrens inférieurs, & ce que devroit
opérer la Nature dans d'autres cas & dans d'autres circonftances femblables. On peut donc dire que le fond du
récipient fera également établi avant & après le concours
d'un affluent, fi les finus des pentes font réciproquement
proportionnels aux quantités d'eau.

# CHAPITRE VI.

## *Des pentes des derniers troncs des Rivières.*

LA Nature nous préfente un phénomène & un jeu
curieux dans les troncs inférieurs des rivières qui vont
déboucher dans la mer en s'étendant fur fa fuperficie,
c'eft que dans une diftance notable de leur embouchure,
elles s'établiffent fur un fond très-peu incliné, & que,
plus près de l'embouchure, le fond qui defcendoit va en
remontant & forme une profonde concavité. Le célèbre
M. de la Condamine, dans la Relation qu'il nous a donnée
de fon voyage, nous a rapporté que, *dans le grand fleuve
des Amazones, le flux & le reflux de la mer fe rendent fenfibles
à la diftance de plus de deux cents lieues de l'embouchure;*

ce qui veut dire que dans tout cet espace le fond de la rivière est plus bas que la ligne horizontale qui seroit tirée de la superficie de la mer basse. J'ai aussi observé, dans la Tamise, que le flux de la mer étoit sensible jusqu'à dix milles au-dessus de Londres. Il en est de même dans la Meuse & dans les autres rivières où le flux & le reflux s'étendent beaucoup en remontant. C'est à Lagoscuro que l'on commence à s'apercevoir que le fond du grand Pô est inférieur au fond de sa propre embouchure. Le niveau de la superficie basse de la Méditerranée rencontre le fond du Tibre à la distance de quatorze milles de l'embouchure ; & dans le dernier espace, ce même fond est inférieur de sept pieds à l'embouchure. Quoique le Lamone ne porte qu'un petit corps d'eau, & qu'il y ait des atterrissemens considérables dans ses parties supérieures ; cependant, dans le dernier mille, il est creusé notablement au-dessous de la profondeur de l'embouchure. Le fond de la rivière de Savio, dans l'espace des deux derniers milles, est au-dessous de la ligne horizontale tirée de la superficie de la mer basse ; & va en remontant vers l'embouchure qui n'a pas plus de trois pieds de profondeur. On observe le même phénomène, avec proportion, aux embouchures de l'Adige, de l'Arno & du Ronco uni au Montone. Le fond du Primaro, à la distance d'environ seize milles de l'embouchure, au lieu de Longastrino, est environ huit pouces au-dessous de la superficie la plus basse de la mer Adriatique, & environ quatre pieds au-dessus de la profondeur de l'embouchure. Dans l'espace

de trois milles & demi, depuis Longaſtrino juſqu'au de-là
de l'embouchure du Santerno, la pente du fond du Primaro eſt d'environ ſept pouces par mille, & dans les trois
milles & demi ſuivans, en raiſon de quatre pouces, juſque
dans le voiſinage de l'embouchure du Senio. Au-deſſous
de cette embouchure, le fond du Primaro eſt inférieur à
la ligne horizontale tirée du point le plus bas de l'embouchure, & forme une concavité, laquelle réduite peut
être évaluée à deux ou trois pieds.

Guglielmini, dans la *quatrième Propoſition du Chapitre IX*,
a été le premier qui ait obſervé que dans les lieux où le
flux & le reflux ſont fort grands, l'eau de la mer qui, dans
le temps du flux, entre dans le lit des rivières, retournant en arrière, dans le temps du reflux, contribue à
nettoyer le lit & à le garantir des dépôts. Il a répété la
même choſe dans d'autres Écrits où il a dit que, *toutes les*
*fois que les rivières pourroient, par elles-mêmes, entretenir leur*
*embouchure ouverte dans la plage, les regorgemens de la mer*
*empêcheroient qu'il ne ſe formât des atterriſſemens dans le tronc*
*ſupérieur à l'embouchure.* M. Gabriel Manfredi, digne frère
d'Euſtache, grand Algébriſte & homme très-expert dans
la théorie & dans la pratique des rivières, a obſervé que
c'eſt préciſément le cas du Primaro qui, même après l'introduction de toutes les troubles de l'Idice, a conſervé
ſon embouchure environ quatre pieds & demi au-deſſous
du point le plus bas de la ſuperficie de la mer, comme
il l'avoit ſur la fin du ſiècle paſſé; & comparant enſuite
entr'elles les obſervations qui ont été faites depuis la fin

du fiècle paffé jufqu'au milieu du fiècle préfent, il a trouvé que le fond du Primaro n'avoit fouffert aucune altération notable depuis l'embouchure du Santerno jufqu'à la mer; & argumentant des chofes paffées pour ce qui pourroit arriver dans la fuite, il a établi que le flux & le reflux de la mer, & la chute de trois pieds qu'a le fond du Primaro à fon embouchure, au-deffus de la profondeur de cette même embouchure, fuffifent pour empêcher qu'il ne fe faffe, dans tout l'efpace inférieur, des atterriffemens fixes & qui puiffent l'obftruer. Finalement, il a expliqué les idées de Guglielmini, & les a réduites aux principes fuivans, qui font très-clairs; que la fubmerfion continuelle de tout le fond, au - deffous de la fuperficie la plus baffe de la mer, qui naît de l'invariabilité de l'embouchure, doit maintenir les matières dépofées, toujours détachées & imbibées d'eau; que le courant du flux doit les tenir foulevées du fond, & que ce courant étant contre l'eau doit faire élever la fuperficie de la rivière deux ou trois pieds de plus que n'en auroit befoin le corps du reflux, & que par ce moyen le courant du reflux, beaucoup plus grand que celui du flux, doit toujours contribuer à augmenter l'agitation des particules de l'eau, à y tenir incorporées les troubles qui feules arrivent jufqu'à l'embouchure, & à empêcher qu'en fe précipitant fur le fond elles ne le rehauffent. Il eft certain que, quoique les deux courans ne foient pas bien violens, & que la différence de leurs mouvemens ne foit pas bien grande, ils ne peuvent cependant que contribuer, en quelque manière, à tenir

les troubles foulevées , comme y contribueroit un accroiffement quelconque de mouvement dans l'eau qui les a
imbibées.

A propos de cela, j'ai ajouté, dans la première édition
du préfent Traité , une autre réflexion importante : on peut
en quelque manière, appliquer les théories des rivières
qui débouchent par des éclufes , aux embouchures des
rivières qui étant , dans le temps du comble de leurs grandes
eaux , élevées de plufieurs pieds au-deffus de la fuperficie
de la mer , vont librement s'étendre deffus. La liberté
du cours & du débouché doit donner aux eaux plus de
vîteffe , & la plus grande accélération doit néceffairement
occafionner l'abaiffement & l'excavation du fond dans tout
l'efpace fupérieur , comme cela arrive au-deffus de l'embouchure par des éclufes. On ne peut douter ni de la
caufe , ni de l'effet de cette plus grande vîteffe , parce
que la fuperficie des rivières , qui , dans les parties plus
éloignées , marche parallèlement ou prefque parallèlement
au fond , s'incline & fe rapproche davantage de ce même
fond dans le voifinage de l'embouchure. Ce phénomène
curieux a déjà été obfervé & remarqué par le P. Caftelli ,
dans le *Coroll. XIV fur les eaux courantes.* Dans le Primaro ,
la plus grande inclinaifon de la fuperficie eft fenfible jufqu'à
la diftance de trois milles & demi de l'embouchure. Ainfi ,
en appliquant aux derniers troncs des rivières les théories
générales des digues , comme nous les avons expliquées
dans le Chapitre I I I.me du Livre I.er , & commençant à
tirer les pentes de l'endroit ou l'augmentation de la
vîteffe

viteffe qui naît de la liberté de la chute, commence à être infenfible. J'ai établi que la ligne du fond du Primaro, même dans le cas où l'on réuniroit toutes les eaux du Boulonois, devoit commencer à la diftance d'environ trois milles & demi de fon embouchure. Je n'ai pas cru devoir commencer les pentes plus haut, parce que dans les trois milles fuivans, en remontant le Primaro, jufque vers Saint-Albert, la fuperficie haute des eaux fe maintient fenfiblement parallèle au fond de la rivière. Et comme la dernière concavité, au moyen de laquelle le fond fe trouve inférieur à la ligne horizontale tirée du fond de l'em-bouchure, s'étend jufque dans le voifinage du Senio, & occupe l'efpace d'environ huit milles ; j'ai cru que l'on devoit attribuer cette concavité, partie à l'accélération des eaux & partie à l'action du flux & du reflux qui font très-fenfibles dans cet endroit.

Euftache Zanotti, célèbre Profeffeur d'Aftronomie en l'Univerfité de Boulogne, dans fa belle *Differtation fur la difpofition du lit des rivières vers leur embouchure dans la mer,* a été d'avis que le Primaro, dans fon état actuel, n'ayant point de chauffées dans plufieurs endroits, & ne recevant pas toute l'impulfion dont auroit befoin le corps des eaux unies, ne pouvoit pas fervir de règle pour ce qui devroit arriver dans le cas où l'on y réuniroit toutes les eaux en les contenant par des chauffées. Enfuite, confultant les exemples des rivières mieux réglées, & confidérant atten-tivement les profils très-exacts que nous avons du Pô & du Tibre, il en a conclu que, dans ces rivières l'accélé-

ration des eaux, occafionnée par la liberté du débouché,
s'étendoit beaucoup en remontant, & parvenoit jufqu'à
l'endroit où arrive la ligne horizontale tirée de la fuperficie baffe de la mer. Finalement, en comparant plus en
détail les obfervations entr'elles, il a trouvé que la pente
réduite de la fuperficie, dans le plus grand accroiffement,
à compter depuis le point où arrive la fuperficie baffe de
la mer jufqu'à l'embouchure, étoit égale à la pente réduite
du fond, ou de la fuperficie inférieure de la rivière, en
commençant du même point & marchant vers la partie
oppofée. Si cette règle devoit auffi avoir lieu pour le
Primaro, dans le cas où l'on y réuniroit toutes les
eaux ; & fi la pente de la fuperficie, à compter du
point où arrive la ligne horizontale tirée de la fuperficie
de la mer baffe en defcendant, devoit être égale à celle
du fond en remontant; en fuppofant la pente du fond
d'un pied par mille; & la hauteur des grandes eaux de
feize pieds; la longueur du lit qui dans ce cas refteroit
inférieur à la ligne horizontale tirée de la fuperficie baffe
de la mer, feroit de feize milles, & l'efpace où le regorgement feroit fenfible feroit de dix-neuf milles, dans la
fuppofition où la pente de dix pouces par mille feroit
fuffifante pour les eaux unies du Réno & des autres
torrens inférieurs.

Si l'on veut s'affurer de ce qui pourra arriver à l'avenir,
indépendamment de quelque théorie que ce foit, il faut
confidérer attentivement ce qui eft déjà arrivé par le
paffé. Vers la fin de 1749, on a introduit dans le foffé

Bénédictin & dans le Primaro les eaux de l'Idice revêtues de chauffées de tous côtés, mais qui recevoient peu de fecours des eaux du Réno & de la Savena qui fe répandoient fupérieurement dans les vallées par les ruptures. L'éclufe que l'on avoit placée à l'embouchure de l'Idice dans le foffé, a été ruinée en peu de temps, & le fond de ce torrent s'eft abaiffé pendant l'efpace de dix milles entiers jufqu'à l'autre éclufe de la Ricardina; l'abaiffement a été de huit ou neuf pieds à l'embouchure, & de deux pieds à la Ricardina, ainfi que me l'ont attefté les payfans. Cet abaiffement a entraîné avec lui l'élargiffement du lit qui a été dans quelques endroits d'un tiers ou d'un quart, ce qui a interrompu la continuité du paffage des voitures fur les francs-bords. Toute cette quantité de matière tranfportée du fond & des bords, & ajoutée aux troubles ordinaires de l'Idice, devoit compofer un corps d'eau notablement plus trouble & qui avoit befoin d'une pente de fond plus grande que celle fur laquelle on pourroit établir toutes les eaux du Boulonois unies enfemble avec leurs feules troubles ordinaires. Nous avons donc eu un cas évidemment plus défavorable que ce qui devroit arriver à l'avenir. Voyons ce qui s'en eft fuivi : après l'introduction de l'Idice, & après tous les accidens dont nous venons de parler, le foffé Bénédictin s'eft comblé, & tout le fond du Primaro s'eft notablement élevé jufqu'à Longaftrino. Depuis l'églife de Longaftrino jufque dans le voifinage de l'embouchure du Senio, le fond actuel du Primaro ne diffère pas fenfiblement de ce qu'il étoit en 1739 avant la

Q ij

conftruction du foffé Bénédiétin. Dans les deux premiers
milles, au-deffous de cette même églife, on n'a remarqué
aucun changement, ni depuis 1739 jufqu'en 1757, ni
depuis 1757 jufqu'en 1761. Dans l'autre mille fuivant,
jufqu'à l'embouchure du Santerno, & encore un demi-
mille au-deffous, le fond du Primaro s'eft élevé de 1739
à 1757, & s'eft abaiffé à peu-près d'autant de 1757 à
1761, comme ii confte par les profils. Dans les trois
milles ou trois milles & demi fuivans, jufque dans le
voifinage de l'embouchure du Senio, le fond s'eft abaiffé
de 1739 à 1757, & s'eft rehauffé à peu-près d'autant de
1757 à 1761. Ainfi, depuis plus de vingt-deux ans, le fond
s'eft trouvé à peu-près le même qu'auparavant pendant
l'efpace de fept milles entiers, au-deffus de l'embouchure
du Senio dans le Primaro. Dans les neuf derniers milles,
depuis le Senio jufqu'à la mer, le fond s'eft élevé au-
deffous de l'embouchure & s'eft abaiffé un peu plus bas,
& enfuite s'eft élevé dans un autre endroit encore plus
bas de 1739 à 1757; de manière qu'en prenant enfemble
les atterriffemens & les excavations, on ne peut pas dire
que le fond ait été fenfiblement altéré pendant tout ce
temps. De 1757 à 1761, quelques moyennes crûes d'eau
y avoient fait quelque rehauffement uniforme, mais étant
furvenu une très-grande crûe d'eau dans le mois de
novembre 1762, & les fections du Pô ayant été mefurées
de nouveau dans les mêmes endroits, on a trouvé que
tout le fond, au de-là de l'embouchure du Senio, étoit
confidérablement abaiffé.

La fuite de ces faits nous fournit une lumière fuffifante pour pronoftiquer avec fondement ce qui pourroit arriver dans le cas où l'on réuniroit enfemble, dans le Primaro, tous les torrens du Boulonois & de la baffe Romagne, en prenant les précautions néceffaires pour qu'ils ne tranf-portent pas fubitement, du fond & des bords de leurs propres lits, dans le lit commun, une quantité de matières plus grande que celle qu'ils y conduifent ordinairement dans le temps des grandes eaux. Premièrement, fi depuis 1693 qu'ont été faites les premières obfervations, à l'occa-fion de la vifite des deux cardinaux d'Adda & Barberini, jufqu'au temps préfent, la profondeur de l'embouchure ne s'eft point diminuée; on ne peut pas craindre raifon-nablement que toutes les eaux réunies dans le Primaro, n'entretiennent à l'avenir leur débouché dans la mer, également libre. En fecond lieu, fi par l'accélération des eaux à l'embouchure, & par l'action du flux & du reflux de la mer, la concavité qui s'étend depuis cette même embouchure jufqu'au Senio, & au moyen de laquelle le fond va en remontant vers la mer, s'eft confervée, même depuis l'introduction de l'Idice dans le Primaro, il y aura beaucoup moins lieu de craindre qu'il ne fe forme des atterriffemens ftables & fenfibles dans le cas où l'on réunira dans le Primaro un corps d'eau beaucoup plus confidérable, & refpectivement moins trouble que celui qui y a déjà coulé. Ainfi, fi la pente de quatre pouces par mille, qu'a le fond depuis le Senio jufq'au Santerno, & de fept pouces depuis l'embouchure du Santerno

juſqu'au lieu de Longaſtrino, avec la profondeur qu'a
le fond dans cet endroit, de huit pouces au moins au-
deſſous de la ſuperficie la plus baſſe de la mer, jointe à
l'action du flux & du reflux de la mer qui y ſont ſenſibles,
y ont maintenu juſqu'à préſent toute l'invariabilité phyſique que peut avoir une rivière ; il y a lieu de croire que
les troubles pourront être encore plus aiſément détachées,
lorſqu'à la force de ces mêmes regorgemens & à cette
même profondeur, ainſi qu'à la pente du fond, on ajoutera
un corps d'eau plus conſidérable, & lorſque l'accélération
qui naît du débouché libre dans la mer, s'étendra peut-
être beaucoup au - deſſus de ſes limites ordinaires &
actuelles. Sur le fondement de ces ſuppoſitions, il y a
lieu de croire qu'en réuniſſant & réglant toutes les eaux
dans le Primaro, on n'aura beſoin d'aucune pente de
fond depuis le Senio juſqu'à la mer, & qu'en retournant
en arrière, depuis le Senio juſqu'au Santerno, la pente
de quatre pouces par mille ſera ſuffiſante, ainſi que celle
de huit pouces depuis le Santerno juſqu'à Longaſtrino.
Depuis Longaſtrino en remontant, comme le flux & le
reflux de la mer, ni l'accélération des eaux ne ſont plus
ſenſibles, il faudra commencer à établir les pentes ſuivant
que l'exigeront la portée de toute la rivière & l'atténuation plus ou moins grande des matières.

# CHAPITRE VII.
## De la distribution des pentes.

EN prenant les portées du Réno & des autres torrens
inférieurs, comme on l'a dit vers la fin du second Chapitre
de ce Livre ; & en suppofant que la pente du Réno feul
de 14 pouces $\frac{3}{4}$ par mille doive, à caufe de l'union de
ces mêmes torrens, diminuer à peu - près en raifon de
la quantité d'eau dont il feroit accrû, la pente du Réno
feroit, après l'union du canal navigable & de la Savena,
de 12 pouces $\frac{5}{6}$, après le confluent de l'Idice de 11
pouces $\frac{1}{6}$, & de 9 pouces $\frac{3}{4}$ lorfqu'on y auroit ajouté la
Centonara, la Quaderna & le Sillaro, comme il réfulte de
la table que nous donnons ci-jointe. La feule difficulté
que l'on pourroit objecter contre cette diminution des
pentes, qui eft principalement fondée fur l'exemple de
ce qu'on remarque au confluent de la Sammoggia & du
Réno, feroit, que les grandes eaux de la Sammoggia &
du Réno arrivant fouvent en même temps, & que les
grandes eaux des autres torrens inférieurs devant arriver
très-rarement dans le même temps que celles du Réno,
on ne peut pas, fur ce qui arrive au Réno & à la Sammoggia, établir une règle certaine fur laquelle on puiffe
fixer la diminution des pentes. Mais en premier lieu, les
grandes eaux de la Savena & des autres torrens inférieurs
précéderoient de beaucoup moins de temps celles du
Réno, dans le cas où les eaux de cette rivière ne fe

répandroient plus dans les vallées, & couleroient toutes réunies depuis les ruptures jufque dans le foffé Bénédictin. En fecond lieu, il eft bon d'obferver que tous les tortens du Boulonois tirent leur origine de lieux qui ne font pas fort éloignés les uns des autres, & qu'il n'y a pas beaucoup de différence dans leurs cours. Ainfi, en reconnoiffant que leurs crûes d'eau viennent principalement des caufes générales, comme des pluies & des neiges fondues, il n'eft pas poffible que le Réno, lorfqu'il fera dans fes grandes eaux, rencontre ces torrens tout-à-fait dépourvus d'eau. Ces faits une fois établis, & fuppofé que le Réno, dans fes grandes eaux, foit de 140 parties, la Savena avec le canal navigable de 22, l'Idice de 24 & les autres torrens inférieurs de 25, nous n'ofons faire une hypothèfe défavantageufe en fuppofant que toutes les crûes d'eau n'arrivant pas dans le même temps, la Savena n'ajoutera au Réno que 10 parties, l'Idice 12 & les autres torrens inférieurs 15. Dans cette hypothèfe, les chutes feroient de 13 pouces $\frac{4}{5}$ à la Savena, de 12 pouces $\frac{3}{4}$ à l'Idice, & de 11 pouces $\frac{2}{3}$ au confluent des autres torrens. Finalement, dans le cas où il ne devroit pas être queftion des plus grandes eaux, mais feulement des moyennes ou de tout autre état du Réno, & que, par exemple, on ne fuppoferoit au Réno que 70 parties, 5 à la Savena, 6 à l'Idice & 7 ou 8 aux autres torrens inférieurs; la proportion des quantités d'eau & des finus des pentes feroit toujours la même, fuivant ce que nous avons dit ci-deffus, que fi le récipient feul s'établit fur une pente fuppofée,

&

& dans le temps des baffes eaux, & dans le temps des grandes & des moyennes eaux, il aura befoin, après l'union de nouvelles eaux, d'une moindre pente pour foutenir les troubles incorporées en tout temps, & détacher les dépôts du fond.

Mais pour tenir compte non-feulement de l'accroiffement du corps d'eau, mais encore de l'atténuation des matières, il faut obferver que le Réno, à la rupture Panfilia, porte des fables plus gros que ceux que la Savena & l'Idice peuvent naturellement conduire à leurs embouchures dans le foffé Bénédictin. Mais dans le cas où le Réno feroit encaiffé & contenu par des chauffées, & iroit rencontrer la Savena dans ledit foffé, il eft certain, fuivant ce qui a été dit, qu'après onze milles de chemin fes fables devroient s'atténuer davantage, & devenir au moins à peu-près femblables à ceux de la Savena & de l'Idice. Il eft vrai qu'après la ruine de l'éclufe de l'Idice, cette rivière a porté, jufque dans le foffé, des matières plus groffières, & même encore quelques menus graviers; mais ces matières avoient été détachées du fond & précipitées des parties fupérieures à l'occafion de l'abaiffement & de l'élargiffement du lit de ce torrent. La preuve en réfulte de ce que, dans l'ancien lit de l'Idice, près du foffé Bénédictin, & dans le dernier tronc de la Savena qui eft également abandonné préfentement, on ne trouve aucuns caillous ni gros fables. Ainfi, fi le fond de ces rivières ne s'abaiffoit pas davantage, l'Idice, la Savena & le Réno porteroient enfemble, dans le foffé, des matières

R

à peu-près en même quantité & de la même qualité.
Cela poſé, premièrement il ne peut y avoir aucun doute
que ſi la Sammoggia, dont la pente eſt de trois pieds par
mille, en s'uniſſant avec le Réno, diminue la pente de
cette rivière, & de 25 ou 26 pouces la réduit à 18; au
moyen des eaux ajoutées par la Savena, l'Idice & les
autres torrens qui ne ſont ni plus petits, ni moins troubles,
la pente du lit commun ne doive être réduite, non-ſeulement au-deſſous de trois pieds par mille, dont ces affluens
ont beſoin dans leur propre lit, mais encore au-deſſous
de celle de 14 pouces $\frac{3}{4}$ qu'a le Réno ſeul au-deſſus de
la rupture. Il eſt certain, en ſecond lieu, que ſi les eaux
du Réno alloient toutes réunies, depuis la rupture juſque
dans le foſſé, après onze milles de marche & avant que
d'arriver à la Savena, elles n'auroient plus beſoin que
d'une pente ſenſiblement moindre que celle de 14
pouces $\frac{3}{4}$ à cauſe de l'atténuation des matières; & que ſi
le Réno, lorſqu'il couloit juſqu'à Vigarano, ſix ou ſept
milles plus bas que la rupture actuelle, couloit ſur une
pente de 12 pouces $\frac{3}{4}$ par mille, il n'auroit certainement
pas beſoin actuellement d'une pente plus grande avant
que d'arriver à la Savena, eu égard à la diminution des
matières. Ce même avantage ſubſiſteroit dans tout l'eſpace
inférieur; ainſi, 12 pouces pourroient ſuffire après le
confluent de la Savena, 11 après celui de l'Idice, & 9
ou 10 à la Baſtia, où les matières ſeroient encore plus
atténuées tant dans le lit commun que dans ceux des
torrens inférieurs.

Ainsi, en rassemblant tout ce qui vient d'être dit, sup-
posons le cas que l'on fasse aller le Réno, réuni & contenu
par des chaussées, depuis le lieu de la rupture actuelle
jusque dans le fossé Bénédictin ; que là on réunisse au
Réno la Savena & l'Idice, & que le fossé soit continué
directement jusqu'à la Bastia, d'où tout le corps d'eau,
après avoir été accrû par les trois autres torrens inférieurs,
iroit se décharger dans la mer par le lit actuel du Primaro.
L'exemple de ce qui arrive dans les parties supérieures,
à la Sammoggia & au Réno, toutes les observations faites
dans les autres rivières que l'on a pu rassembler, toutes
les théories les plus plausibles que nous fournit l'hydraulique ; tout, en un mot, nous dit & nous assure que le
fond du Réno étant établi au-dessus des ruptures sur la
pente de 14 pouces $\frac{3}{4}$ par mille, 14 pouces suffiront après
le confluent de la Savena, 12 pouces au - dessous de
l'embouchure de l'Idice & 10 après l'union des autres
torrens à la Bastia. Et que de même au-dessous de Longastrino où arrive le reflux de la mer, 7 pouces suffiront
jusqu'à l'embouchure du Santerno, & 4 pouces depuis le
Santerno jusqu'au Senio où le fond commence à se
creuser au - dessous de la profondeur de l'embouchure,
& enfin va en remontant. Nous avons déjà prouvé évidemment que les pentes que nous avons assignées seront plus
grandes que celles dont on pourroit avoir besoin pour
entretenir le fond du lit toujours bien nettoyé, & empêcher
qu'il ne s'y fasse des dépôts. Il nous reste actuellement
à prouver que ces mêmes pentes suffiront encore pour

laiſſer un débouché libre aux affluens, & pour donner
une iſſue ſtable & aſſurée aux écoulemens des campagnes.
Nous entrerons ici volontiers dans les détails les plus minu-
tieux, non - ſeulement à cauſe de l'importance du cas
auquel nous voulons appliquer notre doctrine, mais encore
parce qu'il pourroit arriver que le préſent exemple pourroit
ſervir de règle pour quelqu'autre cas ſemblable.

Le fond du Primaro, près de l'égliſe paroiſſiale de
Longaſtrino, eſt inférieur à la ligne horizontale commune
à laquelle on a rapporté les derniers nivellemens de 1
pied 8 pouces 3 lignes. Ce lieu eſt éloigné du foſſé Boulonois de 3295 perches 7 pieds *(ſ)*, ce qui, à raiſon de
10 pouces de pente par mille, feroit 5 pieds 5 pouces
11 lignes : Donc, le fond du Primaro, à la Baſtia vers
l'embouchure du foſſé Boulonois, feroit ſupérieur à cette
même horizontale de 3 pieds 9 pouces 8 lignes, ce qui
eſt une hauteur à peu-près moyenne entre celle qu'avoit
le Primaro dans les années 1757 & 1761 : Donc, le
Zaniolo & les autres canaux de la Baſtia auront, ſur le
nouveau fond, un débouché plus facile & plus ſûr que
celui qu'ils y ont eu autrefois, & en outre le fond du
Correchio qui, ſuivant les nivellemens que nous venons
de citer, eſt, à la diſtance de trois milles & demi de la
Baſtia, au-deſſus de la commune horizontale de 14 pieds
11 pouces 8 lignes, aura, depuis ce même lieu, une

---

*(ſ)* La perche eſt de 10 pieds, & le pied de Boulogne vaut
1 pied 2 pouces ⅓ de ligne du pied de Rói.

chute d'environ trois pieds par mille fur le fond du Primaro.

Le Sillaro, dans l'endroit où il eft coupé par la ligne à laquelle on a donné le nom de fupérieure, eft au-deffus de la commune horizontale de 22 pieds 11 pouces 9 lignes; & la Quaderna, à l'interfection de la même ligne, eft fupérieure à cette même horizontale de 23 pieds 9 pouces. Or, le Sillaro, dans l'endroit où il coule libre & encaiffé, a befoin d'une pente de 2 pieds par mille; & la Quaderna, après fa réunion avec la Gaïana, a befoin d'une pente de 2 pieds $\frac{1}{2}$: Donc, fi on détournoit le Sillaro feul pour le conduire à la Baftia, depuis le point où il eft coupé par la ligne fupérieure, en lui faifant faire un chemin de cinq ou fix milles, il feroit encore fupérieur de 11 pieds à la commune horizontale, & de 7 pieds au fond du Primaro. Il en feroit de même de la Quaderna qui pourroit aller s'étendre fur le même fond, quand même, depuis l'endroit où elle eft coupée par la fufdite ligne, on lui feroit faire, en lui confervant invariablement la même pente, un chemin de huit milles jufqu'à la Baftia, en rafant le bord inférieur de la vallée de Marmorta, où le terrein a fuffifamment de folidité pour que l'on puiffe l'y conduire encaiffée & revêtue de chauffées.

On pourroit encore propofer plufieurs autres tempéramens pour ces deux torrens. En premier lieu; comme à la diftance de trois milles de la Baftia, le fond de la Quaderna feroit fupérieur à la commune horizontale de 11 pieds $\frac{1}{4}$, & le fond du Sillaro d'environ 17 pieds;

on pourroit faire entrer le Sillaro dans la Quaderna en
affurant fon embouchure par une éclufe, & conduire enfuite ces deux torrens réunis dans le Primaro, parce qu'au
moyen de cette réunion la Quaderna n'auroit plus befoin
d'une pente auffi grande dans tout l'efpace inférieur, &
qu'elle y auroit un cours plus libre. La Guarda & la
Menata, qui font des conduits d'eau qui fe trouvent entre
ces deux torrens, font, à la diftance de fix milles de la
Baftia, fupérieures d'environ 15 pieds $\frac{1}{2}$ à la commune
horizontale, & ont befoin d'une pente d'environ 6 pouces
par mille ; d'où il fuit que dans le cas de la réunion des
deux torrens, ces deux conduits pourroient avoir au point
du confluent une entrée de deux ou trois pieds dans le
lit commun. En outre, en conduifant le Sillaro à la Baftia,
on pourroit réunir la Centonara à la Quaderna, & conduire
ces deux torrens enfemble dans le côté gauche de la vallée
de Marmorta où ils rencontreroient toutes les autres eaux
qui auroient été réunies dans les parties fupérieures.

En fuivant le cours du Primaro, & en allant direéte-
ment depuis la Baftia jufqu'au détour du foffé Bénédiétin,
au Morgone, il y a dix milles *(r)* & 200 perches ; &
de-là jufqu'à l'embouchure de l'Idice il y a trois autres
milles & 300 perches. Si, en redreffant le Primaro, &
faifant paffer fon nouveau lit par les terreins les plus fûrs
& les plus ftables de la vallée de Marmorta, on abrégeoit
fa route de trois milles, comme nous le dirons dans le

--------

*(r)* Le mille eft de 500 perches.

Chapitre fuivant, il ne refteroit plus, depuis la Baftia jufqu'à l'Idice, que onze milles qui, à raifon de 12 pouces
par mille, donneroient onze pieds auxquels ajoutant 3
pieds 9 pouces 8 lignes qu'a le fond du Primaro au-deffus
de la commune horizontale, on auroit 14 pieds 9 pouces
8 lignes. Mais le fond actuel de l'Idice, à fon confluent
dans le foffé Bénédictin, eft fupérieur à cette même horizontale de 21 pieds 8 pouces 8 lignes. Donc, pour
empêcher que l'Idice ne pût s'abaiffer davantage, il
faudroit affurer fon embouchure dans le foffé par une
éclufe de 7 pieds.

La Centonara a befoin, dans fon propre lit, d'une chute
d'environ trois pieds par mille, & au point où elle eft
coupée par la ligne fupérieure, elle eft élevée au-deffus
de la commune horizontale de 28 pieds 7 pouces 8 lignes.
Comme ce torrent pourroit s'établir fur un fond toujours
graduellement moins incliné dans les parties inférieures,
on pourroit le conduire feul dans la continuation du foffé
Bénédictin, à la diftance d'environ 7 milles de la Baftia,
& de 5 milles ½ du point d'interfection. Le conduit Corla
étant fupérieur de 35 pieds à la commune horizontale,
dans l'endroit où il eft coupé par la ligne fupérieure, auroit toujours une entrée libre dans la Centonara. L'Oriolio,
Vena ou foffé Vidofo, qui font des conduits qui fe trouvent
entre la Centonara & la Quaderna, font, au point où ils
font coupés par la ligne que l'on a appelée *du milieu*, fupérieurs à la commune horizontale de 11 pieds; comme
ce ne font que de fimples écoulemens, ils ne peuvent

avoir befoin d'une pente de fond confidérable; ainfi , ils pourroient avoir une iffue libre dans la continuation pro-jetée du foffé Bénédictin.

Entre les embouchures de la Zena & de l'Idice il y a 541 perches qui, à raifon de 14 pouces par mille, donneroient 15 pouces 2 lignes. De la Zena au ruiffeau des Brughieres, il y a 374 perches 3 pieds, & de ce ruiffeau à la Savena 577 perches 7 pieds qui porte-roient 10 pouces 7 lignes, & 16 pouces 2 lignes. Donc, le fond du foffé Bénédictin, aux embouchures de la Zena, du ruiffeau & de la Savena, feroit fupérieur à la commune horizontale, refpectivement, de 16 pieds 10 lignes, 16 pieds 11 pouces 5 lignes, & 18 pieds 3 pouces 7 lignes. Le débouché que l'on avoit deftiné à la Zena, dans la première conftruction du foffé Bénédictin, & que l'on n'a pas pu lui donner à caufe du comblement de ce foffé, eft fupérieur à la commune horizontale de 16 pieds 5 pouces 10 lignes. Il fuit de ce que nous venons de dire, que les chutes que nous avons affignées étant furabondantes aux befoins, & le débouché des écoulemens pouvant être garanti des regorgemens des grandes eaux au moyen de quelque régulateur, on pour-roit, en exécutant le projet de la continuation du foffé, y donner une entrée libre à tous les écoulemens, fans être obligé de les faire paffer fous le fond de l'Idice par le moyen d'aqueducs fouterrains que l'on pourroit d'ailleurs toujours ouvrir fans difficulté. L'embouchure du ruiffeau des Brugghiate eft fupérieure à la commune horizontale

de

de 20 pieds 2 pouces 5 lignes; ainsi, son débouché en feroit d'autant plus libre & plus affuré. Le fond de la Savena, à son embouchure, est supérieur à l'horizontale de 21 pieds 11 pouces, & au pas du Teddo, à la distance de quatre milles & demi, il est supérieur au fond de l'embouchure d'environ 17 pieds; en forte que la Savena couleroit avec facilité dans son dernier tronc sur une pente de trois pieds par mille, & auroit à son embouchure une chute de 3 pieds $\frac{1}{2}$.

De la Savena jusqu'à la Lorgana il y a environ 350 perches qui exigeroient 9 ou 10 pouces de pente. Le fond de la Lorgana est supérieur à la commune horizontale de 20 pieds 4 pouces; donc, ce même fond resteroit supérieur de plus d'un pied au fond du récipient. Le Riolo y auroit aussi une entrée libre, attendu que le fond de son dernier tronc est supérieur de 4 pieds 1 pouce 2 lignes au fond actuel de la Salarola à la distance de cinq milles. Il en feroit de même du canal navigable, & la navigation auroit un terme affuré à la Salarola & au pas de Segni. Finalement, le fond du Réno, à la rupture Panfilia, est supérieur à la commune horizontale de 37 pieds 7 pouces 7 lignes. En ne faisant point entrer en compte la pente du Réno dans le premier mille au-dessus de la rupture, où le fond est abaissé, la pente des autres milles est en raison de 14 pouces $\frac{3}{4}$, comme on l'a dit, & comme le portent encore les anciens nivellemens faits avec la plus grande exactitude, à eau dormante. Ainsi, quand même le Réno devroit encore couler sur

S

la même pente jusqu'à la Savena, pendant l'espace de dix milles $\frac{4}{5}$, cette hauteur excéderoit toujours celle dont on a besoin ; & le fond du Réno devroit se baisser de quelques pieds s'il n'étoit pas soutenu par quelqu'écluse. Il résulte de ce qui vient d'être, dit, que les pentes que nous avons assignées seroient suffisantes, non-seulement pour entretenir le lit bien nettoyé de tous dépôts, mais qu'elles suffiroient encore pour donner une entrée libre aux torrens inférieurs & aux écoulemens intermédiaires des campagnes.

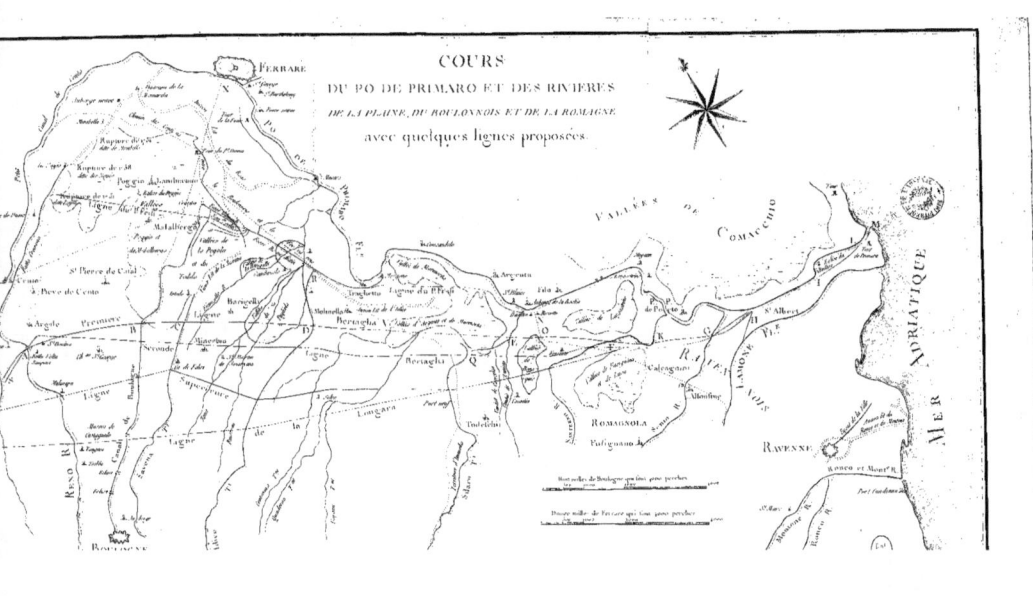

COURS
DU PO DE PRIMARO ET DES RIVIERES
DE LA PLAINE, DU BOULONNOIS ET DE LA ROMAGNE
avec quelques lignes proposées.

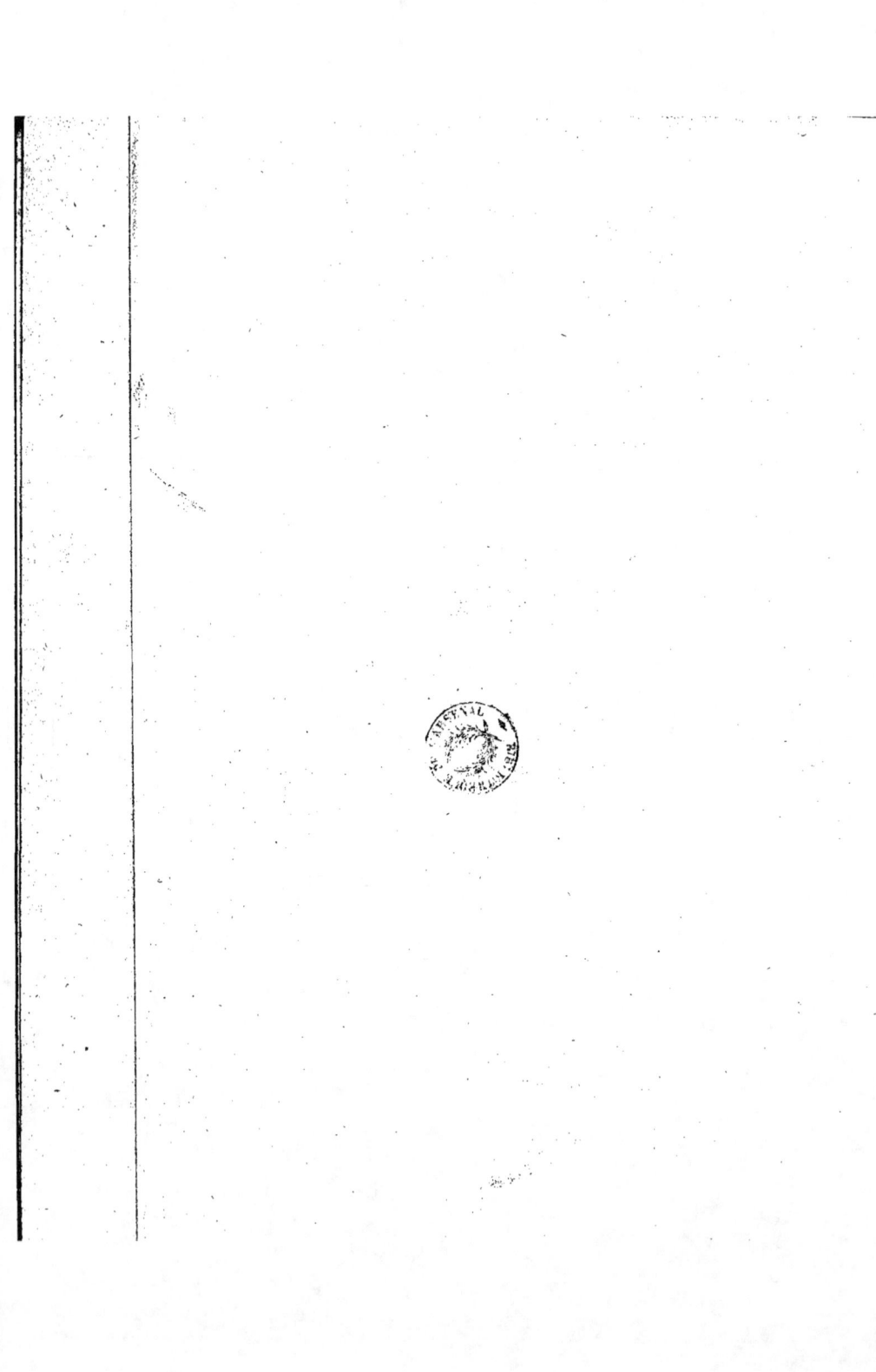

| | | LARGEUR RÉDUITE. | | HAUTEUR la plus grande. | | VÎTESSE de la SUPERFICIE, supposée de pouc. | QUANTITÉ D'EAU EN UNE SECONDE. | QUANTITÉ des EAUX UNIES. | PENTES du FOND. |
|---|---|---|---|---|---|---|---|---|---|
| | | pieds. | pouces. | pieds. | pouces. | par heure. | pouces cubes. | | |
| Le Lavino seul .............. | Section *Q*.... | 44. | 528 | 7.8 | 92 | 180,000.. | ............... 8,219,112 | | |
| | Section *P*.... | 44. | 528 | 9.10 | 118 | 180,000.. | ............... 11,844,043 | | |
| | | | | | | | Moyen arithmétique 10,031,577 | 39,585,699 | |
| La Sammoggia seule.......... | Section *O*.... | $53\frac{1}{2}$. | 642 | $12\frac{1}{4}$. | 153 | 180,000.. | ............... 21,085,741 | | |
| | Section *N*.... | 58. | 696 | 18. | 216 | 180,000.. | ............... 38,012,504 | | |
| | | | | | | | Moyen arithmétique 29,554,122 | | |
| La Sammoggia réunie au Larino... | Section *K*.... | $70\frac{1}{2}$. | 846 | $15\frac{2}{3}$. | 188 | 180,000.. | ............... 37,641,360 | | |
| | Section *M*... | $82\frac{1}{2}$. | 990 | 17. | 204 | 180,000.. | ............... 42,468,495 | | |
| | | | | | | | Moyen arithmétique 40,054,927 | 139,904,865 | |
| Le Réno seul .............. | Section *I*..... | 176. | 2112 | $17\frac{1}{2}$. | 210 | 210,000.. | ...............111,749,323 | | |
| | Section *G*.... | 151. | 1812 | $16\frac{1}{2}$. | 198 | 210,000.. | ............... 87,950,554 | | |
| | | | | | | | Moyen arithmétique 99,849,938 | ........... | $14\frac{1}{2}$. |
| Le Canal navigable ........... | ........... | ...... | 240 | ....... | 60 | 90,000.. | .............. 1,934,171 | 141,839,036 | |
| La Savena................. | Section XXIII. | $64\frac{1}{2}$. | 744 | $12\frac{1}{4}$. | 147 | 210,000.. | ............... 20,806,109 | 162,645,145 | $12\frac{1}{6}$. |
| L'Idice.................... | Section XXI.. | $67\frac{1}{2}$. | 810 | 12. | 144 | 210,000.. | ............... 24,682,860 | 187,328,005 | $11\frac{1}{6}$. |
| La Centonara............... | Section XVII. | 20. | 240 | $4\frac{1}{4}$. | 51 | 180,000.. | .............. 1,594,600 | 188,922,605 | |
| La Quaderna............... | Section XII... | 36. | 432 | $8\frac{1}{2}$. | 102 | 180,000.. | .............. 7,831,188 | 196,753,793 | $10\frac{1}{2}$. |
| Le Sillaro... ............... | Section X.... | 60. | 720 | $9\frac{1}{6}$. | 118 | 180,000.. | .............. 16,150,920 | 212,904,713 | $9\frac{3}{4}$. |

# DE LA
# MANIÈRE
## DE
# RÉGLER LES RIVIÈRES
# ET LES TORRENS.

## LIVRE TROISIÈME.

*Des Rivières qui portent des fables*
*& des limons.*

### CHAPITRE PREMIER.

*Des anciens lits des Rivières.*

Tacite rapporte, dans le premier Livre de ſes Annales, que la propoſition de dériver tous les affluens du Tibre, ayant été faite dans le Senat Romain ; quoique l'importance de l'objet & la néceſſité de remédier aux inondations trop fréquentes de la ville capitale du monde, parût juſtifier ſuffiſamment ce projet ; cependant, après

que l'on eut entendu les réclamations des Provinces intéreffées, l'avis de Pifon prévalut; il jugea que l'on ne devoit
faire aucun changement, attendu que tout le monde pouvoit voir que la Nature avoit fu pourvoir à nos befoins
beaucoup mieux que l'art, en affignant aux rivières l'origine,
le cours, les bornes & les limites qui étoient les plus convenables. Le P. Grandi, dans fa *Differtation fur le projet de
donner à l'Éra un nouveau cours*, a commencé par cet
exemple à prouver que le projet de raccommoder & de
fortifier l'ancien lit de ce torrent étoit préférable au projet
d'un nouveau lit. Il a appuyé fon fentiment fur deux autres
exemples du célèbre Viviani qui, voulant former un
nouveau lit à la Sieve, avoit fuivi les bornes de l'ancien
lit des eaux, & en avoit ufé de même à l'égard du Bifenzio en fuivant les traces de l'ancien lit, & le redreffant
feulement dans un endroit où il formoit une finuofité
longue & tortueufe. On a fuivi ordinairement la même
méthode dans d'autres cas femblables. Corneille Meyer,
célèbre Ingénieur hollandois, dans la *Differtation manufcrite*,
que j'ai, *fur la manière de délivrer la ville de Pife des inondations de l'Arno*, a défapprouvé tous les projets de changer
le lit de la rivière, & s'eft reftreint à propofer de rendre
fon embouchure meilleure & plus aifée, d'élever & de
fortifier les épaulemens, de corriger les détours & de
redreffer les plus grandes finuofités de l'ancien lit. M.
Gennetté a fuivi dernièrement en Hollande les mêmes
maximes en défapprouvant, comme nous l'avons dit,
toutes les nouvelles coupures & les dérivations que l'on

avoit imaginées, & propofant à la place de réunir toutes
les eaux du grand Rhin dans l'ancienne branche de l'Iffel
que l'on redrefferoit & que l'on réduiroit à une largeur
uniforme, en fecondant ainfi la Nature qui réunit &
conduit enfemble toutes les eaux à la mer.

Guglielmini a terminé, par le même paffage de Tacite,
fon avis de laiffer courir le Réno & les autres eaux du
Boulonois vers le nord & dans les parties les plus baffes
de la campagne, plutôt que de leur former un nouveau
lit vers le levant par d'autres lignes fupérieures. Il dit,
qu'en réfléchiffant aux directions qu'ont les rivières de
la Lombardie & de la Romagne à travers les vallées, &
aux chemins qu'elles fe font naturellement choifis en
courant dans les plaines, on voit que toutes ces directions vont du midi au nord; figne évident que l'incli-
nation de la Nature eft de les envoyer déboucher à un
terme qui eft à leur nord & non à leur levant; & que
de vouloir détourner toutes les fufdites rivières vers
le levant, ce feroit faire à la Nature une violence où il
y auroit beaucoup de rifque à courir, & qui d'ailleurs
feroit très-difpendieufe. Pour preuve de fon affertion,
Guglielmini a rapporté tous les anciens & les nouveaux
nivellemens, defquels il réfulte que la plaine du Boulonois penche à la vérité vers le nord & le levant, mais
qu'elle penche plus vers le nord qu'elle ne penche vers
le levant. Et pour donner la raifon phyfique de ce fait,
il dit, que les plaines du Boulonois ont été formées par
les alluvions des rivières, & qu'ainfi elles ont fuivi les

inclinaifons de leurs lits en penchant plus vers le nord que
vers le levant, & plus vers le levant & la mer, qu'elles
ne penchent vers le couchant : parce que les eaux des
rivières qui font plus au levant, comme plus voifines de
leur terme, ne pouvoient pas s'élever autant que celles
qui font au couchant. Il conclut donc que les plaines du
Boulonois & de la Romagne ne font pas, dans leurs
parties fupérieures, propres à tenir les rivières encaiffées,
dans le cas où on les détourneroit vers le levant, parce
que, pour cet effet, il auroit fallu que les alluvions euffent
été faites en conduifant les eaux en droiture à la mer,
& non en les laiffant courir du midi au nord vers le Pô
de Primaro.

On a fuivi tous ces principes dans le célèbre Avis des
cardinaux d'Adda & Barberini, qui a été rédigé fous les
yeux même de Guglielmini & de Viviani. Comme il fut
décidé alors de conduire le Réno dans le grand Pô, on
embraffa le projet de raffembler dans le Primaro tous les
autres torrens & écoulemens inférieurs, par la raifon que
les vallées du Boulonois, au moyen des dépôts qui s'y
étoient faits, étoient déjà prefque réduites à l'état de fimples
plaines baffes ; & que les torrens s'y frayoient d'eux-mêmes
le chemin pour aller déboucher dans le Primaro, ainfi que
le leur permettoient la nature & la fituation des lieux ;
en forte qu'il n'étoit queftion que de feconder la Nature
avec l'art, & d'aider & régler le cours des eaux. Mais
lorfque, vers le commencement de ce fiècle, on eut
perdu l'efpérance de rétablir le Réno dans le grand Pô,

Guglielmini s'expliqua plus amplement fur le feul parti
qu'il reftoit à prendre de réunir toutes les eaux du Réno
& des autres torrens & écoulemens dans le Primaro. Il
indiqua auffi la méthode que l'on devoit fuivre dans cet
ouvrage, & qui étoit d'abord de faire rentrer le Lamone
dans le Primaro, & de commencer enfuite à former les
lits du Senio & du Santerno, en obfervant les effets qu'ils
produiroient, afin de fe procurer des lumières & de procéder par degrés aux autres torrens fupérieurs. Qu'eft-il
arrivé! comme on n'a point détourné le Lamone de fon
lit actuel, depuis le temps de Guglielmini, fon fond s'eft
élevé de plus en plus, en forte qu'il lui faut des chauffées
très-élevées pour contenir fes grandes eaux, & que fouvent il caufe, par fes ruptures, de très-grands dommages
à toutes les campagnes voifines. D'un autre côté, les bons
effets que l'on a vus depuis que l'on a conduit le Senio
& le Santerno dans le Primaro, bien contenus par des
chauffées, fortifient le fentiment de Guglielmini, & en-
gagent de plus en plus à procéder à la formation des lits
des torrens de Marmorta, de la Savena & du Réno.

Préfentement, en confidérant les profils de toutes les
lignes qui ont été propofées pour réunir toutes les eaux,
& obfervant le giffement des plans des campagnes, la
fituation des écoulemens & le cours de tous les torrens,
on voit clairement qu'il ne peut y avoir d'autre parti à
prendre. En premier lieu, les profils des lignes fupérieures nous repréfentent tout le plan comme fort
ondoyant, & comme divifé en autant de grandes coquilles

dans la plus haute partie defquelles font les lits des torrens,
& ceux des écoulemens des campagnes, dans la plus baffe.
L'ondoyement eft beaucoup plus petit dans la ligne intérieure du Primaro. La raifon en eft, que les torrens portant
des matières plus groffières dans les parties fupérieures,
leur fond s'élève davantage, & rend tout le plan de la
campagne plus inégal que dans les autres parties inférieures.
De-là naît une difficulté natùrelle & infurmontable contre
toutes les lignes fupérieures. Parce que fi l'on veut tenir
le nouveau lit affez bas pour qu'il puiffe recevoir les
écoulemens, il faudra faire des excavations confidérables
& y faire tomber les affluens par des digues fort élevées.
D'un autre côté, fi on ne vouloit pas tenir le lit auffi
bas, il ne feroit pas fuffifamment encaiffé dans le fond
des fufdites coquilles; & il n'y auroit d'autres reffources
pour les écoulemens des campagnes que celle des aqueducs fouterrains. Cette difficulté difparoît dans la ligne
inférieure du Primaro, parce que les pentes affignées
dans le Chapitre précédent feroient fuffifantes pour donner
une iffue libre à tous les écoulemens, & que la plus grande
éclufe, dont on auroit befoin à l'embouchure de l'Idice,
ne feroit que de fept pieds; & on n'auroit point l'embarras des grandes excavations, foit pour enlever les
atterriffemens de l'Idice, foit pour continuer le foffé Bénédictin jufqu'à la Baftia; ce qui fuffit pour faire voir que
ce projet eft celui de la Nature.

Pour ce qui concerne le cours actuel des eaux, il ne
paroît pas qu'il y ait aucun autre parti à prendre. Les
eaux

eaux du Réno, en débouchant par la rupture Panfilia,
se dirigent principalement vers le fossé Paffardo, qui est
presque dans la même direction que la rupture, que le
canal ordinaire de la navigation & que le fossé Bénédictin. Les vallées supérieures du Réno sont en grande
partie bonifiées, & il y a lieu de croire qu'avant qu'il
soit peu de temps elles seront tout-à-fait comblées, &
que le Réno arrivera dans le fossé Bénédictin avec toutes
ses troubles ordinaires, parce que le Réno trouvant, depuis
les ruptures jusqu'à ce même fossé, une pente surabon-
dante pour la décharge de ses eaux, il doit peu-à-peu se
former de lui-même un lit parmi ses propres alluvions;
& il ne peut pas manquer de faire le même effet dans
toute la continuation du fossé Paffardo. Ainsi, les vallées
de Galliera & du Poggio, seront, avant qu'il soit peu de
temps, à l'abri des expansions des grandes eaux; & le
Réno entrant ensuite, avec ses eaux réunies & avec ses
sables & ses troubles, dans la vallée de Malalbergo, &
se répandant dans un récipient fort ample, il pourra la
combler naturellement en peu d'années, de la même
manière qu'ont été comblés plusieurs autres terreins de
la Toscane & de la Lombardie. Ceci est un ouvrage déjà
préparé & disposé par la Nature; & si on vouloit seconder
la Nature avec l'art, en l'aidant, en dirigeant le cours des
eaux & en évitant les trop grandes sinuosités, on auroit
enfin un seul lit continué régulièrement depuis la rupture
Panfilia jusqu'au fossé Bénédictin. Mais rien ne pourroit
plus contribuer à bonifier promptement les vallées, & à

T.

former entièrement au Réno un lit continué, que de porter
ce même foffé à fa perfection.

Nous avons déjà parlé des deux principaux accidens
qui font furvenus dans l'exécution de ce grand ouvrage,
& qui ont donné lieu à tant de réclamations de la part
des Provinces intéreffées, c'eft-à-dire des dépôts faits
par l'abaiffement de l'Idice, & des ruptures ouvertes dans
la chauffée de la vallée de Gandazolo. Préfentement cette
vallée s'eft tellement confolidée par les dépôts fucceffifs
de l'Idice qui y reflue, qu'il n'y a aucune difficulté de la
traverfer par une chauffée en ligne droite, & d'y contenir
folidement le corps de toutes les eaux. On peut auffi
enlever les atterriffemens de l'Idice, & épargner la dépenfe
de l'excavation en fe fervant des forces de la Nature,
de la manière que l'a expliqué Michelini, & que l'a pratiqué avec fuccès le P. Caftelli dans la plaine de Pife,
à la bouche de la rivière morte, c'eft-à-dire en creufant
dans le lit où font formés les atterriffemens ou plufieurs
foffés parallèles entr'eux, ou un feul foffé plus large &
plus profond au moyen duquel les eaux puiffent aller en
avant, & enlever le reftant dans le temps des grandes
eaux. J'ai vu pratiquer avec fuccès cette méthode dans
des lieux où la pente étoit confidérable, quoique les
matières dépofées fuffent en très-grande quantité & très-
groffières. Le Serchio s'étant, il y a quelques années,
répandu dans la plaine de Pife, & ayant rempli fon ancien
lit de fables & de graviers jufqu'au niveau des campagnes;
au moyen de quelques travaux de défenfe que l'on a faits

sur le nouveau lit, &. de quelques petits canaux que l'on
a pratiqués dans l'ancien, on a forcé les eaux à retourner
dans leurs anciennes limites, toutes les matières déposées
ont été transportées à la mer, & tout le désordre a été
réparé dans une seule grande crûe d'eau. Or, comme il
est clair que dans le cas où on continueroit le fossé Bénédictin directement jusqu'à la Bastia, la chute seroit considérable, on croit qu'il ne seroit pas nécessaire de faire
enlever à mains d'hommes tous les atterrissemens qui se
sont formés dans le lit, ni de l'arranger sur les pentes qui
lui conviennent. Mais les atterrissemens étant une fois
enlevés ou d'une façon ou de l'autre, & le fossé étant
achevé, le Réno, la Savena & l'Idice y auroient un cours
libre, & les écoulemens intermédiaires des campagnes y
auroient une issue assurée.

Mais comme ce fossé est presque dans la même direction que le tronc du Primaro qui est au-dessous de la Bastia,
il paroît encore une fois que c'est un projet suggéré par
la Nature que celui d'éviter les grandes & irrégulières
sinuosités du tronc supérieur du Primaro, en continuant
ce même fossé jusqu'à la Bastia, & y conduisant la Centonara, la Quaderna, le Sillaro & tous les autres écoulemens
intermédiaires. La vallée que l'on appelle de *Marmorta*,
vers la Rovere & le canal de la Beccara, où l'on pourroit conduire la continuation du fossé, forment un
terrein suffisamment stable & assuré, puisqu'on y passe
librement avec des chariots, & que dans l'été il se
dessèche tout-à-fait & qu'il y a de la poussière. Le fond

est composé de cailloutis & de sables très-fins, comme on l'a reconnu en creusant la terre avec des forets ou des tarières, & il a tant de confistance que l'on ne peut, à grande force, y enfoncer à plus d'un pied des bâtons pointus. Ces observations ont été faites par un Savant & par des payfans très-expérimentés; ainfi il ne refte plus aucun doute que la vallée de Mamorta, quoique maréca-geufe en d'autres endroits, ne puiffe dans fa fection la plus étroite, & dans le lieu de la Rovere ci-deffus nommé, être creufée, & qu'on ne puiffe y pratiquer des chauffées avec affurance. Les lignes droites par lefquelles on pourroit continuer le foffé Bénédictin à travers de cette vallée, formeroient entr'elles des angles fort obtus, & abrégeroient précifément de trois milles le chemin que parcourent actuellement les eaux dans le Primaro. Et finalement, le plan de la campagne eft fuffifamment élevé pour que l'on puiffe y tenir le fond du nouveau lit encaiffé de quelques pieds, & pour qu'il y ait lieu d'efpérer que ce travail aura toute la réuffite que l'on peut defirer.

Perfonne ne doit s'attendre que je réponde ici aux différentes difficultés que l'on a élevées contre ce projet en tant d'Écrits, & que le temps & la réflexion ont déjà diffipées dans l'efprit de plufieurs perfonnes : Je répondrai feulement ici, par un pur acte d'eftime, quelque chofe à ce qu'on lit dans l'Article I V de la feconde Partie du rapport fait en dernier lieu par trois Savans qui ayant vifité les terres endommagées par les eaux, & adoptant d'ailleurs le même projet, n'ont pas cru devoir le fuivre

dans la partie qui concerne le prolongement du foſſé
Bénédictin. En premier lieu, ces Savans ayant fait valoir
la difficulté du peu de confiſtance du fond, il me ſera
permis d'oppoſer, à leur ſimple aſſertion, l'expérience
authentique des tarières & des bâtons pointus. En ſecond
lieu, j'ajouterai que la longueur & les irrégularités du
Primaro, les empêchemens occaſionnés par les ſinuoſités
& les détours qui ſe rencontrent en allant du Morgone
à la Baſtia, & les atterriſſemens qui ont été la ſuite de
l'introduction de l'Idice, feront toujours courir de plus
grands riſques aux parties les plus baſſes du Poléſine de
Saint-George, que ſi l'on ſuivoit les principes indiqués
par Guglielmini dans le dernier Chapitre, & que ſi l'on
faiſoit les redreſſemens & les accourciſſemens convenables.
En troiſième lieu, les trois pieds de pente que l'on gagne-
roit en allant directement à la Baſtia, ſont préciſément
ce qui ſuffiroit pour donner une iſſue aſſurée aux écoulemens, & épargner tous les aqueducs ſouterrains propoſés
par les mêmes Savans, leſquels, par leur multiplicité &
leur grandeur, deviendroient très-diſpendieux, & dont
la réuſſite ſeroit d'ailleurs très-incertaine. Finalement, au
moyen de l'épargne que l'on feroit ſur les aqueducs, le
projet de continuer le foſſé Bénédictin, pendant l'eſpace
de ſept milles, ne ſeroit pas plus diſpendieux que celui
de contenir le Primaro, par des chauſſées, pendant
l'eſpace de dix milles entiers; & dans le cas même où
ce projet ſeroit un peu plus diſpendieux, le déſavantage
du côté de l'économie ſeroit ſuffiſamment compenſé par
la ſûreté phyſique du Poléſine.

Il y auroit encore un autre avantage à continuer, comme on le propose, le fossé Bénédictin, c'est que par l'abondance de la chute on pourroit en partie épargner le curement dont le fossé a besoin actuellement, ce qu'il est fort douteux que l'on pût faire dans le cas où en alongeant le chemin on diminueroit la pente & la vîtesse des eaux. La vallée de Marmorta seroit plus assurée par ce projet, parce que du côté gauche le Primaro serviroit à l'écoulement de cette vallée, & non pas à l'inonder, comme à présent, dans le temps des grandes eaux ; & que sur la droite les trois torrens qui actuellement s'y répandent librement, seroient au moyen de la plus grande pente, conduits plus sûrement dans le Primaro à la Bastia, & de la Bastia jusqu'à la mer il n'y auroit plus rien à craindre ; dans le cas où le Primaro seroit réduit à une largeur uniforme, & où, pour la défense de la Romagne & des vallées de Commachio, on renforceroit les chaussées de la droite & de la gauche en les élevant à la hauteur des plus grandes crûes d'eau. Et comme on a déjà fait différentes rectifications dans le dernier tronc du Primaro, j'ai de même proposé d'en faire encore quelques autres, & de radoucir quelques tortuosités, ce qui ne pourroit être d'une grande dépense, puisqu'il ne seroit question pour y parvenir, que de porter plus en arrière les chaussées pendant de petits espaces. J'ai particulièrement indiqué deux redressemens à faire dans des endroits où les serpentemens du lit sont les plus grands, & où les corrosions menacent le plus les vallées de Commachio ; l'une aux

Mandrioles & l'autre à Longaſtrino. De cette manière on parviendroit à réparer tout le déſordre actuel , & l'on auroit, depuis la rupture Panfilia & le foſſé Bénédictin juſqu'à la mer , une rivière contenue par des chauſſées , & qui n'exigeroit d'autres précautions que celles que l'on prend ordinairement dans les autres rivières.

Les avantages géographiques du projet que nous venons d'expoſer , feroient la ſûreté & la défenſe de tout le Poléſi de Saint-George , la bonification des vallées ſupérieures du Réno & des vallées inférieures de Marmorta, l'écoulement libre des campagnes qui ſe trouvent entre la Savena & l'Idice, & le cours libre & réglé de toutes les eaux. Mais ces avantages ne feroient pas les plus grands ni les plus précieux. La ſalubrité de l'air que l'on rétabliroit , en deſſéchant tant de vaſtes terreins inondés & marécageux , n'eſt certainement pas l'article le moins important pour ceux à qui appartient le domaine des campagnes. Préſentement, à la Baſtia, à Argenta & autres lieux voiſins, il eſt ordinaire de voir en été régner les fièvres longues , le ſcorbut , les dilatations de rate & autres maladies qui ont leur ſiége dans le bas-ventre, & qui ſont les effets ordinaires des mauvaiſes qualités de l'eau & de l'air. Dans quelques Écrits que j'ai faits ſur les comblemens de Valdinievole, & ſur la coupe qui s'eſt faite dans la ſuite de la forêt de la Faggianaia, dans le voiſinage de Piſe, j'ai expliqué comment les eaux dormantes & marécageuſes influoient ſur l'inſalubrité de l'air, & j'en ai donné les deux principales raiſons qui ſont, les putréfactions animales & végétales. M.<sup>gr</sup> Lancifi a été le premier qui ait obfervé que dans les environs des eaux croupiffantes il y avoit toujours une quantité prodigieufe de très-petits infectes; ayant étendu quelques toiles dans des lieux marécageux, contre la direction du vent, il les a trouvé, au bout d'une femaine, plaines de coques & de très-petits œufs de figure lenticulaire, fphérique & ovale. Dans le fort de l'été, ces œufs, par l'ardeur du foleil, fe transforment en tous ces petits animaux & papillons que l'on voit toujours dans ces lieux, & qui mourant enfuite & tombant au fond de l'eau, comme plus pefans, exhalent une odeur fétide animale très-pernicieufe à la fanté. D'un autre côté, lorfque les herbes des marais & les autres végétaux font putréfiés dans l'eau, il s'en fépare une certaine fubftance huileufe qui, comme plus légère monte à la fuperficie de l'eau, la rend quelquefois jaunâtre, & répand de très-mauvaifes exhalaifons.

## CHAPITRE II.

### Des nouveaux lits des Rivières

COMME nous avons déjà traité fuffifamment, fur la fin du premier Livre, d'une nouvelle réunion du Réno & de toutes les autres eaux du Boulonois que l'on avoit projeté de faire dans les parties les plus élevées de la campagne, au-deffus du confluent de la Sammoggia & du Lavino, il ne fera pas hors de propos de faire ici

mention

mention de quelques autres difficultés que j'ai faites
pluſieurs fois contre un autre projet d'un nouveau lit
que l'on vouloit commencer un peu au-deſſous de ce
même confluent, en allant prendre & détourner le Réno
au lieu de Malacappa. Cela convient d'autant mieux que
ces difficultés étant génerales, on pourra les appliquer
à tous les autres cas ſemblables. En premier lieu, on a
dit que la dépenſe de ce nouveau lit, devant monter,
ſuivant ceux même qui l'ont propoſé, à trois millions,
étoit au-deſſus de toutes les forces des trois Légations.
On a dit, en ſecond lieu, qu'une entrepriſe de cette
nature, de former un lit nouveau à tant d'eaux, de détourner tant de torrens, & de pourvoir à tant d'écoulemens,
auroit, par ſa complication, ſa difficulté & ſon étendue,
étonné les Romains même dans les temps les plus floriſ-
fans de la République. En troiſième lieu, on a dit, qu'étant
queſtion de la formation d'un nouveau lit d'environ trente-
huit milles de longueur, toute l'Hiſtoire ne fourniſſoit
aucun exemple duquel on pût tirer quelque lumière ſur
la méthode & l'ordre que l'on devroit ſuivre dans les
travaux ; parce que ſi l'on vouloit faire en même temps
l'excavation dans tant de troncs différens du lit, interrompu d'un affluent à l'autre, ce ſeroit une entrepriſe
impoſſible, ou du moins très-diſpendieuſe que celle de
faire écouler, ou d'extraire avec des pompes, les eaux
de pluie ou celles de ſource ; & principalement dans les
endroits où l'excavation devroit être pluſieurs pieds au-
deſſous de la ſuperficie baſſe de la mer. D'un autre côté

U

fi l'on vouloit commencer le nouveau lit graduellement par les derniers affluens, & obferver ce qui arriveroit, il eft certain qu'en difpofant le nouveau fond fur la pente qui conviendroit au corps des eaux réunies, & commençant à y faire couler les feuls derniers affluens, ils y laifferoient de hauts & continuels dépôts.

Cette feconde méthode de commencer tout le travail par les parties inférieures, eft la feule qui puiffe donner quelque lueur dans une matière auffi difficile, comme l'a écrit Guglielmini dans le dernier Chapitre, ainfi elle mérite d'être plus particulièrement examinée. Suppofons que le nouveau lit foit fait entre le Senio & le Santerno, & qu'il ne foit plus queftion que de faire une coupure à l'un & à l'autre pour les détourner de leur cours actuel & les porter dans le nouveau lit, perfonne ne peut prévoir, ainfi que l'a écrit Euftache Manfredi dans fa réponfe à Corradi, quels effets extraordinaires pourroient produire deux rivières qui tomberoient à-plomb fur le nouveau lit, des fonds beaucoup plus élevés où elles coulent, foutenues par des éclufes pofées à leurs embouchures; il pourroit arriver facilement qu'il fe formât, au pied de chacune des embouchures, deux grands gouffres qui s'étendroient jufqu'au pied de l'une, ou peut-être des deux chauffées, les déchaufferoient & les renverferoient. La crainte des tourbillons & des gouffres profonds feroit encore plus grande aux embouchures de l'Idice & de la Savena qui, fuivant les profils, tomberoient d'une hauteur d'environ quinze pieds, Enfuite, l'Idice, par exemple, ou

le Santerno feul, ayant befoin d'une pente beaucoup plus
grande que celle qui feroit néceffaire au corps des eaux
unies ; comme ce n'eft pas une entreprife de peu de
durée que celle d'achever de les réunir, il eft certain que
les feuls derniers affluens, fans le fecours du Réno qui eft
prefque auffi confidérable que tous les autres enfemble,
formeroient des atterriffemens continuels dans le nouveau
lit, & ruineroient tout le travail à mefure qu'il avance-
roit. On peut conjecturer ce qui arriveroit fi le Santerno
couloit pendant quelques années fur un fond plus bas,
fans le fecours de l'impulfion des eaux fupérieures, par
ce qui eft déjà arrivé lorfqu'on a détourné le Lamone du
Primaro. Les inconvéniens feroient encore plus grands
dans les parties fupérieures où la Quaderna, la Centonara & l'Idice charient des matières plus groffières ; &
où l'Idice devroit couler pendant quelques années fur
une pente de vingt pouces par mille, tandis que dans fon
propre lit, cette rivière en a befoin d'une de plus de trois
pieds. Il n'y auroit pas lieu d'efpérer que finalement le
Réno furvenant, il dût creufer de nouveau le lit qui feroit
comblé, & difpofer fon fond fur la pente qui lui conviendroit. Parce qu'en premier lieu, il ne pourroit fe faire de
nouvelles corrofions dans le fond, fans qu'il y eût du
danger pour les bords & pour les chauffées ; & en outre,
la pente qui fuffiroit pour que les eaux réunies puffent
foutenir leurs troubles ordinaires, ne pourroit jamais être
fuffifante pour emporter les matières dépofées & amon-
celées par les affluens.

U ij

On ne rencontreroit pas même l'ombre d'aucune de
ces difficultés dans l'exécution du projet que nous avons
expofé dans le Chapitre précédent. Le Senio & le Santerno ont actuellement leur débouché libre dans le Primaro.
La Quaderna qui préfentement fe répand dans les vallées
avant que d'arriver au Primaro, a une pente de fond fuffifante pour que l'on puiffe lui former un lit, & la réunir
aux autres eaux à la Baftia. Si l'on vouloit introduire le
Sillaro dans la Quaderna, il y tomberoit d'une hauteur de
cinq ou fix pieds, & trouvant, dans le lit commun, une
pente plus grande que celle qu'il a dans fon propre lit,
il y auroit un cours libre & affuré. Il faudroit détourner
enfemble l'Idice, la Savena & le Réno, du tronc tortueux
du Primaro, pour les conduire dans la continuation propofée du foffé Bénédictin jufqu'à la Baftia ; & pendant
que l'on acheveroit ce travail, les autres torrens inférieurs
continueroient à couler par l'impulfion ordinaire des autres
eaux fupérieures. La vallée de Marmorta, que devroit
traverfer ce même foffé, n'eft certainement pas de plus
mauvaife qualité que les vallées de Bonacquifto & de
Medicina que traverferoit la ligne de Malacappa ; & fi,
dans le premier projet, il arrivoit dans la vallée de Marmorta quelque rupture à la chauffée de la droite ou à celle
de la gauche, le pis - aller feroit que les eaux continueroient à fe répandre dans les vallées qui font actuellement
inondées, & la chauffée actuelle du Primaro ferviroit
toujours de contre - chauffée pour garantir le Polefine de
Saint-George. Mais, dans le fecond projet, s'il arrivoit

quelqu'accident vers la forêt de Malvezzi, qui feroit le point le plus critique de toute la ligne, & l'endroit où le nouveau lit feroit le moins enfoncé dans le plan de la campagne, & où la pente feroit très-modique, les terreins les mieux cultivés du Boulonois feroient dans un danger continuel; parce que dans le nouvel état des chofes, s'il fe faifoit une rupture, les eaux fe trouveroient enfermées entre les chauffées des affluens & celles du récipient, fans que l'on pût dire, ni en combien de temps, ni de quelle manière on pourroit réparer un femblable dommage, ni ce qu'il en coûteroit pour y parvenir. Manfredi avoit donc raifon de dire que dans ces fortes de projets, fi on ne démontroit pas l'impoffibilité d'une rupture, le remède que l'on propofoit étoit pire que le mal préfent.

Mais la différence la plus effentielle des deux projets, de réparer & rectifier les anciens lits, & de préparer un nouveau lit pour les eaux, concerne les qualités différentes des matières que conduiroient les eaux dans l'un & l'autre cas. Les différentes vifites & les obfervations des gens les plus experts, ont finalement établi, de la manière la plus authentique, deux faits : premièrement, que, dans le projet d'un nouveau lit fupérieur, le Réno, la Savena, l'Idice, la Centonara & la Quaderna feroient coupés par la ligne propofée au-deffus de la dernière limite des graviers : fecondement, que l'Idice & la Centonara portent préfentement des graviers & des gros fables jufqu'à deux ou trois milles au-deffous du point où ils feroient coupés par la fufdite ligne, tandis qu'il n'arriveroit

dans ce même lieu, de la Savena & du Réno, que des
fables très-fins. Ceci eſt préciſément le cas qu'a examiné
Guglielmini dans le dernier Chapitre où il eſt queſtion
des affluens qui tranſportent des matières plus groſſes que
celles de la rivière principale, au point de leur réunion.
Il exige deux conditions pour que cette jonction puiſſe
avoir un ſuccès favorable, une chute exorbitante & une
hauteur conſidérable du plan de la campagne; conditions
qui ne ſe rencontreroient pas dans le projet de la ligne
ſupérieure, parce que ſi l'on tenoit la ligne au-deſſous
de la forêt Malvezzi, le fond du nouveau lit ſeroit ſupérieur au plan de la campagne, & les écoulemens ne
pourroient pas y entrer, comme cela eſt conſtaté par les
profils. Si au contraire on la tenoit au-deſſus de cette
forêt, le fond ſeroit à peine encaiſſé dans la terre, & il
rencontreroit la Quaderna deux milles au-deſſus de la
dernière limite des graviers. Lorſque ces deux conditions
extraordinaires, d'une chute exorbitante & d'une élévation conſidérable du plan des campagnes, manquent,
Guglielmini enſeigne en général, *dans le Chapitre IX,*
que l'on ne doit jamais faire entrer une rivière qui tranſ-
porte des graviers dans une autre rivière dont le lit n'eſt
que de ſable ou de limon; que l'on ne doit jamais abréger
la ligne de ces ſortes d'affluens qui portent des graviers
aſſez près de leur embouchure; & qu'au contraire il eſt
plus avantageux de porter plus bas le débouché de l'affluent
& d'alonger ſa route par des ſinuoſités afin de lui laiſſer
dépoſer tous ſes graviers avant ſon introduction. Ce grand

Maître des rivières nous a de plus appris que le grand
Pô même, quoique très - abondant en eaux, n'a jamais
eu un lit fixe que lorfqu'après avoir ceffé de couler fur
un fond toujours rempli de graviers, il n'a plus reçu,
d'aucuns de fes affluens, d'autres matières que des fables.

Tout ce qu'on a dit au commencement fur la nature
des graviers & des fables, forme une difficulté infurmontable & décifive contre ce projet, ainfi que contre celui
dont il a été parlé vers la fin du premier Livre. Le Réno
& les quatre autres torrens conduifent préfentement une
quantité confidérable de graviers au de-là des traces de la
ligne fupérieure. La quantité des graviers qui fe raffemble-
roient, dans le nouveau lit propofé, feroit encore plus
grande, parce que les eaux des affluens y tombant par
des éclufes de dix ou quinze pieds, & même encore
plus, devroient s'accélérer notablement au-deffus & au-
deffous de leurs embouchures, & en conféquence arracher
de leurs fonds une plus grande quantité de matières.
L'abondance des graviers augmenteroit encore dans le
cas où les éclufes pofées aux embouchures des affluens,
devroient être abaiffées peu-à-peu, afin que finalement,
les fonds des affluens parvinffent à s'étendre fur celui du
récipient; fans parler du cas de quelqu'éclufe qui vien-
droit à être renverfée dans le temps de quelque grande
crûe d'eau, & qui porteroit en conféquence la défolation
dans le pays. Dans cet état des chofes il n'y auroit pas
lieu de fe flatter que l'impétuofité des grandes eaux dût
bouleverfer le fond de toute la rivière en le creufant

jufqu'à une notable profondeur, & que dans un pareil bouleverfement les matières les plus pefantes duffent tomber dans les endroits les plus bas, en laiffant au - deffus d'elles les plus légères qui pourroient être tranfportées facilement par les eaux. Cela pourroit arriver quelquefois dans des fonds compofés de matières détachées & amovibles. C'eft de cette manière que Viviani a obfervé que les plus gros amas de graviers, lorfqu'ils font attaqués avec une grande impétuofité par le courant des grandes eaux, font fujets à de très-grands changemens, & qu'ils fe portent de la droite à la gauche & de la fuperficie au fond. Mais le fond de la nouvelle rivière étant compofé de terre vierge & tenace, ne pourra jamais être bouleverfé fenfiblement par l'impétuofité des eaux qui, dans les grandes crûes, couleront deffus par des directions parallèles. Or, comme d'ailleurs il n'y a pas lieu d'efpérer non plus que par le moyen du choc & du frottement réciproque, les graviers fe diffolvent finalement, ou qu'ils diminuent fenfiblement en nombre & en maffe, ils refteront amoncelés fur le nouveau fond à mefure qu'ils y feront portés par les affluens, & ils le rehaufferont continuellement au grand préjudice des écoulemens de la campagne, & avec un rifque toujours plus grand pour les chauffées.

Enfin, il n'y auroit non plus aucune efpérance qu'au moyen de la plus grande chute, les gros fables qui feroient portés dans le nouveau lit par les affluens, puffent être plus facilement triturés & détachés du fond.

On

On peut dire au contraire, & en général pour tout ce qui concerne la chute, que la ligne supérieure, quoique commencée à un point plus élevé, n'auroit aucun avantage sur la ligne inférieure du Primaro. Le fond du Réno, à Malacappa, est supérieur à la commune horizontale des derniers nivellemens, de 59 pieds 2 pouces, & à la rupture Panfilia de 37 pieds 7 pouces 7 lignes, d'où quelqu'un a très-mal conclu que, par la ligne supérieure, le bénéfice de la chute étoit de plus de vingt-un pieds. Premièrement, il faut observer que le fond de la Sammoggia, à la distance de deux milles & demi du Réno, dans l'endroit où il faudroit la détourner de son cours actuel, est supérieur à cette même horizontale, de 60 pieds 8 lignes. Or, comme la pente réduite de la Sammoggia, depuis l'embouchure du Lavino jusqu'à sa présente embouchure dans le Réno, est d'environ trois pieds par mille, il lui faudroit une chute totale de 7 pieds $\frac{1}{2}$ pour arriver dans le Réno à Malacappa; au moyen de quoi le nouveau fond de cet endroit ne seroit plus que de 52 pieds 6 pouces 8 lignes au-dessus de l'horizontale, & tout le bénéfice de la chute seroit réduit environ à 15 pieds. Il faut observer, en second lieu, que la pente du Réno, de Malacappa à Bon-convento, est en raison de 43 pouces $\frac{1}{2}$ par mille; que dans l'espace supérieur, de Malacappa jusqu'au Trebbo, sa pente réduite est en raison de 28 pouces 1. 9; & que dans l'espace inférieur, jusqu'à l'embouchure de la Sammoggia, il a une pente de 25 pouces qui se diminue ensuite de deux

X

feptièmes au-deffous de l'embouchure, & fe réduit enfin
à 14 pouces $\frac{3}{4}$ près des ruptures. L'embouchure de la
Sammoggia eft prefque auffi éloignée de Malacappa que
le feroit l'embouchure de la Savena dans la nouvelle ligne.
Ainfi, fi on faifoit entrer la Sammoggia dans le Réno à
Malacappa, & que par cette union la chute du Réno fût
diminuée de deux feptièmes, on auroit 31 pouces, ou
bien 20, fuivant que l'on prendroit l'une ou l'autre des
deux précédentes chutes, & en voulant prendre un
milieu, il ne faudroit pas beaucoup moins de 24 pouces
de chute par mille. D'un autre côté, le Réno en ayant
18 au-deffous de la préfente embouchure de la Sammoggia, on ne peut pas douter que la chute ne dût être
plus grande au-deffous de l'embouchure que l'on propofe
pour la Sammoggia à Malacappa, où cette même rivière
porteroit des fables plus gros, & où le Réno n'auroit pas
encore tout-à-fait abandonné les graviers. Ainfi, dans la
ligne fupérieure on commenceroit à la vérité la dérivation
d'un point plus élevé, mais dans lequel les eaux auroient
befoin d'une chute notablement plus grande qu'à la
rupture Panfilia.

M. Jacques Marefcotti, célèbre Profeffeur de Mathématiques, & Surintendant des eaux du Boulonois, a
très-bien relevé, dans plufieurs de fes doctes Écrits,
l'infuffifance de la chute, le prolongement de la ligne
& les autres inconvéniens qui fe rencontreroient dans ce
projet épineux. J'y ajouterai feulement ce qui réfulte
des principes précédens. Suivant ce qu'on a dit, la chute

de 24 pouces, de la Sammoggia & du Réno à Malacappa,
pourroit fe réduire à 20 pouces après le confluent de la
Savena, & à 17 pouces après le confluent de l'Idice ; en
fuppofant que les grandes eaux arriveroient dans le même
temps, & abftraction faite de l'inégalité des matières. Mais
l'Idice, la Centonara & la Quaderna porteroient, dans le
nouveau lit, des graviers & des fables beaucoup plus gros
que ceux qui y arriveroient du Réno & de la Savena :
Donc, la chute de 17 pouces que les partifans de la
ligne fupérieure ont propofé de laiffer au nouveau lit, au-
deffous de la Centonara, ne pourroit plus être fuffifante.
En fuivant les mêmes traces, on peut prouver qu'en
commençant la dérivation du Réno vers San-Pierri, &
allant directement à Saint-Albert, 12 pouces ne fuffi-
roient pas au-deffous de l'embouchure de l'Idice, tandis
que l'on peut croire que cette même chute eft furabondante au-deffous de la préfente embouchure dans le foffé
Bénédictin. Ainfi, il eft généralement vrai de dire, pour
quelque ligne fupérieure que ce foit, qu'en commençant
le nouveau lit dans des lieux plus élevés que la rupture
Panfilia, & faifant entrer en compte l'abaiffement qu'il faut
faire pour recevoir la Sammoggia, la plus grande pente
qu'il faut donner au Réno dans les parties fupérieures,
& les matières plus groffières que tranfporteroient les
torrens inférieurs dans le nouveau lit commun, il y auroit
beaucoup de *deficit* dans la pente totale, tandis que le
fond du Réno étant déjà établi fur une pente plus petite
à la rupture Panfilia, & les autres torrens ne tranfportant

X ij

que des matières de plus en plus fines dans leurs derniers troncs, les chutes ci-deſſus aſſignées feroient plus grandes que celles dont le Réno pourroit avoir befoin, en cou-lant, depuis cette même rupture, avec les eaux réunies jufque dans le foſſé Bénédictin & de-là à la Baſtia, & enfin à la mer.

## CHAPITRE III.

### *Des réſiſtances des Rivières.*

LA variété de la compoſition & de la contexture de notre Globe nous offre, dans toutes fes parties, une très-grande diverſité de matières. Celles qui fe trouvent ordi-nairement fur les bords & dans le fond des rivières font le gravier, le fable, la terre commune & l'argile. Les graviers étant ronds, & les fables étant garnis de pointes & tranchans, ils ne peuvent, par leur conformation, fe ſerrer tellement enſemble qu'ils ne laiſſent des intervalles très-libres pour y pénétrer. C'eſt par cette raifon que les villes qui font fondées fur les alluvions des rivières, comme Paris & Florence, éprouvent dans les lieux fou-terrains un regorgement d'eaux confidérable lorſque les rivières viennent à groſſir. La terre commune eſt très-détachée, & elle a des paſſages fuffifamment grands pour que les eaux s'y infinuent & pénètrent dans toute la maſſe ; & en outre, cette même terre nourrit fouvent des taupes, des rats & autres infectes qui, par leurs canaux obliques,

rendent les corrofions plus faciles. C'eft par cette raifon
que les chauffées faites de terre ne font pas fort folides fi
elles ne font pas revêtues d'argile, comme cela fe pratique
en plufieurs lieüx & principalement en Hollande où la
terre bitumineufe eft beaucoup plus poreufe que la nôtre.
L'argile eft une terre plus denfe qui ne laiffe pas un paffage
libre aux particules de l'eau par fes très-petites ouvertures,
& qui, avec le temps, fe defsèche & fe durcit. C'eft de
cette matière que font formées les fortes digues de la
Meufe, du Rhin & des autres fleuves de la Hollande.
La Meufe étant, dans fon propre lit, expofée à toute la
furie des tempêtes de la mer, & fon embouchure étant
obftruée par différens bancs de fable, elle a, du côté de
Delft, une digue d'argile de 10 pieds $\frac{1}{4}$ de hauteur *(u)*
qui eft fupérieure de 4 pieds au niveau des plus grandes
eaux. La largeur du plan fupérieur de la digue, eft de
10 pieds 5 pouces, & la bafe eft de 60 pieds, comme
l'a marqué M. Van-Bleifwik, dans fa belle *Differtation
fur les digues.*

La terre pure nous offre elle - même beaucoup de
variétés, & une longue dégradation de couches, depuis
celles qui ont le plus de confiftance jufqu'à ces amas de
terreins plus détachés qui, s'amolliffant quelquefois par
les eaux fouterraines ou celles des pluies, courent dans
les finuofités des montagnes, & que l'on appelle vulgaire-

---

*(u)* Le pied d'Amfterdam eft de 10 pouces 5 lignes $\frac{4}{5}$ du pied
de Roi.

ment *lavine*. La grande quantité de ces *lavines* que l'on
trouve fur les pans des montagnes, entre lefquelles coulent le Panaro ou le Réno, fournit en grande partie leurs
troubles ordinaires, & rend les chemins des environs fort
peu affurés. J'ai obfervé les *lavines* de Pierre-brune, dans
la province de Frignano, qui ont plus de quatre cents
perches de largeur *( x )* , & qui font continuellement en
mouvement; & j'ai vu la grande *lavine* de Caftello qui
commence au mont Cimon, & s'étend toujours en ondoyant jufqu'au bord de la rivière, & qui même ces années
dernières a emporté un moulin & ébranlé plufieurs maifons.
Cette difficulté & plufieurs autres raifons particulières,
tirées de la nature même du lieu, m'ont fait penfer qu'il
ne convenoit pas que le nouveau chemin que l'on vouloit
faire pour aller de Piftoye à Modène, par la province de
Frignano, côtoyât long-temps le Panaro; & comme
parmi les montagnes voifines, celle de Bofco-longo offroit
un paffage commode de l'Apennin depuis la vallée du
torrent Lima jufqu'à celle du Panaro, & depuis le lieu de
Cutigliano jufqu'à Fiumalbo, j'ai propofé de faire traverfer,
au nouveau chemin, les trois branches principales qui
forment le Panaro, & de remonter la montagne qui fe
trouve de l'autre côté de la vallée jufqu'à ce qu'on eût
rejoint l'autre chemin qui avoit été fait quelques années
auparavant, & par lequel, au moyen de quelque petite
correction, on continueroit un paffage très-commode

*( x )* La perche eft de 10 pieds.

jufqu'à Modène. Et c'eſt préciſément ce que l'on a exécuté dans la ſuite avec ſuccès.

En différens lieux de la Hollande, & principalement dans les environs du lac de Harlem, j'ai vu une autre qualité de terrein ſi pourri & ſi détaché, qu'il eſt facilement boulé-verſé par l'impétuoſité des vents & des eaux, ce qui fait que le lac gagne continuellement du terrein. Avant l'an 1531, il y avoit dans ces lieux quatre lacs diſtinɛts & ſéparés, qui formoient enſemble environ le tiers de l'étendue du lac aɛtuel; une furieuſe tempête bouleverſa tellement le fond que les quatre lacs ſe réunirent en un ſeul. En 1591, l'inondation des eaux étoit preſque augmentée du double, & enſuite elle s'eſt accrûe de nou-veau par degrés juſqu'à nos jours. La néceſſité de tirer la tourbe ou bitume, dont on ſe ſert en Hollande pour faire du feu, & de continuer les excavations dans les environs du lac, juſqu'à la profondeur de plus de quarante pieds, donneroit lieu de craindre que les eaux ne s'étendiſſent de plus en plus à l'avenir. Dans ces dernières années on a pris la précaution d'entourer le lac de groſſes digues du côté d'Amſterdam, qui eſt le côté le plus dangereux & le plus critique. Le niveau des autres eaux voiſines ne permet pas de reſſerrer d'une autre manière le pourtour de ce lac. Comme nos marais ſont formés par des cauſes différentes, on peut y employer d'autres remèdes. Ainſi, on pourroit deſſècher les marais Pontins ſi l'on formoit, aux torrens qui y entrent & qui s'y répandent, un lit fixe pour les conduire & les faire déboucher à la mer par le chemin le plus court. On pourroit de même reftreindre notablement, & en peu de temps, les marais des parties supérieures de l'Adige, en faisant écouler leurs eaux, qui n'ont pas une pente suffisante du côté de la rivière, par des canaux parallèles qui les conduiroient dans quelque point inférieur.

J'ai encore observé, dans les vallées du Boulonois, une autre espèce de terrein vacillant & amovible, & qui forme au milieu des eaux comme autant d'isles flottantes que l'on appelle vulgairement *Cores*. Geminiano Montanari nous a très-bien décrit leur origine dans son célèbre *Discours sur la mer Adriatique*. Quelquefois les roseaux de marais produisent, dans l'endroit où ils croissent, d'abondantes racines qui, au bout de quelques années, deviennent si épaisses & sont tellement entrelacées, que les petites barbes, par le moyen desquelles elles étoient attachées au sol inférieur, venant à se pourrir, toute la masse de terre qu'elles embrassent devient plus légère que l'eau, & à cause de cette légèreté se détache du fond & vient, par grands morceaux, flotter sur la superficie, ce qui n'empêche point ces *Cores* de produire de nouveaux roseaux, comme si elles étoient toujours dans le premier terrein qu'elles occupoient, parce que la matière des anciennes racines, qui est contenue dans ces amas flottans, leur fournit une nourriture suffisante. De cette manière, elles continuent pendant plusieurs années à produire de nouvelles herbes, & quelquefois elles croissent à un tel point qu'elles peuvent porter des bestiaux, des chasseurs & des cabanes, & qu'elles

causent

caufent de l'admiration à ceux qui viennent les voir. J'ai
été, dans la vallée de Duiglio, fur une de ces *cores* qui
avoit plus d'un demi-mille de tour ; fon corps avoit trois
ou quatre pieds de profondeur, & il y avoit deffous plus
de vingt pieds d'eau. Lorfque les fables & les troubles,
qui font portés par les affluens, rempliffent tout l'efpace
qui eft entre le fond & les *cores,* ou qu'ils rendent ces
mêmes *cores* fpécifiquement plus pefantes que l'eau &
les font tomber à fond ; alors ce n'eft plus qu'un corps
élaftique & compreffible appuyé fur une bafe ftable, qui
au commencement cède uniformément, mais qui dans
la fuite, lorfqu'il eft comprimé par le poids des chauffées, ne peut occafionner aucun dérangement. Ainfi les
grandes *cores* que l'on a rencontrées dans la vallée de Gandazolo, ont formé une difficulté infurmontable lors de la
première conftruction du foffé Bénédictin ; mais celles qui
fe font trouvées confolidées & enfoncées dans la terre au
lieu appelé le *Traghetto,* vers le confluent de l'Idice, n'ont
en aucune manière empêché la fuite des travaux ; & il
y a déjà quelques années que les dépôts qu'a laiffés l'Idice
dans la vallée de Gandazolo ont tellement confolidé les
*cores* qu'il n'y a plus aucune difficulté d'y continuer la
chauffée en droite ligne.

Mais ce font des phénomènes très-rares, & avec lefquels la Nature ne joue qu'en quelques lieux. La réfiftance
inégale & la cohéfion des matières que l'on rencontre le
plus communément dans les rivières, les différens mélanges
de la terre, du fable & des graviers, la variété & l'irrégularité

Y

de leur répartition, font que le lit des rivières se corrode
toujours inégalement, & qu'il s'y forme çà & là des inégalités & des petites sinuosités qui deviennent quelquefois
très - grandes, & forcent les rivières à abandonner leur
première direction, sur-tout si leur fond est composé de
graviers ; parce que les graviers, qui sont transportés par
les rivières dans le temps des grandes eaux, ne sont pas
toujours également distribués par-tout le lit ; qu'au contraire
ils s'amoncèlent quelquefois en si grande quantité d'un
côté, qu'ils-chassent le fil de l'eau de l'autre côté. C'est
par cette raison que les rivières éprouvent, dans leurs
parties supérieures, où elles charient des graviers, des
changemens plus fréquens dans la direction du fil de
l'eau, qu'elles changent aussi plus souvent de lit, &
qu'elles sont constamment plus irrégulières & plus tortueuses que dans les autres parties inférieures où elles
ne portent que des sables & des troubles. Mais laissant à
part les matières que transportent les rivières, la seule
différence des autres matières qui se rencontrent dans les
rives & dans le fond, donne toujours lieu à des corrosions différentes, & suffit pour faire qu'une rivière, même
lorsqu'elle est encaissée entre des rives parallèles, est bientôt
détournée de sa direction. C'est par cette raison que lorsqu'il est question de former de nouveaux lits, même à
ces sortes de rivières qui ne portent que des matières
légères, on doit toujours laisser à tout le lit des francs-
bords & des plages très - grands, & tenir les chaussées
éloignées des excavations, afin que les eaux faisant plus

ou moins facilement leurs corrofions, puiſſent ſerpenter & difpoſer le lit à leur guiſe, ſans attaquer tout de ſuite les chauffées.

Guglielmini a traité cette matière avec beaucoup d'étendue dans le *ſixième Chapitre ſur la nature des rivières.* Le fondement du tout eſt que, ſi une rivière, même lorſqu'elle eſt encaiſſée entre des rives parallèles, commence à faire des corrofions dans quelque partie, ſoit parce que le terrein y a moins de ténacité & de confiſtance, ſoit parce que la force de l'eau y eſt accrûe par les répercuſfions ſupérieures, ce feront les angles & les pointes des partïes corrodées qui feront les premières renverſées, parce que c'eſt dans ces endroits que la réſiſtance eſt plus petite, & que la force & l'impétuoſité de l'eau eſt plus grande. Ainſi, toute la corrofion acquerra en peu de temps la forme d'une concavité continuée, & le fil de l'eau ſe repliant de ce côté ira battre l'autre côté ; & renouvelant ainſi toujours le même jeu, lorſqu'il ſe fera fait une corrofion ſur la droite de la rivière, il s'en fera une autre ſur la gauche, & enſuite encore une autre plus bas ſur la droite ; & de cette manière toute la rivière ſe trouvera difpoſée en une ſuite d'arcs alternativement concaves & convexes, & comme la force de l'eau va toujours en diminuant à proportion que l'angle du fil de l'eau avec la rive corrodée devient plus aigu, à meſure que les concavités de chaque corrofion deviennent plus amples, l'obliquité du fil de l'eau battu & rebattu devenant plus grande, il arrivera enfin que la force parviendra au point d'égaler la réſiſtance, & que chaque corroſion aura un terme ; on pourroit fixer ce terme ſi on connoiſſoit les loix de la force de l'eau & de la réſiſtance du terrein. Mais ce qu'on peut dire en général, c'eſt qu'une rive ſablonneuſe cèdera plus facilement que celle qui ſeroit de tuf, que les corroſions ſeront d'autant plus grandes que le fil de l'eau de la rivière attaquera plus directement la rive, que plus les rivières ſeront larges plus le fond des corroſions ſera porté loin ; & qu'ainſi, en parité des circonſtances, plus les rivières ſeront grandes, plus le circuit des ſinuoſités ſera conſidérable.

C'eſt par cette raiſon que dans quelques endroits lorſqu'il arrive des corroſions, on eſt dans l'uſage de reculer les chauſſées & d'attendre que la corroſion parvienne d'elle-même à ſon terme. Dans d'autres endroits, on coupe l'angle de la berge perpendiculaire qui s'eſt corrodée, & de cette manière on préſente à la rivière un flanc incliné & diſpoſé en talus. Mais il n'y a pas toujours du terrein à perdre, & dans la majeure partie des cas, il faut arrêter les corroſions & les empêcher de s'étendre plus loin. Il y a une grande diverſité dans les eſpèces de remparts grands & petits que l'on a imaginés à cet effet, & que l'on emploie dans les grandes & les petites rivières. Dans pluſieurs endroits de l'Arno & du Secchio, les groſſes pierres que l'on répand en quantité le long des rives corrodées, produiſent de très-bons effets, parce que dans le cas même où elles ſont chaſſées par l'impétuoſité du courant, l'entrelaſſement différent

qu'elles forment entre elles, procure une réfiftance continuée & multipliée. J'ai vu, dans plufieurs endroits du
tronc inférieur du Primaro, que de fimples pilotis garan-
tiffoient fuffifamment les chauffées des vallées de Com-
macchio. Dans les parties fupérieures du Réno, j'ai vu
des pilotis plus grands & plus forts qui alloient en talus
rencontrer le fond de la rivière. Dans des tournées que
j'ai été obligé de faire fur le Pô & d'autres rivières, j'ai
vifité différens éperons, & j'en ai trouvé très-peu qui ne
fuffent ébranlés & maltraités par le courant & par des
gouffres qui fe forment aifément au pied & à la pointe.
Les cinq éperons qui ont arrêté la corrofion de Parpanèfe
fur le Pô, dans une falaife très-élevée, forment un angle
fort obtus avec la rive fupérieure à laquelle ils font fortement appuyés. Ils commencent par une bafe d'environ
douze gabions compofés d'ofier & de terre, lefquels
foutiennent entre leurs angles onze gabions fur lefquels
il y en a dix, & ainfi par degré jufqu'au plan le plus élevé
qui n'eft compofé que de quatre ou cinq.

Famiano Michelini, dans fon *Traité fur la direction des
Rivières,* a été le premier qui ait parlé des remparts que
l'on pouvoit oppofer aux eaux, quoiqu'il ne fe fût pas
formé une idée jufte de la preffion qui, même dans les
eaux dormantes, naît de la fimple hauteur. Barattieri en
traitant des éperons, ne nous a laiffé aucune règle fur la
manière de les placer; il a feulement fuppofé que l'on
devoit les planter dans l'endroit où la corrofion étoit la
plus grande, tandis qu'au contraire il eft facile de voir

que l'on doit commencer à détourner le courant fur
l'origine de la corrofion même, & que les éperons inférieurs doivent être placés à une diſtance proportionnée
entr'eux, de manière qu'ils fe foutiennent & s'appuyent
l'un fur l'autre. Guglielmini & Zendrini ont traité cette
matière d'une manière plus diſtinguée. En fuivant leurs
principes communs, on pourroit déterminer la fituation
la plus avantageufe que l'on puiſſe donner à un éperon
pour détourner le courant vers la partie contraire, parce
qu'en fuppofant en premier lieu, que la direction des
eaux eſt parallèle aux rives, & réfolvant, par les méthodes
ordinaires de la mécanique, leur vîteſſe en deux autres,
dont l'une eſt perpendiculaire & l'autre parallèle à l'éperon ;
cette feconde vîteſſe fera proportionnelle au cofinus de
l'angle que forme l'éperon avec la rive inférieure. Et
comme en outre la quantité de l'eau qui va frapper
l'éperon, eſt proportionnelle à la perpendiculaire tirée de
la pointe de l'éperon, fur la rive, ou au finus du même
angle d'inclinaifon, la quantité du mouvement avec laquelle l'eau courra parallèlement à l'éperon vers la partie
oppofée, fera comme le produit du finus & du cofinus
que fait l'éperon avec la rive ; & attendu que le produit
du finus & du cofinus devient un *maximum* quand l'angle
eſt demi-droit, il s'enfuit évidemment que, fuivant les
principes que nous venons de citer, la fituation la plus
avantageufe que l'on puiſſe donner à un éperon, eſt celle
dans laquelle il forme avec la rive inférieure, un angle
de quarante-cinq degrés.

Cependant, s'il étoit queſtion de conſtruire quelque éperon, je voudrois premièrement qu'il fût bien appuyé dans la rive, & enſuite qu'il y fît, depuis la partie inférieure, un angle demi-droit, & finalement que depuis la tête il s'inclinât vers la pointe, & qu'enſuite il allât avec ſes deux flancs rencontrer obliquement le fond de la rivière au-deſſus & au-deſſous. Mais, même de cette manière, on ne pourroit jamais empêcher que l'eau frappant impétueuſement dans les angles & dans les pointes, & ſe battant en diverſes manières, ne formât des gouffres qui peu-à-peu affoibliroient & enfin détruiroient tout l'éperon. J'ai vu des tourbillons très-grands dans le Danube, dans l'Adige & dans d'autres rivières, dans des endroits où les remparts & les rives étoient heurtés de front avec la plus grande force. Il m'eſt toujours arrivé de trouver des gouffres & des tournans d'eau aux environs des éperons les mieux faits. Un rempart de faſcines ou de pierres qui s'étendroit dans toute la longueur, & deſcendroit par une pente uniforme, de manière à faire avec le fond un angle fort aigu, n'auroit pas cet inconvénient. En ſorte que j'aimerois mieux que l'on diſtribuât uniformément, dans toute l'étendue de la rive corrodée, la réſiſtance que l'on raſſemble par intervalles dans les éperons. Dans la Hollande, je n'ai vu aucune autre ſorte de remparts que de fortes digues & de très-amples faſcinages qui ont procuré d'excellens effets. Le faſcinage le plus grand eſt celui que l'on a oppoſé à l'impétuoſité de la Meuſe, ſous les murs de Rotterdam. Les digues les plus grandes font vers la mer du nord ; elles ont fur la terre une grande & épaiffe couche de briques & de plâtras, laquelle eft couverte par de groffes pierres dont les vides font remplis par de la chaux & des pierres plus petites, & leur pente eft fi lente qu'en quelques endroits la hauteur eft à la bafe environ comme 1 à 13. On a auffi conftruit dans ce fiècle d'autres grandes digues dans la Zélande du côté de l'océan, dans les endroits où ces gros amas de fables, qui s'étendent tout le long du rivage occidental, & que l'on nomme communément *Dunes*, font interrompus. Ces digues ont environ trois perches de hauteur fur trente-cinq de bafe.

# CHAPITRE IV.

## Des regorgemens des Rivières.

LE Père Grandi, dans le *Chapitre IV du Livre II*, ayant enfeigné la manière de retrouver l'origine équivalente d'une rivière, & de défalquer ce que les différentes réfiftances enlèvent à la vîteffe de toute la chute, a confidéré parmi ces mêmes réfiftances, principalement les regorgemens des grandes eaux des affluens, les rofeaux & les arbriffeaux qui croiffent quelquefois dans le fond, les angles & les finuofités les plus irrégulières des rives : & il a témoigné qu'il faifoit fort peu de cas des autres réfiftances qui font produites par l'afpérité & les inégalités des bords & du fond. Il a remarqué que les réfiftances des rives

finiffent

finiffent dans les parties qui y gliffent de près, fans s'étendre jufqu'aux autres parties du milieu, & imaginant une ligne tirée fur les plus hautes éminences du fond, il a penfé que les eaux fupérieures ne pouvoient éprouver aucun empêchement de la part des autres eaux qui reftoient dormantes dans les creux formés par ces éminences. Et finalement, imaginant une autre ligne droite tirée de la fuperficie de l'affluent, & continuée au-deffus de fon embouchure jufqu'à ce qu'elle rencontrât le fond du récipient, le P. Grandi a déterminé les limites du regorgement occafionné dans une rivière par l'union d'une autre rivière, en démontrant que tout l'efpace inférieur à cette même ligne fe trouvoit regorgé par l'affluent, & que dans tout l'efpace fupérieur les eaux reftoient également libres comme s'il n'y avoit point eu d'affluent.

La démonftration du P. Grandi s'adapte très-bien au cas d'une digue ou d'un autre obftacle femblable qui traverfe le lit d'une rivière, dans l'hypothèfe que l'eau eft parfaitement fluide & compofée de parties entièrement détachées entr'elles. Dans la même hypothèfe il paroîtroit que l'extenfion & la quantité du regorgement devroient être moindres dans le cas, non d'un obftacle inamovible, mais dans celui de deux rivières qui iroient s'unir enfemble, & qui, dans le tronc commun, contribueroient toutes les deux à pouffer plus en avant leurs eaux. Mais dans l'un & dans l'autre cas l'efpace regorgé doit être plus grand fi l'on fait attention que les particules de l'eau font unies entr'elles par une certaine adhéfion qui fait qu'elles ne

Z

peuvent fe féparer les unes des autres fans quelque difficulté ; c'eft ce qu'on appelle communément *vifcofité de
l'eau*. Nous avons fous les yeux cette adhéfion, dans la
concavité que forme la fuperficie de l'eau dans les vafes
qui ne font pas pleins, & dans le comblement ou convexité qui fe forme dans les vafes qui font très-pleins,
avant que l'eau fupérieure fe détache de l'eau inférieure
& commence à verfer par les bords. L'écume, l'ébul-
lition, l'atténuation à laquelle fe réduit la fuperficie de
l'eau avant que d'être rompue par les petites bulles d'air
qui en fortent, l'expérience du flacon hydrométrique dont
nous avons parlé dans le Livre précédent, & plufieurs
autres phénomènes femblables, font une preuve claire de
cette vérité. La vifcofité de l'eau doit faire que les empêchemens, foit du regorgement, foit des arbriffeaux & des
racines qui font dans le fond, foit ceux qui proviennent
de l'afpérité & de l'inégalité du fond & des rives, s'étendent
à de plus grandes diftances que celles qu'a établies le
Père Grandi.

En premier lieu, fuppofé qu'une rivière foit coupée
d'un côté à l'autre par une digue, de la fommité de laquelle on ait tiré une ligne horizontale, les eaux refteront
dormantes dans tout l'angle qui eft formé par la digue
avec le fond fupérieur ; & attendu qu'une fois qu'une
rivière eft réduite à un état de permanence, il doit paffer
par chaque fe¢tion une égale quantité d'eau, les fe¢tions
qui feront coupées par cette ligne horizontale & feront
empêchées en quelque partie, devront s'élever à une

hauteur d'autant plus grande que la partie à laquelle s'étendra l'empêchement aura plus d'étendue. Au moyen de cela, la superficie de la rivière aura moins de pente qu'auparavant, & la pente deviendra moindre par degrés en allant vers le haut jusqu'à ce qu'on arrive à la section qui sera tout-à-fait au-dessus de la ligne horizontale. Au contraire, sur le sommet de la digue, les eaux se précipitant librement y auront une hauteur moindre qu'auparavant, & leur superficie aura plus de pente ; & attendu que la plus grande pente de la superficie, indépendamment des autres circonstances, influe sur la plus grande accélération des eaux, suivant ce qu'on a dit dans le *Chapitre I I du Livre I I,* les eaux commenceront à s'accélérer même avant que d'arriver au sommet de la digue. L'adhésion ou viscosité des particules doit ensuite faire que l'accélération s'étende, en en-haut, à une distance plus grande que celle à laquelle elle pourroit s'étendre dans l'hypothèse que ces mêmes particules seroient parfaitement détachées entre elles, parce que les particules qui sont accélérées par la plus grande pente de la superficie & par la chute libre qu'elles ont de toute la hauteur de la digue, doivent tirer avec elles les autres qui suivent, & celles-ci encore d'autres, & ainsi successivement en allant pendant quelque temps en en-haut. C'est précisément ce qu'ont dit tous les Auteurs, & principalement Guglielmini dans le *Chapitre V I I.ᵐᵉ* & Manfredi dans ses *Annotations.*

Je crois devoir ajouter à ces théories une observation

importante. Comme les particules de l'eau commencent
à s'accélérer avant que d'arriver au sommet de la digue,
à cause de la plus grande pente de la superficie, la moindre
pente de cette même superficie, dans tout l'espace en-
gorgé, doit faire que les eaux s'y regonflent plus qu'elles
ne le feroient à raison de leur simple stagnation; ainsi,
cette même viscosité & adhésion des particules, au moyen
de laquelle l'accélération s'étend à une plus grande distance
au-dessus du sommet de la digue, doit faire que les eaux
regorgées retiennent les autres, & que leur retardement
soit en quelque sorte communiqué aux sections qui sont
tout-à-fait au-dessus de l'horizontale tirée de ce même
sommet. Or, comme l'espace dans lequel les eaux commencent à s'accélérer avant que d'arriver à la digue, est
sensible, de même la stagnation des eaux doit s'étendre
à quelque distance sensible au-dessus de l'horizontale qui
feroit la limite du regorgement dans l'hypothèse de l'eau
parfaitement fluide & de l'égalité de la pente de la superficie. L'abaissement des sections commence à être sensible
à une très-grande distance au-dessus des écluses dans les
grandes rivières; & dans les petits canaux des moulins,
l'accélération que l'on peut distinguer avec les yeux, ou
par le moyen des corps flottans, commence à la distance
de 8 ou 10 pieds & plus des écluses, comme je l'ai plusieurs fois expérimenté. Ainsi, dans tous les canaux, grands
& petits, le regorgement s'étendra toujours à un espace
sensible au-dessus de la ligne horizontale tirée de la sommité des écluses ou autres obstacles immobiles.

Dans le cas particulier des canaux qui ferventà donner
le mouvement aux moulins, il y a une autre raifon qui
fait que le regorgement des eaux doit commencer à être
fenfible encore plus haut qu'il ne le feroit à caufe des
obftacles pofés inférieurement, ou de l'adhéfion des
parties. Suppofons divers artifices difpofés fucceffivement
fur le même canal, & voyons ce qui doit y arriver : l'eau
tombant de la première retenue fur une roue & frappant
directement le fond du canal, doit tout de fuite perdre
la vîteffe verticale qu'elle a acquife dans fa defcente, &
s'ajufter au mouvement qui convient au corps d'eau & à
l'inclinaifon du fond & de la fuperficie. C'eft ainfi que
nous obfervons que dans les cafcades, même des grandes
rivières, l'eau fe réduit très-vîte à la vîteffe qui convient
aux circonftances du lit dans lequel elle doit continuer
fon mouvement. Plus le fond du canal fera libre & incliné, plus l'eau qui eft tombée fous la roue s'écoulera
facilement & continuera fa route ; au moyen de quoi,
d'une part, la réfiftance que rencontreront les volets de
la roue même fera plus petite, & de l'autre part la force
& l'impétuofité de l'eau feront plus grandes. Dans le cas
contraire, fi on a placé une retenue au-deffous pour
quelqu'autre artifice, & fi la ligne horizontale tirée de la
fommité de cette autre retenue vient à rencontrer le fond
un peu au-deffous de la première roue, l'eau ne s'y
écoulera plus en auffi grande abondance & elle y aura
une plus grande hauteur ; par ce moyen la roue, d'une
part, rencontrera plus de difficulté à faire fes révolutions,

& d'une autre part la force motrice & d'impulfion fera moindre.

Il fuit de ce que nous venons de dire, que le cas des canaux qui fervent à donner le mouvement aux roues difpofées fucceffivement l'une après l'autre, n'eft pas proprement celui d'un corps d'eau qui coule fur un fond continué jufqu'à ce qu'il rencontre inférieurement une digue ou quelqu'autre obftacle immobile. Mais c'eft proprement le cas de l'eau qui fort d'un réfervoir par un canal incliné, & le canal incliné fert à donner l'écoulement à l'eau qui refteroit dormante fous la roue en proportion qu'elle auroit inférieurement une décharge moins libre. Dans ce cas, le regorgement occafionné par une retenue inférieure peut très-bien s'étendre jufqu'à la roue & à l'artifice fupérieur quand même la ligne horizontale tirée de la fommité de la retenue inférieure n'y arriveroit pas, parce que le mouvement de l'eau doit être empêché dans tout l'efpace qui eft au-deffous de cette horizontale à caufe de l'obftacle de la retenue, & la vifcofité & adhéfion des particules de l'eau doivent faire encore que cet empêchement s'étende dans le canal en remontant, à quelque diftance fenfible. Par ce moyen la décharge de l'eau qui paffe fous la roue doit être moins libre, & la réfiftance & la hauteur doivent être plus grandes; & au contraire la force de l'autre eau qui furvient continuellement doit être moindre, ce qui cependant ne doit point avoir lieu dans le cas où la ligne horizontale tirée de la retenue inférieure rencontreroit le fond du canal à une diftance de la roue fupérieure, telle qu'elle ne pût caufer aucune altération fenfible aux eaux fupérieures.

Les controverfes qui fe font élevées à Roveredo m'ont fourni l'occafion de vérifier tous ces principes par les expériences les plus précifes & les plus authentiques. Le pied de Roveredo eft au pied de Paris à très-peu-près comme 12 à 11. La fommité de la vanne du moulin inférieur s'eft trouvée de 2 pouces $\frac{3}{4}$ plus baffe que la ligne horizontale tirée du fond du canal, au point où étoit placée la roue du moulin fupérieur. La ligne horizontale tirée de la fommité de la même vanne du moulin inférieur rencontroit le fond du canal à la diftance de 84 pieds $\frac{1}{2}$ de Roveredo du moulin fupérieur. Pour commencer à con-noître fi la limite du regorgement étoit véritablement la ligne horizontale tirée de la fommité de l'obftacle, j'ai fait augmenter d'un pouce & un tiers la hauteur de la vanne inférieure, de manière qu'elle n'étoit que d'un pouce cinq douzièmes plus baffe que le fond fupérieur du canal; ayant enfuite fixé toutes les cataractes, & pris toutes les précautions poffibles pour que le corps d'eau n'éprouvât aucune variation pendant le temps des expériences, j'en ai fait mefurer la hauteur à un petit pilaftre qui étoit placé à la diftance d'environ 55 pieds du moulin fupérieur, & à 29 pieds & demi de l'endroit où la ligne horizontale tirée de la fommité de la vanne inférieure rencontroit le fond. J'ai auffi marqué le temps qu'il falloit pour que la roue du moulin fupérieur fît quarante révolutions dans les différens cas de laisser la vanne inférieure à sa hauteur ordinaire, ou de l'augmenter d'un pouce & un tiers & de laisser tomber l'eau librement, ou de la faire heurter en tombant, sur la roue. De plus, j'ai marqué, sur le même petit pilastre, le temps des quarante révolutions & la hauteur du corps d'eau dans deux différens cas, de la vanne inférieure à sa hauteur ordinaire, ou de cette même vanne abaissée de deux pouces sept huitièmes, toutes les autres circonstances restant égales, & après avoir pris de nouveau les mêmes précautions pour que dans les deux cas il fût fourni la même quantité d'eau au canal. Enfin, j'ai fait recommencer toutes les doubles expériences dans les différens états, soit en donnant à la roue supérieure la plus grande quantité d'eau possible, ou une quantité moyenne, ou la quantité la plus petite; le résultat a été ce qui suit :

| | TEMPS de 40 révolutions. | | HAUTEUR de L'EAU. |
|---|---|---|---|
| *Première Expérience.* | | | |
| En ajoutant à la hauteur ordinaire de la vanne l'obstacle d'un pouce un tiers, & la roue | *M.* | *s.* | *Pouces.* |
| inférieure tournant.................. | 22. | 30 | 17. |
| Avec la seule hauteur ordinaire à roue tournante........................... | 21. | 0 | $16\frac{9}{16}$. |
| Dans le même cas à roue arrêtée........ | 20. | 20 | $16\frac{1}{2}$. |
| *Seconde Expérience.* | | | |
| Dans un autre état d'eau avec l'obstacle d'un pouce un tiers, la roue inférieure tournant.. | 20. | 0 | $16\frac{5}{16}$. |

Avec

| | TEMPS de 40 révolutions. | | HAUTEUR de L'EAU. |
| --- | --- | --- | --- |
| | *M.* | *S.* | *Pouces.* |
| Avec l'obstacle d'un pouce seulement, à roue tournante.......................... | 20. | 0 | $16\frac{1}{16}$. |
| Avec la seule hauteur ordinaire, à roue tournante.......................... | 18. | 45 | 16. |
| *Troisième Expérience.* | | | |
| Dans l'état de la plus petite quantité d'eau avec l'obstacle d'un pouce, & la roue inférieure tournant.................. | 21. | 30 | $11\frac{9}{16}$. |
| Sans obstacle à roue tournante.......... | 20. | 45 | $11\frac{1}{16}$. |
| Sans obstacle à roue arrêtée............ | 20. | 30 | $11\frac{1}{16}$. |
| *Quatrième Expérience.* | | | |
| Dans un autre état de basses eaux avec l'obstacle d'un pouce un tiers............ | 19. | 8 | $11\frac{1}{2}$. |
| Sans obstacle à roue tournante......... | 18. | 30 | $11\frac{1}{16}$. |
| *Cinquième Expérience.* | | | |
| A grandes eaux avec la vanne ordinaire, laissant tourner la roue inférieure........ | 20. | 18 | $15\frac{5}{8}$. |
| En baissant la vanne de deux pouces sept huitièmes, à roue arrêtée........... | 18. | 52 | 15. |
| *Sixième Expérience.* | | | |
| Dans un autre état de grandes eaux avec la hauteur ordinaire, à roue tournante..... | 18. | 27 | $15\frac{3}{4}$. |
| En baissant la vanne, comme ci-devant, à roue arrêtée....................... | 16. | 59 | 15. |

| | TEMPS de 40 révolutions. | | HAUTEUR de L'EAU. |
|---|---|---|---|
| *Sep ième Expérience.* | *M.* | *S.* | *Pouces.* |
| Dans autre état avec la hauteur ordinaire, à roue tournante. . . . . . . . . . . . . . . . . . . . | 23. | 38 | 1 5 $\frac{1}{2}$. |
| En faisant l'abaissement, à roue arrêtée. . . . | 21. | 38 | 1 5. |
| *Huitième Expérience.* | | | |
| A moyennes eaux avec la hauteur ordinaire de la vanne inférieure, & la roue tournant. . | 2 1. | 8 | 1 2 $\frac{1}{4}$. |
| En baissant la vanne & arrêtant la roue. . . | 2 0. | 4 | 1 2 $\frac{3}{4}$. |
| *Neuvième Expérience.* | | | |
| A basses eaux avec la hauteur ordinaire de la vanne, à roue tournante. . . . . . . . . . | 2 0. | 4 5 | 1 1. |
| En baissant la vanne à roue arrêtée. . . . . . | 2 0. | 8 | 1 1 $\frac{3}{8}$. |
| *Dixième Expérience.* | | | |
| Dans un autre état d'eau basse avec la hauteur ordinaire de la vanne, à roue arrêtée. . | 2 0. | 2 | 1 0 $\frac{3}{4}$. |
| En faisant l'abaissement à roue arrêtée. . . . . | 1 9. | 4 9 | 1 0 $\frac{1}{8}$. |

La sixième expérience étoit dans les mêmes circonstances que la cinquième, on avoit seulement un peu haussé la cataracte qui fournissoit l'eau au canal ; & dans la septième expérience on l'avoit un peu abaissée. Le résultat de toutes les expériences est que, quoique l'obstacle posé inférieurement n'arrivât pas jusqu'à la ligne horizontale tirée du fond du canal sous la roue supérieure ; cependant il y faisoit toujours augmenter la hauteur de l'eau & en faisoit diminuer la vîtesse, & que la seule résistance de

l'empêchement que la roue inférieure apportoit à la décharge libre de l'eau, occafionnoit un retardement fenfible
dans le mouvement de la roue fupérieure ; toutes les différences, foit des hauteurs du corps d'eau, foit du nombre
des révolutions faites dans un temps déterminé, deve-
noient moindres à proportion que l'on diminuoit le corps
d'eau. Et cela non - feulement parce que cette même
différence, dans la hauteur de la vanne, occafionne une
moindre variation dans la pente de la fuperficie dans le
cas des très-baffes eaux, mais encore parce que, dans le
cas des eaux furabondantes, les déchargeoirs rentrant
dans le canal principal au - deffous de la première roue,
font, avec l'eau qu'ils portent, élever la fuperficie de
l'autre eau qui eft déjà tombée fous la roue, & par ce
moyen augmentent la réfiftance, & diminuent l'impétuofité & la force motrice. Les différences des hauteurs
étoient, dans les cinquième, huitième & neuvième expé-
riences de comparaifon, de $\frac{5}{8}$, $\frac{1}{2}$ & $\frac{1}{4}$ de pouce, c'eft-à-
dire en raifon des nombres 5, 4 & 2. La différence du
temps des 40 révolutions étoit, dans la cinquième expérience, d'une minute 26 fecondes fur 18 & 52, c'eft-à-dire
de plus de fept centièmes ; elle étoit de cinq centièmes
dans la huitième expérience, & de moins de trois centièmes dans la neuvième. On a fait quelques autres
expériences de comparaifon dans un état d'eau extraor-
dinairement baffe, puifqu'il n'y avoit au pilaftre que 8 ou
10 pouces feulement, on n'y a trouvé aucune différence
fenfible, ni dans la hauteur elle-même, ni dans le temps.

## CHAPITRE V.

### De l'embouchure des rivières dans la mer.

LA mer Méditerranée, & principalement la mer
Adriatique, nous préfentent deux phénomènes bien
curieux & bien intéreffans, le prolongement des plages
en divers lieux & le rehauffement uniforme de la fuperficie de la mer. On pourroit, par un feul principe, rendre
raifon de ces deux phénomènes en difant que les matières
tranfportées par les rivières & amaffées fur le rivage l'a-
longent, & qu'ainfi en refferrant le circuit de la mer elles
doivent en faire élever la fuperficie. Cette explication
paroîtroit fort plaufible fi la mer Baltique ne nous pré-
fentoit en même temps le prolongement des plages &
l'abaiffement de fon niveau, & s'il n'étoit pas évident que
toutes les mers devant être de niveau entr'elles, la hauteur abfolue de l'eau ne peut augmenter dans l'une fans
qu'elle augmente en même temps dans toutes les autres.
Mais, pour nous en tenir aux feuls faits, nous voyons
dans les *Mémoires de l'Académie royale de Stockolm*, que
M.<sup>rs</sup> Celfius, Dalin, Stembeck & plufieurs autres nous
ont décrit une longue fuite de faits qui prouvent mani-
feftement le prolongement de toutes les plages. Ces faits
font entr'autres que la pêche a manqué en plufieurs lieux
à caufe que le fond eft trop bas; que plufieurs anfes &
ports du golfe de Bothnie qui pouvoient autrefois recevoir de gros navires, ne font plus praticables que pour

les petites barques; que de nos jours plusieurs isles se
font unies au continent, & que même tout le continent
de la Suède n'étoit autrefois qu'un amas de plusieurs
isles. Le prolongement des plages pourroit encore
s'accorder avec l'élévation du niveau de la mer, dans
le cas où les causes particulières concourroient plus à
l'accroissement du rivage, que les causes générales ne
concourent à l'élévation du fond & de la superficie de
la mer. Mais les observations de Suède nous donnent
encore une diminution de la hauteur absolue de l'eau.
On y voit que plusieurs pointes, où l'on pêchoit autrefois des chiens marins, sont présentement, par leur
hauteur, hors de la portée de la pêche; qu'à présent on
peut distinguer facilement plusieurs écueils où les navires
se brisoient autrefois; & sur-tout que les signaux & les
marques de la hauteur à laquelle arrivoit autrefois la superficie de la mer, sont à présent notablement au-dessus de
cette même superficie.

L'élévation continuelle du niveau des eaux dans la mer
Adriatique n'a pas été inconnue aux Savans du seizième
siècle, & l'Ingénieur Sabbadini en a parlé formellement
dans son *Discours sur la lagune de Venise.* Eustache Manfredi a été le premier qui ait établi cette opinion. S'étant
trouvé à Ravenne, quelques nivellemens lui firent apercevoir que les pavés de plusieurs anciens édifices de cette
ville étoient au-dessous du niveau de la mer. Les principaux de ces édifices sont ceux du dôme, de la rotonde
& de la magnifique église de Saint-Vital, bâtie sous le
règne d'Amalasonte, & que je n'ai pu voir sans un grand

fentiment d'eftime pour les Architectes de ce temps-là.
Or, puifque la mer arrivoit autrefois à Ravenne, & qu'on
ne peut pas croire que ces habiles Architectes euffent
voulu bâtir dans des lieux expofés au regorgement des
eaux, il faut donc dire que dans ces temps la fuperficie
de la mer étoit plus baffe. Bernardin Zendrini a confirmé
cette même opinion par d'autres obfervations femblables
qu'il a faites à Venife, où il a vu que les anneaux qui
fervoient autrefois pour arrêter les barques, font aujourd'hui
au-deffous du niveau de la mer; que l'églife fouterraine
de Saint-Marc n'eft plus d'aucun ufage parce qu'elle eft
furmontée par les eaux, & que quelquefois le fol de la
place eft inondé dans les marées un peu hautes, quoique
depuis quelque temps on l'ait relevé d'environ un pied.
On obferve les mêmes chofes dans la mer Méditerranée.
Dans l'ifle de Caprée, tout le terre-plein d'un ancien
édifice des Romains placé fur le rivage de la mer, eft à
préfent inondé; on voit auffi à Viareggio & en d'autres
lieux plufieurs pavés pareillement inondés. Mais pour lever
toutes les objections que l'on pourroit former en difant
que de pareils changemens pourroient provenir de quelqu'abaiffement accidentel de tout le fol, il fuffit de produire
les obfervations faites par le célèbre Vitalien Donati, le
long de la côte de la Dalmatie. A Liffa, à Dielo, à Zara
& en d'autres lieux le niveau de la mer eft plus élevé que
le terre-plein de bâtimens très-anciens, que l'on doit fup-
pofer avoir été conftruits au-deffus de ce même niveau,
pour qu'ils puffent être fains & avoir les écoulemens
convenables; & ces bâtimens étant pofés fur la pierre vive,

dont toute cette plage eſt entièrement compoſée, on ne peut pas ſoupçonner que ces bâtimens ſe ſoient abaiſſés d'un ſeul point.

Le prolongement des plages eſt auſſi prouvé évidem-ment en pluſieurs endroits de l'Italie & principalement de la Toſcane, de la Romagne & de la Marche. L'ancien port de Piſe eſt à préſent très-éloigné de la mer, & il en eſt de même de diverſes tours bâties anciennement pour la défenſe de ces côtes. La ville de Ravenne qui étoit autrefois ſur la mer Adriatique eſt à préſent en terre ferme. Il eſt même de fait que toute la plage du Pô juſqu'à Ancone ſe prolonge ſenſiblement toutes les années. Zen-drini, dans le *Chapitre IV.ᵐᵉ de ſon rapport ſur la dérivation du Ronco & du Montone,* a déduit d'une dixaine d'obſer-vations que ce prolongement étoit d'environ vingt-trois perches *( x )* par an. Il en a donné en outre deux différentes raiſons phyſiques. En premier lieu, il a obſervé que le ſuſdit rivage eſt expoſé au ſud-oueſt & au ſud, & que la propriété de ces vents eſt de le beſcher, pour ſe ſervir des termes des gens de mer, en emportant les ſables ; & qu'il eſt expoſé en face au nord-eſt & à l'eſt qui pouſſent les ſables à la plage & les y accumulent. Or, comme la mer, non-ſeulement dans les tempêtes, mais encore dans ſes flux ordinaires, ſoulève les ſables du fond, il en réſulte que la direction des vents concourant à les tranſporter & à les amonceler ſur le rivage, la plage continue à ſe prolonger de plus en plus, ainſi que la mer à s'éloigner. Enſuite, comme les plus grands bancs de

---

*( x )* La perche eſt de 10 pieds.

fables fe trouvent aux embouchures des rivières Sabio,
Ronco, Montone, &c. & qu'ils s'y étendent irrégulièrement, principalement fur la droite, Zendrini a cru devoir
attribuer la continuation de ces bancs au mouvement lent
de la mer, & aux troubles & fables qu'y portent ces
mêmes rivières : enfin Zendrini ayant vifité tous les ports
de la Romagne afin de fe mettre en état de connoître
quelles étoient les circonftances qui pouvoient opérer leur
plus grande fûreté, & n'ayant jamais vu que les fables des
rivières fuffent tranfportés le long de la plage, à plus de fix
ou fept milles, il a déterminé, entr'autres conditions, qu'un
port ne devoit avoir aucune rivière trouble, foit à la droite,
foit à la gauche, à la diftance de 7 à 8 milles.

La queftion des dommages que peuvent caufer aux
ports de mer les troubles & les fables des rivières, a déjà
été traitée par Geminiano Montanari, dans fon *Difcours fur*
*la mer Adriatique*, à l'occafion du foupçon que quelques
perfonnes avoient alors que les troubles de la vieille Piave
étoient tranfportées plus de neuf ou dix milles Vénitiens
jufqu'au port de Saint-Nicolas. Cet illuftre Philofophe
foutint que le tranfport des troubles ne pouvoit provenir
d'aucune autre caufe que des courans, c'eft-à-dire du
mouvement littoral & rafant, par lequel l'eau entrant
continuellement par le détroit de Gibraltar du côté de la
Barbarie, après avoir parcouru toute la circonférence de
la mer fupérieure & inférieure, c'eft-à-dire de l'Adriatique
& de la Méditerranée, fort enfuite du côté de l'Efpagne.
Les gens de mer fe font aperçus de ce mouvement dès
le feizième fiècle, par la différence du temps, qu'en parité

des

des vents & des autres circonftances, ils employoient pour
aller & revenir de Corfou à Venife. Et c'eft de-là qu'eft
venu l'ufage de côtoyer les rives feptentrionales du golfe
en allant de Corfou à Venife, & de côtoyer, au retour
de Venife à Corfou, les rives méridionales le long de
l'état Eccléfiaftique & du royaume de Naples. On a
enfuite trouvé, par le mouvement des corps flottans, la
direction précife de ce courant, tant dans la mer Adriatique
que dans la Méditerranée; Montanari a déterminé, d'après
les obfervations qui ont été faites fur ce mouvement, que
la viteffe de ce courant n'étoit que de trois ou quatre
milles en vingt-quatre heures; d'où il fuit que la viteffe
des eaux des rivières étant d'environ trois ou quatre milles
par heure, la proportion des deux vîteffes devoit être
celle de 1 à 24. Montanari a été encore plus avant, &
i a déterminé d'après les mêmes principes, qu'il falloit
néceffairement trois conditions pour que les troubles de
la vieille Piave fuffent tranfportées jufqu'au port de Saint-
Nicolas; que les troubles reftaffent en chemin trois jours
entiers; que pendant ces trois jours la fituation de la mer
fût telle que les troubles ne puffent être dépofées au
fond; & que les tempêtes de la mer & les grandes eaux
de la rivière arrivaffent dans le même temps. Or, comme
ces circonftances fe réuniffent trop difficilement enfemble,
Montanari en a conclu que les troubles des rivières n'a-
voient aucune part aux atterriffemens de ports auffi éloignés.

Mais il y a encore d'autres confidérations qui méritent
d'être pefées fur ce fait particulier. En combinant le mou-

B b

vement littoral de la mer, avec le mouvement de quelque
rivière à fon embouchure, il eft clair que les eaux de la
rivière doivent prendre une moyenne direction & tourner
leur cours à la droite, comme l'a remarqué Guglielmini,
dans le *feptième Corollaire de la quatrième Propofition du
Chapitre feptième.* De cette manière, le courant & la rivière
étant détournés de leur première direction & le courant
l'étant plus que la rivière, attendu que la vîteffe de la
rivière eft environ vingt-quatre fois plus grande que celle
du courant littoral ; la mer qui fera fur la droite, entre le
lieu de la direction compofée de toutes les eaux, & la
plage, ne fera plus aidée par ce même courant qui a déjà
été rompu & détourné ; d'où il réfultera que les matières
incorporées aux eaux de la mer, commenceront à fe
dépofer le long de la plage, & formeront divers bancs de
fables qui iront peu-à-peu & continuellement en augmentant ; & ainfi la rivière trouvant toujours de plus grands
empêchemens fur la droite, fe tournera peu-à-peu vers
l'endroit où fon cours fera plus libre, & parviendra enfin,
avec le temps, à établir fa direction tout au contraire de
celle qu'elle avoit au commencement, c'eft-à-dire en fe
pliant conftamment fur la gauche de fon embouchure.
Montanari a obfervé que c'eft précifément de cette
manière que fe maintiennent les embouchures du Taglia-
mento, de la Piave & des autres rivières de l'état Vénitien.
Zendrini, dans le rapport que nous avons déjà cité, a
encore ajouté l'exemple des rivières de la Romagne, &
dans le *premier Chapitre d'un autre rapport fur le port de*

*Viarreggio,* il a appliqué les mêmes maximes aux rivières de la Méditerranée, avec la feule différence que le flux & le reflux de la mer étant plus foibles dans la Méditerranée, le mouvement littoral y eft plus fenfible, & qu'il fe fait, à de grandes diftances, des dépôts beaucoup plus abondans fur la droite, fans que l'on en voie jamais aucuns à la gauche.

Zendrini paffant enfuite de ces théories générales à quelques cas particuliers, & traitant de la manière de pourvoir la ville de Ravenne d'un port, propofa de l'ouvrir à l'endroit où étoit autrefois l'embouchure du Ronco & du Montone dans la mer, duquel endroit le Lamone étoit éloigné d'un peu moins de huit milles. Comme à cette diftance il n'y avoit rien à craindre des troubles du Lamone, ni de celles du Primaro, Zendrini propofa pour prévenir encore tous les autres inconvéniens, de creufer l'ancien lit du Ronco fur la largeur de trente pieds, & d'y former un canal navigable en y réuniffant les eaux claires des moulins avec celles de l'écoulement de la ville; & il fe perfuada que de cette manière il pourroit raffembler un corps d'eau fuffifant pour repouffer & déblayer les fables tranfportés par les vents & par la mer. Des précautions femblables font en général très-bonnes, & j'aurois defiré qu'à Pife on eût fuivi ces enfeignemens, & qu'au lieu de rehauffer les parapets de l'Arno, pour contenir les grandes eaux qui deviennent de plus en plus hautes, tant à caufe de la trop grande largeur & de la tortuofité du dernier tronc de la rivière, qu'à caufe de

plufieurs bancs de fable qui s'y trouvent, on eût redreffé
& refferré l'embouchure en la prolongeant dans la mer
au moyen d'un double rang de pilotis, comme l'avoit
propofé, fur la fin du dernier fiècle, l'Ingénieur Meyer
dont nous avons parlé ci-devant. Les idées de Zendrini
n'ont pas été fuivies entièrement à Ravenne, & au lieu
du canal navigable qu'il avoit projeté, on a fait une
excavation dans l'écoulement même de la ville, en
l'élargiffant & le continuant jufqu'à la foffine & en faifant en forte, au moyen de longues lignes de pilotis, de
tenir encaiffées les eaux de cet étang jufqu'à l'embouchure qui n'eft pas fort éloignée du Lamone. Dans cette
fituation, & avec un corps d'eau auffi petit, il n'y a pas
lieu de s'étonner que l'on n'ait pas pu garantir ce port
des dépôts du Lamone & de la mer. Il y auroit plufieurs
précautions à prendre pour rendre meilleur le port actuel
de Ravenne; & la principale feroit de faire rentrer le
Lamone dans le Primaro. Mais quand même on ne feroit
aucun changement, ni dans le port, ni dans le Lamone,
il eft certain que l'embouchure de ce port étant éloignée
du Primaro de plus de fept milles, dans le cas où l'on
y réuniroit toutes les eaux du Boulonois & de la baffe
Romagne, comme on l'a dit ci-devant, toutes leurs
troubles ne pourroient faire aucun tort aux écoulemens,
au port, ni à la navigation de Ravenne.

# TRAITÉ
## DES
## *CANAUX NAVIGABLES.*

I. Les Canaux navigables font aux nations qui habitent
l'intérieur des terres, ce qu'eft la fcience de la Marine
aux nations maritimes. L'art a par ce moyen pourvu aux
plus grandes difficultés que la diftance des lieux éloignés
& la nature des lieux intermédiaires oppofoient aux fecours
réciproques de la fociété & du commerce. Les grandes
navigations embraffent tout le Globe, & s'étendent à
tous les objets principaux de l'opulence & du luxe. Les
petites navigations fervent à procurer jufqu'aux moindres
commodités, dans tous les temps & pour les perfonnes
de tous les ordres. Les premières préfentent aux yeux,
dans la difficulté de leur exécution, un des plus grands
efforts de l'efprit humain ; les fecondes ne pouvant être
difficiles dans leur exécution, exigent fouvent toute la
fineffe & l'induftrie de l'art dans leur conftruction. Les
nations les plus floriffantes fe font toujours occupées de
ces fortes d'entreprifes en partageant ainfi les études &
les loifirs de la paix.

II. Les Chinois, cette nation bizarre, qui nous ont
prévenus de plufieurs fiècles dans l'invention de l'impri-

merie, de la poudre & de la bouſſole, & que nous avons
cependant laiſſés ſi fort en arrière dans leur application
& leur uſage ; qui ont cultivé l'Aſtronomie & la Peinture
ſans y avoir jamais fait aucun progrès, & qui, dans la
vue de parvenir aux grandes études, emploient preſque
toute leur vie dans le mécaniſme très - compliqué de
lire & d'écrire, n'ont jamais autant mérité toutes les
louanges que leur ont prodigué les Voyageurs que dans
ce qui concerne la conſtruction de leurs digues, de leurs
ponts & de leurs canaux. Parmi toutes les dérivations
d'eau qui contribuent aux richeſſes & aux commodités
d'un Empire auſſi vaſte & auſſi peuplé, celle qui peut
égaler la gloire de l'architecture Européenne, eſt le grand
canal qui joint les deux fleuves Kiam & Hoambo, & qui
forme une navigation continuée pendant plus de trois
cents lieues depuis Canton juſqu'à Pékin. Je ſuppoſe ici
un lecteur géographe qui trouve tout de ſuite ſur les
cartes les noms de tous les lieux.

III. Les premiers Maîtres des Sciences, les Architectes des obéliſques, les anciens Égyptiens qui firent,
avec tant d'induſtrie, ſervir les eaux du Nil à la fertilité
de leurs campagnes & à la communication de leurs villes,
conçurent un projet qui pouvoit changer la face de
l'Europe en la rapprochant des Indes orientales & de la
Chine. Ils commencèrent un canal qui devoit établir
une communication entre le golfe Arabique & la ville de
Memphis, & continuer par ce moyen la navigation du
Nil & de la mer Méditerranée. Strabon, Diodore,

Hérodote en parlent clairement, & les Voyageurs en trouvent encore quelque veſtige. Les Califes réveillèrent le génie aſſoupi de la nation dans l'Aſtronomie, la Géographie & la Phyſique ; ils entreprirent la réunion des deux mers, mais ils ne firent point avancer les travaux.

IV. Le génie guerrier & conquérant des anciens Romains ne leur permit pas de s'occuper de pareilles entrepriſes en proportion de leurs lumières & de leur grandeur. Le projet de Jules Céſar de faire creuſer un foſſé depuis Rome juſqu'à Terracine, la communication de différentes rivières, propoſée dans le temps de Néron, & les autres idées de Trajan dont parle Pline, n'ont point eu d'exécution. Le foſſé, par le moyen duquel Caius Marius pourvoyoit ſon camp par le Rhône, dans le voiſinage d'Arles, n'étoit pas un grand ouvrage. Nous n'avons point de mémoires ſur le temps où l'on a conſtruit le canal de Péteſborougs en Angleterre. La Lombardie a été le théâtre ſur lequel les Romains ſe ſont le plus diſtingués dans ce genre de travaux. Quintus-Curius Oſtilius fit ouvrir un débouché dans le Pô, au Mincio qui s'uniſſoit au Tartaro & à l'ancienne foſſe Philiſtine. Emilius Scaurus defsècha les marais de Parme & de Plaiſance au moyen de quelques foſſés navigables. Auguſte fit, par un autre foſſé, communiquer les différentes branches du Pô & les ports d'Adria & de Ravenne.

V. Les ſiècles même les plus obſcurs, nous ont laiſſé quelque monument de ce genre. Odoavre a donné fon nom à un foffé qui, de la rivière de Montone, alloit directement à la mer avant que d'arriver à Ravenne. Les Mores ont ouvert un canal beaucoup plus grand depuis la ville de Grenade jufqu'au fleuve Guadiana, aujourd'hui Guadalquivir. Charlemagne, dans la vafte étendue de fes expéditions, embraffa encore le projet de faire la jonction du Mein & du Rhin avec le Danube, & de l'Océan avec la mer Noire; il fit même commencer le canal qui devoit joindre l'Armutz, l'un des affluens du Danube, avec le Reditz qui va enfuite fe décharger dans le Mein. Les deux canaux qui forment la communication du Tefin avec l'Adda, & qui fe réuniffent à Milan, font l'ouvrage le plus complet & le plus célèbre que l'Architecture hydraulique nous ait laiffé avant la reftauration des Arts & des Sciences.

VI. Le Tefin fort du lac Verbano, appelé aujourd'hui *lac majeur*, d'où ferpentant & fe divifant en plufieurs branches dans une grande vallée, & réuniffant enfuite fes eaux dans un feul lit, il entre dans le Pô près de Pavie. La navigation y eft libre par-tout, quoiqu'elle foit fort difficile en quelques endroits & fur-tout au pas précipité que l'on nomme vulgairement du *pain perdu*. C'eft audeffous de ce pas que l'on a dérivé du Tefin, le canal de la navigation qui vient jufqu'à Milan, & qui au lieu d'Abbiate fe divife & forme un autre canal navigable, appelé de *Bereguardo*, qui retourne vers le Tefin. Toute la longueur de l'excavation eft d'environ trente-deux milles d'Italie, & la largeur à la prife d'eau eft de foixante-dix bras

de

de Milan; cette largeur va enfuite en fe rétréciffant par degrés dans les parties inférieures, & fe réduit enfin à la largeur de 25 bras *(a)*.

VII. L'Adda fort du lac Lario appelé aujourd'hui *lac de Come;* il forme par l'expanfion de fes eaux, premièrement le lac de Lecco, & enfuite le petit lac d'Olginate, & un peu au-deffous il a une chute précipitée appelée vulgairement *Ravia,* c'eft le paffage le plus dangereux & le plus difficile pour la navigation. Comme il manque enfuite de pente, on en foutient les eaux par une éclufe de 125 bras, ce qui forme le petit lac artificiel appelé de *Brivio.* A la diftance d'environ douze milles du lac de Come, le lit de toute la rivière eft tellement refferré, tortueux & rapide, qu'elle n'eft plus navigable en aucune manière pendant l'efpace de cinq ou fix autres milles jufqu'au château de Trezzo. C'eft dans cet endroit que l'on dérive de l'Adda un canal navigable appelé le canal de la *Martefana,* du nom de la Province par laquelle il paffe. La longueur du canal eft de vingt-quatre milles, & fa largeur réduite eft d'environ 18 bras. Au lieu de Caffano on dérive encore de l'Adda un fecond canal appelé de la *Muzza,* lequel, par le grand nombre de fes diramations, baigne & enrichit toutes les plaines du Lodéfan.

VIII. Suivant ce que rapporte Sigonius, dans le *quatorzième Livre du royaume d'Italie, à l'année 1179,* il paroît

_____

*(a)* Le bras de Milan eft au pied de Paris, à très-peu-près, comme 11 à 6.

que le tronc fupérieur du premier canal du Tefin, au lieu d'Abbiate, avoit déjà été fait plus anciennement par les Pavéfans pour arrofer leurs campagnes voifines. Suivant Corius la continuation du même canal, depuis Abbiate jufqu'à Milan, fut commencée en 1177, quinze ans après la démolition, ou, comme l'on croit vulgairement, la deftruction de la ville par Frédéric Barbe-rouffe. Comme le témoignage de Corius, qui eft le premier de tous les Hiftoriens Milanois, eft très-clair, il paroît que ce qu'on lit dans la chronique de Boffi *à l'an 1257,* ce que dit enfuite Jove du temps de Martin Torriano, & ce qu'ajoute le même Corius, *à l'année 1272,* des difpofitions faites fous Nappo Torriano & Otton Vifconti, pour creufer la bouche du canal & le conduire commodément dans la ville; il paroît, dis-je, que cela doit s'entendre non du commencement, mais de la continuation & du complément de tout l'ouvrage.

IX. C'eft une erreur dans laquelle font tombés prefque tous les Écrivains, & fur-tout les Ultramontains, que de dire que le canal de la Martefana eft l'ouvrage de Léonard de Vinci, & qu'il a été fait dans le temps de Louis XII & de François Ier. Ce canal a été fait en 1460 fous le duc François Sforce, comme l'attefte Pierre Candide Decembrio de Vigevano, Auteur comtemporain, & comme on peut le voir dans le *vingtième Tome des Écrivains des chofes d'Italie, à la colonne 1046.* L'immortel Léonard ne fit que joindre les deux canaux vers la fin du même fiècle. Le canal de la Martefana, lors de fa première conftruction, n'avoit pas une auffi grande quantité d'eau & il ne fervoit à la navigation que pendant deux jours de la femaine que l'on fermoit les bouches d'arrofage. En 1573, fous le gouvernement du duc d'Albuquerque, on augmenta le corps d'eau & tout le canal fut mis dans la forme qu'il a préfentement, comme on peut le voir dans le rapport imprimé par Settala.

X. Je ne jette jamais les yeux fur ces canaux fans un grand fentiment d'eftime pour ces illuftres Architectes qui ont trouvé le moyen de furmonter tant de difficultés. Il a fallu, dans tous les deux, faire de très-grands travaux à la prife d'eau afin de forcer les eaux à y entrer conftamment, & enfuite on a été obligé d'y pratiquer plufieurs déverfoirs pour décharger les eaux furabondantes dans les crûes du Tefin, de l'Adda & de quelques torrens qui y entrent à embouchure ouverte. Le premier canal eft foutenu, pendant l'efpace de deux milles, par une chauffée de pierre, & pendant plufieurs autres milles, il a fallu le creufer dans une côte fort élevée. Il a fallu conduire le fecond, pendant l'efpace de cinq milles, fur une côte & le creufer en plufieurs endroits dans le roc, & enfuite le foutenir fur la gauche par une digue de pierre & de terre jufqu'à la hauteur de plus de 40 bras au-deffus du fond de l'Adda qui coule à côté fur une pente précipitée. Il a fallu de plus le faire paffer par-deffus le torrent Molgora au moyen d'un pont de pierre de trois voûtes, & le laiffer traverfer par la rivière de Lambro qui y entre & en fort avec toutes fes grandes eaux.

X I. Mais quelqu'utiles & quelque grands qu'aient été
ces ouvrages, même dans leur principe, la Navigation est
cependant restée très-imparfaite jusqu'à l'invention des
soutiens que les Italiens appellent vulgairement *conche*,
& que nous nommons *sas*. Les Anciens avoient une
méthode pour modérer la trop grande pente des rivières
& y entretenir la quantité d'eau nécessaire par le moyen
de certaines éclufes que l'on pouvoit ouvrir lorsqu'il étoit
question d'y faire paffer les barques. Belidor nous en a
donné la description dans le *troisième Chapitre du quatrième
Livre de son Architecture hydraulique.* Il paroît qu'elles étoient
du même genre que les deux éclufes faites à Governolo,
dans les années 1198 & 1394, pour foutenir les eaux
du Mincio du côté de Mantoue. Lorsque les Chinois
font communiquer enfemble des rivières dont le niveau
est très-différent, ils en foutiennent les lits par de fortes
éclufes, & ils y pratiquent de très-grandes cataractes d'eau.
Ils ont enfuite les machines néceffaires pour pouvoir tirer
les barques en haut.

X I I. Les éclufes des Chinois rendent la Navigation
trop difficile & trop incommode, & celles de nos Anciens
ne peuvent être d'aucun ufage dans les lieux où la chute
est très-grande, & lorsqu'il est question de tranfporter les
barques d'un canal dans un autre qui est beaucoup plus
élevé. Le redoublement des portes & le mécanifme de
hauffer ou de baiffer le niveau de l'eau dans leur enceinte,
a été l'époque du dernier degré de perfection auquel on
a porté en Europe l'art de naviger fur les rivières & les

canaux, parce qu'en ouvrant les portes inférieures, faisant entrer les barques entre les inférieures & les supérieures, fermant celles-là & ouvrant les déchargeoirs de celles-ci, on fait élever par degrés le niveau de l'eau jusqu'au point de pouvoir ouvrir les portes supérieures & de passer dans le canal qui est plus élevé. En faisant la manœuvre des portes au contraire, on peut avec la même facilité retourner dans le canal le plus bas. C'est de cette manière que l'eau se réduit comme l'on veut, dans l'enceinte, au niveau des deux canaux. La différence des hauteurs, la plus grande & la plus petite, s'appelle la *chute de l'écluse*.

XIII. Les écluses à doubles portes ont été inventées & exécutées pour la première fois sur la Brenta près de Padoue, l'an 1481, par deux Ingénieurs de Viterbe dont Zendrini nous a conservé la mémoire dans le *Chapitre XII* de son Ouvrage *sur les eaux courantes*. Léonard de Vinci profita tout de suite de cette grande invention pour faire la jonction des deux canaux de Milan ; & par le moyen de six écluses, portant en tout 17 bras de chute, il rendit libre & facile la navigation de l'un à l'autre canal. Tout l'ouvrage fut fini en 1497 sous Louis le More, comme on le voit par l'inscription placée à côté de la dernière écluse dans laquelle on lit ce qui suit : *cataractam in clivo extructam ut per inæquale solum ad urbis commoditatem ultro citroque naves commearent... anno 1497.* L'invention de ces écluses a de même fait continuer la navigation des canaux de Boulogne, de Modène & de plusieurs autres d'Italie ; & sur-tout elle a donné lieu au système d'une navigation générale & bien entendue dans l'État de Venise.

XIV. Les premières éclufes que l'on ait fabriquées en France font celles du canal de Briarre; ce canal a été commencé dans les temps de Henri IV & du duc de Sully, & il a été fini dans les temps de Louis XIII & du cardinal de Richelieu. La longueur du canal étoit de onze lieues de France, & il communiquoit de la Loire dans le Loing qui eft un des affluens de la Seine. Sous le règne de Louis XIV, on tira un autre canal de la Loire près d'Orléans, qui alloit rencontrer le premier canal de Briarre près de Montargis. Et comme en été il y a trop peu d'eau dans le Loing pour fournir à une navigation commode, fous la minorité de Louis XV, on prit le parti de côtoyer cette rivière, jufque dans le voifinage de la Seine, par un autre canal qui eft proprement la continuation de l'ancien canal de Briarre. Il y a dans tout ce canal quarante - deux éclufes, & vingt dans celui d'Orléans. On fit auffi, fous le règne de Louis XV & fous les yeux du célèbre Bélidor, le canal de Picardie qui forme la jonction de la Somme avec l'Oife qui fe jette enfuite dans la Seine à cinq lieues de Paris.

XV. L'art n'a jamais été porté auffi loin que dans le fameux canal de Languedoc qui forme la communication de la mer Méditerranée avec la Garonne & l'Océan. Les barques peuvent, en onze jours, paffer d'une mer à l'autre en traverfant des vallées & des montagnes, & montant jufqu'à la hauteur de 600 pieds au-deffus du niveau des deux mers. Les ports de Bordeaux & de Marfeille évitent par ce moyen le circuit de plus de 800 lieues pour communiquer entr'eux. Ce grand ouvrage projeté fous trois autres Rois, fut enfin conduit à fa perfection fous le règne de Louis XIV, par un travail de quatorze ans & avec une dépenfe de onze millions de livres, fans compter la dépenfe de deux autres millions que coûta le rétabliffement du port de Cette. Andreofi fut celui qui en donna l'idée, & Riquet en dirigea prefque toute l'exécution; il commença à y mettre la main en 1666.

XVI. Le canal commence par un lac d'environ quatre milles de circuit, qui recueillant les eaux du Mont-noir les fait paffer à Naurofe dans un grand réfervoir de 200 toifes de longueur fur 150 de largeur. C'eft de-là que les eaux font diftribuées, à la droite jufqu'à ce qu'elles rencontrent la Garonne près de Touloufe, & à la gauche jufqu'au lac de Tau qui eft près du port de Cette. La largeur du canal eft de 30 pieds, & fa longueur de 125 milles 680 toifes qui font 50 lieues ½ de France. Prefque la fixième partie du canal eft conduite fur des montagnes creufées profondément, & au lieu appelé le *Mal-pas*, il traverfe le rocher creufé en forme de voûte dans la longueur de 80 toifes fur 4 de largeur & 4 ½ de hauteur. Il y a cent grandes éclufes & une très-grande quantité de ponts & d'aquéducs. On y a entrelacé latéralement quelques autres canaux fecondaires qui donnent plus de facilité & d'étendue au commerce intérieur des provinces méridionales de la France.

XVII. On eft redevable au maréchal de Vauban de la perfection de ce canal; à cet homme qui rendit utiles,

à trois cents trente - trois places , les idées répandues
fans aucun fruit jufqu'à fon temps dans les livres des
Auteurs Italiens , & qui étoit également grand dans les
études de la guerre & dans celles de la paix. Riquet
avoit fait une faute effentielle dans fa première conftruction, en y laiffant entrer différens torrens , & ne prenant
aucunes précautions pour les matières que ces torrens
& les eaux de pluies pourroient détacher des montagnes. Au bout de vingt ans le grand réfervoir de
Naurofe ainfi que le canal étoient comblés en grande
partie. Le maréchal de Vauban fit conftruire un nouveau
canal pour éviter de faire paffer les barques dans ce réfervoir, & enfuite, par le moyen de fix ponts-canaux & de
trente - neuf aqueducs fouterrains , il détourna du canal
tous les affluens qui y auroient porté des matières groffières ; & enfin il y ouvrit par - tout les déchargeoirs
néceffaires pour mettre à fec le canal toutes les fois
qu'il auroit befoin d'être réparé. Cet exemple eft trop
lumineux pour ne pas en conferver la mémoire dans les
autres cas femblables.

XVIII. Si la jonction faite par le Czar Pierre, des
mers Baltique & Cafpienne, n'a pas égalé le canal de
Languedoc dans la fineffe du travail , elle l'a certainement
furpaffé dans l'étendue de la navigation. Tout l'ouvrage
eft fini préfentement, & le maréchal de Munich a eu la
gloire d'y avoir donné la dernière main. Les navires de la
mer Cafpienne remontent le fleuve Volga pendant un
long efpace jufqu'au-deffus de Cafan , & ils paffent enfuite

dans

dans la Tuerza qui eft un de fes affluens. C'eft-là que commence le canal qui va dans la rivière de Sna, par laquelle on defcend d'abord dans la Mofta, enfuite dans le Wolkowa, après dans le canal le long du lac Ladoga, & enfin dans la Newa jufqu'à Péterfbourg & à la mer Baltique. On a fait auffi un autre canal qui établit la communication du Wolga avec le fleuve Don & la mer Noire. En Pologne on a ouvert une autre communication de la mer Baltique avec la mer Noire, par le moyen du canal qui joint la Wiftule avec le Boriftène.

XIX. La jonction de l'Oder & de la Sprée eft l'ouvrage de Frédéric Guillaume, furnommé le *Grand-Électeur.* Le plus ancien canal de la Flandre eft celui qui va de Bruxelles à l'Efcaut, il eft du commencement du fiècle paffé. Le canal par lequel la Meufe communique avec le Rhin, a été commencé en 1626. Il fera toujours mémorable dans les Hiftoires par la manière avec laquelle le marquis Spinola en a défendu l'exécution. Le canal de Gand & d'Oftende eft un ouvrage de ce fiècle. Comme les rivières des Pays-bas ne portent point de matières groffières, qu'elles n'ont pas beaucoup de pente, & que d'ailleurs elles ne coulent pas fur des plans dont le niveau foit fort différent, il eft plus facile de les rendre navigables, de les réunir & d'en dériver plufieurs canaux navigables, ce qui cependant n'empêche pas que la Hollande ne préfente dans la multitude de fes canaux un fpectacle très-intéreffant & très-fingulier aux yeux du Voyageur philofophe.

D d

XX. Il y a plufieurs autres grands projets de ce genre qui occupent préfentement les Nations les plus policées & les plus éclairées de l'Europe. En France on a propofé de faire la jonction de la Saône avec l'Armançon qui eft l'un des affluens de l'Yonne, & de faire, par ce moyen, communiquer le Rhône avec la Seine. En Efpagne, quelques Italiens ont le mérite de préparer la navigation depuis Madrid jufqu'à Aranjués. En Irlande, on prolonge de plus en plus, dans les parties intérieures du Royaume, la navigation de la rivière de Shennon. En Écoffe, du côté de Glaskow, les deux mers du levant & du couchant s'enfoncent tellement dans les terres qu'elles ne laiffent qu'un ifthme de peu de lieues pour paffer d'un golfe à l'autre. Les rivières qui fe jettent dans les deux golfes peuvent rendre plus facile la conftruction d'un canal navigable qui épargneroit le long & dangéreux circuit des côtes feptentrionales : on y travaille actuellement.

XXI. En Angleterre, le duc de Bridgwatter a laiffé dans ces dernières années un monument de fon génie dans le canal qui paffe de la ville de Liwerpool à Warington, & qui enfuite perçant, pendant un long efpace, une montagne, s'enfonce jufque dans les mines de charbon foffile de Manchefter. Cet exemple ne pouvoit pas être ftérile dans la patrie d'Élifabeth & de Newton. La Nation qui, par une guerre glorieufe, s'eft rendue maîtreffe des mers éloignées, s'eft occupée pendant la paix des moyens de faire communiquer plus facilement entr'elles les mers voifines. On a commencé, du côté de Congleton, un

canal qui doit joindre la rivière de Merſey avec celles du
Trent & de l'Humber. On a déjà ſurmonté la principale
difficulté du projet qui étoit celle d'ouvrir, en forme de
voûte, un trou ſpacieux dans une montagne, ſur la longueur d'environ un mille & un tiers. Et pour qu'il ne
manquât rien à la communication intérieure du Royaume,
on a encore formé le projet de joindre la rivière du Trent
avec la Sewern qui ſe jette dans le canal de Briſtol.

XXII. Un projet encore plus grand occupe actuellement la Nation la plus policée du nord. Le détroit du
Sund devient de plus en plus difficile, en proportion
que les plages ſe prolongent & que le fond de la mer
Baltique s'élève. Une communication libre de la Baltique
avec l'Océan, par les parties intérieures de la Suède,
feroit l'époque de l'agrandiſſement du Commerce de ce
Royaume floriſſant. On trouve dans l'intérieur les deux
vaſtes lacs de Weter & de Wener. On deſcend du lac
Weter dans la Baltique en navigeant ſur la rivière Motala.
La rivière de Gotha fort du lac Wener à Wenerſbourg &
ſe jette enſuite dans l'Océan à Gothembourg. Si on pouvoit rendre commode la navigation de ces deux rivières,
& ſi on joignoit les deux lacs par un canal navigable, il
feroit enſuite facile de paſſer, par le moyen d'un autre
canal, du lac Wener dans le lac Hielmer près d'Orebra,
d'où il a été ouvert autrefois, du temps de Charles XI,
un paſſage dans le lac Meler qui s'étend juſqu'à Stockolm.
Une bonne carte de la Suède fera tout de ſuite rencontrer
tous ces lieux.

D d ij

XXIII. La plus grande difficulté du projet confifte
à rendre navigable le fleuve Gotha, un peu au-deffous
de Wenerfbourg, dans le paffage terrible que l'on appelle
de *Trolhette.* Dans cet endroit, tout le lit de la rivière
eft tellement irrégulier & parfemé, ou plutôt interrompu
par de gros rochers, qu'en trois endroits différens, il fe
réduit, de fa largeur ordinaire de 600 pieds de Suède,
à celle d'un peu plus de 100 pieds; & comme il a une
pente de fond confidérable, les eaux rebattues & refler-
rées de toutes parts y forment trois cafcades très-grandes;
la chute totale eft de 113 pieds $\frac{1}{3}$ de Suède, fur la
longueur d'environ 7000 pieds *(b).* L'efprit humain ne
s'eft pas laiffé étonner par la furie & l'impétuofité d'un
pareil fleuve. Dès les temps les plus anciens on a cherché
les moyens d'établir dans le paffage de Trolhette, une
navigation libre, commode & durable.

XXIV. Du temps de Guftave Wafa & de Henri
& Jean fes fils, on ne fit autre chofe que d'y penfer &
d'en difcourir diverfement. Sous le troifième de fes fils,
Charles IX, on commença à faire quelque chofe de plus,
on enleva les empêchemens du fond dans le lieu appelé
*Carls-Graff.* Guftave Adolphe, prefque toujours occupé
hors de fon Royaume, n'eut pas le temps de penfer à
ce projet. Sa fille Chriftine s'en occupa beaucoup, mais
croyant ce pas impraticable elle fit chercher un autre

_____

*(b)* Le pied de Suède contient 10 pouces 11 lignes $\frac{3}{4}$ de celui
de Paris.

paſſage où l'on pût établir plus facilement la navigation.
Charles Guſtave s'employa tout entier dans les guerres
contre le Danemarck & la Pologne. Charles XI déſeſ-
pérant de pouvoir rendre le fleuve Gotha navigable, &
trouvant que le chemin que l'on avoit projeté du temps
de la reine Chriſtine étoit trop diſpendieux, en fit chercher un troiſième qui ſe trouva également impraticable.
Charles XII accoutumé à ſurmonter les plus grands
obſtacles, appela, en 1716, le célèbre Polheim, & peu
de temps après il arrêta avec lui toutes les conditions ſous
leſquelles il devoit, dans cinq années de temps, rendre
navigable le pas de Trolhette, & ouvrir un paſſage libre
de la Baltique dans l'Océan. L'exécution ſuivoit toujours
les ordres de ce Prince entreprenant & décidé; on raſ-
ſembla tout de ſuite les matériaux & on conſtruiſit même
la première écluſe un demi-mille au-deſſus de Trolhette.
La mort du Roi fit tourner d'un autre côté les vues
& l'attention du Public.

XXV. Depuis 1751, on a repris tout le projet, mais
on a pris des meſures tout-à-fait différentes. On s'eſt
imaginé alors qu'il falloit diſtribuer toute la chute de 113
pieds $\frac{1}{3}$ en trois écluſes ſeulement; la première de 28,
la ſeconde de 52, & la troiſième de 33$\frac{1}{3}$. On devoit
conſtruire ces écluſes à côté des trois caſcades, & la
largeur de chacune devoit être de 18 pieds ſur 72 de
longueur. Le travail réuſſit aſſez bien juſqu'à ce qu'on
vint à traverſer la rivière par une digue, à l'endroit de
la dernière caſcade, afin de tenir l'eau arrêtée au-deſſus.

L'impétuofité avec laquelle toute la rivière fe précipite, avoit empêché de bien reconnoître le fond. On avoit conjecturé, par la nature des montagnes voifines, que le fond devoit être de rocher, & on avoit en outre fuppofé qu'il ne pouvoit y avoir plus de 10 pieds d'eau. On fe trompa dans l'une & l'autre de ces fuppofitions, la profondeur de l'eau étoit au moins de 20 ou 25 pieds, & le fond étoit compofé de groffes pierres détachées qui rendirent inutiles tous les efforts de l'art pour les fixer. Les caiffons de pierres, quoique liés enfemble avec des fers de 4 pouces de groffeur, & attachés par de gros pieux aux deux flancs des montagnes, furent emportés & difperfés par l'impétuofité du courant, & de cette manière tous les travaux furent détruits.

XXVI. La fomme de 25 mille fequins par an que la dernière Diette a affignée pour cette grande entreprife, l'a fait reprendre avec efpérance d'un meilleur fuccès. On a pris le parti d'éviter tout le pas dangereux, au moyen d'une branche fixe d'eau que l'on doit dériver du fleuve Gotha & qui doit y rentrer. La longueur du canal doit être d'environ 8,240 pieds, & la chute totale de 113 pieds $\frac{1}{3}$ doit être diftribuée dans les derniers 3000 pieds, en fept éclufes de 36 pieds de largeur fur 200 de longueur. La première éclufe doit avoir 17 pieds $\frac{1}{3}$ de hauteur, & les autres 16. La première éclufe doit être ifolée, les quatre fuivantes doivent être contiguës ainfi que les deux dernières. Entre la cinquième & la fixième éclufe, le canal fera défendu par une bonne chauffée, contre les crûes du fleuve. Il y aura auffi un grand déchargeoir entre la première éclufe & la prife d'eau ; à peu-près au milieu , & à la prife d'eau il y aura deux portes pour mettre à fec le canal quand il en fera befoin. La carte ci-jointe en fera voir la trace & les principales difficultés qui font de le foutenir dans un marais pendant l'efpace de plus de 800 pieds , & de le creufer dans le roc en quatre endroits différens , qui font en tout un peu moins de 2000 pieds.

XXVII. Lorfqu'en 1516 le roi François I.<sup>er</sup> eut fait don à la ville de Milan d'une fomme de 5 mille ducats d'or , pour la conftruction de quelque canal navigable , on y agita un projet qui avoit quelqu'analogie avec le canal de Trolhette. Le canal que l'on a dérivé du Tefin continue la navigation , avec le tronc fupérieur & le tronc inférieur de cette rivière , jufqu'au lac Major d'une part , & de l'autre jufqu'au Pô & jufqu'à la mer , comme on l'a dit dans le *Paragraphe VI.* Mais le canal de la Martefana tient à un tronc de l'Adda dont le fond eft fi rapide & fi irrégulier , pendant un peu plus de fix milles , que l'on ne peut y remonter jufqu'à l'autre tronc fupérieur de la rivière & jufqu'au lac de Brivio , d'où l'Adda recommence à être navigable jufqu'au lac de Côme , comme on l'a dit au *Paragraphe VII.* La nature d'une groffe rivière qui coule inégalement , & fur une très-grande pente , entre les montagnes , n'a pas été capable d'étonner le courage des anciens Architectes. Pagnani nous a laiffé , dans un petit Livre , tout le détail du projet qui fut concerté en

1519, entre les Ingénieurs Maffaglia & de la Valle, après une visite publique.

XXVIII. En premier lieu, ils n'offrirent aucune difficulté d'enlever certaines grandes maffes qui interrompoient la navigation de l'Adda, dans les environs du château de Trezzo. Cependant, dans ce cas & dans d'autres femblables, il feroit important d'avoir la précaution de n'enlever feulement que ce qui peut empêcher la navigation, fans trop débarraffer le lit & rendre le cours de la rivière plus libre qu'il ne faudroit ; parce qu'en général les rochers & les pierres qui interrompent le cours d'une rivière, font les fonctions d'autant de digues naturelles qui ralentiffent le cours des eaux & retiennent en arrière les graviers & les autres matières les plus groffières. Le lit de la rivière fe trouvant dégagé de tout embarras, & par ce moyen l'impétuofité & la force des eaux devenant plus grandes, la rivière doit tranfporter dans les parties inférieures, une plus grande quantité de graviers. J'ai fuffifamment expliqué ces principes dans le *premier Livre fur les Rivières*, & je les ai en outre appuyés par l'exemple des changemens qui font arrivés dans ce fiècle, à l'Arno & au Réno. L'attention avec laquelle on doit confidérer les canaux inférieurs d'arrofage, juftifiera toujours toutes les précautions que l'on a fuggérées pour empêcher le grand verfement des graviers que l'Adda porte déjà en fi grande abondance dans fes grandes eaux.

XXIX. Les empêchemens des rochers une fois levés, on pourroit remonter l'Adda l'efpace de cinq milles au-
deffus

deffus de la prife d'eau du canal de la Martefana. Ainfi, la difficulté principale de continuer la navigation jufqu'au lac de Côme, fe réduiroit au feul efpace, le plus critique, de 4280 bras que l'on rencontre fupérieurement. Tout le lit de la rivière, dans cet efpace, eft fi irrégulier, fi rapide & fi parfemé de gros rochers, que l'on ne pourroit y paffer fans danger. Suivant les anciens nivellemens que nous avons dans tout cet efpace de 4280 bras de Milan qui font environ 8577 pieds de Suède, la chute totale eft de 46 bras qui font 92 pieds $\frac{1}{5}$ de Suède. La principale difficulté confifte donc ici à pouvoir diftribuer 92 pieds $\frac{1}{5}$ de hauteur fur la longueur de 8577 pieds, comme dans le canal de Suède & dans le pas de Trolhette que nous avons décrit, il eft queftion de diftribuer 113 pieds $\frac{1}{5}$ fur 8240 pieds.

XXX. Ces premiers Ingénieurs défefperant de venir à bout, par le fecours de l'art, de rendre navigable le lit de la rivière dans un pas de cette nature, propoſèrent d'y dériver une branche fixe d'eau en creufant, dans la petite vallée qui eft contiguë à l'Adda fur la droite & que l'on appelle de la *Rochette,* un canal de 18 bras, & en forçant l'eau d'y entrer par le moyen d'une forte éclufe de 7 bras de hauteur qui feroit appuyée aux trois rochers qui portent le nom des *Trois-cornes.* Le plan de la vallée de la Rochette eft difpofé de manière que, pendant les premiers 3220 bras en defcendant, tout le canal feroit encaiffé dans la terre; dans les autres 1060 bras le plan du terrein eft plus bas de 18 bras, & il refte enfuite une

E e

descente de 28 autres bras pour parvenir jusqu'au fond de l'Adda. Massaglia & della Valle proposèrent de mettre quatre sas de 4 bras ½ chacun pour enlever la chute des deux premiers plans, & afin de n'être pas dans le cas de contenir le canal, par des chauffées, pendant tout l'espace des 1060 derniers bras, & ils proposèrent en outre de descendre dans l'Adda par le moyen de six autres sas d'une égale hauteur.

XXXI. Vers la fin du seizième siècle, lorsqu'il fut question de mettre la main à l'œuvre, l'ingénieur Meda proposa au lieu de dix sas, de n'en faire que deux seulement, l'un de 30 bras de hauteur & l'autre de 15; en sorte qu'il est arrivé dans cette occasion tout le contraire de ce qui a été projeté dans le canal de Suède, où l'on a commencé par le projet des écluses plus élevées, & où l'on a ensuite pris le parti de les multiplier & d'en diminuer ainsi la hauteur. Les murs des deux sas de l'Adda furent construits peu d'années après, sous la direction de l'ingénieur Barca; l'excavation fut faite aussi de la manière qu'on la trouve présentement, & suivant quelques cartes que j'ai vues, on fit aussi l'écluse qui traverse le lit de la rivière. Je n'ai trouvé aucun mémoire de l'accident qui a ruiné l'écluse & rendu l'excavation inutile; mais après avoir reconnu les lieux par moi-même, je me suis imaginé ce qui pouvoit probablement y être arrivé.

XXXII. Le terrein de ces environs est un composé de gravier, de sable & de terre. Sous le plan des campagnes voisines & sur les côtes des montagnes entre

lefquelles coule l'Adda, le terrein n'eſt plus auſſi détaché
& il commence à y avoir quelque confiſtance. Il forme
enſuite, dans le lit de la rivière, une eſpèce de tuf dont
la dureté eſt inégale & n'eſt pas fort grande, & que l'on
nomme vulgairement *Morogna*. La vallée de la Rochette
étant très-reſſerrée au commencement, il n'a pas été poſſible
de maintenir l'excavation éloignée de l'Adda pendant pluſieurs centaines de bras au-deſſous de la priſe d'eau ; &
comme il falloit que le canal fût preſque horizontal, pour
la commodité de la navigation, il a fallu le ſoutenir, par
degrés, toujours plus élevé que le fond très-incliné de
l'Adda qui eſt contigu. Cela poſé, une fente quelconque
qui ſe ſera ouverte accidentellement dans la rive gauche
ou dans le fond du canal, aura dû bientôt s'élargir par
l'impétuoſité des eaux qui avoient de côté une chute
précipitée dans la rivière. Je crois que c'eſt préciſément
de cette manière que s'eſt formé le grand & ſpacieux
trou que l'on trouve un peu au-deſſous de la priſe d'eau
du canal. Les eaux étant, par ce moyen, verſées dans
l'Adda, on a été forcé de prévenir les inconvéniens des
grandes eaux, en démoliſſant l'écluſe & rétabliſſant la
rivière dans ſon premier état.

XXXIII. J'ai eu ſous les yeux un accident ſemblable
qui eſt arrivé au canal de Boulogne il y a quelques années.
Les eaux s'étoient ouvert un paſſage à travers le tuf dur,
dans lequel eſt creuſée l'ouverture du canal, un peu au-
deſſous de l'écluſe de Caſalecchio ; les eaux ayant dans
cet endroit une chute très-grande ſur le fond du Réno

qui eſt contigu, élargirent beaucoup la rupture en peu de temps, & elles auroient fait perdre la navigation ſi on n'y eût remédié promptement en réparant tout le déſordre avec beaucoup de dépenſe par le moyen d'un double mur de pierre & de pozzolane. Ainſi, dans le cas propoſé & dans tous les autres cas ſemblables, où il ſeroit queſtion de faire une excavation horizontale dans un terrein de peu de conſiſtance, & à côté d'une rivière qui a beaucoup de pente, la ſûreté de l'entrepriſe exigeroit que le bord contigu du canal fût continuellement ſoutenu par une forte digue de pierre, préciſément comme on l'a pratiqué dans les premiers troncs des deux autres canaux de Milan.

XXXIV. Pagnani nous a laiſſé de plus, dans le petit Livre que nous avons cité, la mémoire des nivellemens & des autres opérations de l'art, qui ont été faits par les anciens Ingénieurs, pour voir ſi l'on pourroit propoſer d'autres canaux navigables en Lombardie, & ſur-tout s'il ſeroit poſſible de joindre le lac de Côme avec les autres lacs voiſins. En premier lieu, ils ont trouvé que la ſuperficie du lac de Côme étoit de 48 bras plus baſſe que la ſuperficie du lac de Civate, de 62 bras que celle du lac de Puſiano, & environ de 100 bras que celle du lac de Lugano. De plus, que les deux lacs de Côme & de Lugano ſont éloignés de ſix milles dans l'endroit où ils ſe rapprochent le plus, au lieu de Porlezza, & qu'ils ſont ſéparés par une côte fort élevée, ce qui rendroit trop difficile l'entrepriſe d'y ouvrir un canal navigable, même

indépendamment de la très-grande différence des niveaux.
La carte générale de la Lombardie fera rencontrer tout
de fuite tous ces lieux fans qu'il foit néceffaire de joindre
ici d'autres cartes particulières.

XXXV. Les mêmes Ingénieurs trouvèrent impraticable le projet de tirer un canal navigable du lac de
Lugano par la vallée de la rivière Olona jufqu'à Milan.
Mais il feroit peut - être poffible de rendre navigable la
rivière Olona au - deffous du lieu de Tredate, fi dans le
dernier tronc on vouloit foutenir les eaux par le moyen
de quelques fas qui feroient placés convenablement, &
fi les moulins fupérieurs étoient difpofés de manière à
ne pas interrompre le lit de la rivière. Dans le projet de
rendre navigable la Trefa, qui eft la décharge du lac de
Lugano dans le lac Major, ces Ingénieurs ont trouvé les
difficultés du trop petit volume d'eau & de la trop grande
pente de la Trefa; à quoi on pourroit ajouter qu'il y
tombe différens petits torrens qui y portent des pierres
& des graviers. Mais une chofe bien fingulière c'eft que
ces Ingénieurs n'aient jamais penfé à un autre projet dont
l'exécution feroit très-facile, & qui feroit d'une grande
commodité & très-utile; c'eft de rendre navigable la Boza
qui eft la décharge du petit lac de Varefe dans le lac
Major.

XXXVI. Le projet de tirer un canal navigable de
Milan à Pavie eft beaucoup plus ancien; ce feroit le
chemin le plus court pour joindre les deux canaux de
Milan avec le Tefin, le Pô & la Mer. Galeas Vifconti,

père d'Azzon, en fit commencer l'excavation, on conf-
truifit même les murs d'une grande éclufe, tels qu'on
les voit encore préfentement. En 1564, il fut beaucoup
queftion d'achever tout le travail; l'on crut que la dépenfe
n'en pourroit pas être exceffive, & qu'en donnant aux
éclufes la hauteur ordinaire, il n'en faudroit pas un grand
nombre. Cette entreprife fut enfuite abandonnée par la
raifon que, quoique le canal de Bereguardo n'arrivât pas
jufqu'au Tefin, cependant il étoit fuffifant pour entretenir
le commerce entre les deux villes de Milan & de Pavie.
Pagnani, dans le même petit Livre, fait mention de quelques autres projets du même genre, que nous ne croyons
pas néceffaire de rapporter.

XXXVII. En Italie, il a auffi été queftion d'une
autre grande entreprife, qui eft de rendre le Tibre navigable depuis *Ponte-novo*, au-deffous de Péroufe jufqu'à
l'embouchure de la Nera, d'où la navigation commence
à être libre jufqu'à la mer. M.<sup>rs</sup> Bottari & Manfredi ont
donné un beau rapport de la vifite qu'ils avoient faite fur
la rivière du Tibre en 1732. Ils établirent, dans ce rapport, comme un principe d'expérience, que pour naviger
commodément fur une rivière quelconque, principalement
en remontant, il ne falloit pas qu'elle eût une pente plus
grande que celle de trois palmes Romains *(c)* par mille.
Or, comme la chute du Tibre étoit de 8 ou 9 palmes,
ils ont eftimé qu'il feroit très-difficile d'y gouverner les

---

*(c)* Le palme Romain eft de 8 pouces 3 lignes du pied de Roi.

bateaux en defcendant, & encore plus difficile en remontant contre un courant auffi rapide, & principalement dans
quelques endroits où la pente étoit plus grande, & où
conféquemment la rivière feroit toujours impraticable. En
outre, ils ont fait fentir les difficultés & les dangers qui
fe rencontroient dans les différens expédiens que l'on
avoit propofés, de modérer la trop grande pente par quelqu'éclufe de traverfe, de faire enlever à main - d'homme
les pierres détachées, & de faire fauter en l'air, par le
moyen des mines, les rochers que l'on rencontre, & de
corriger en quelques lieux le lit de la rivière en le changeant, le refferrant ou l'élargiffant.

XXXVIII. Les projets de rendre le Tibre navigable
dans fon propre lit, étant ainfi réfutés, on a examiné dans
ce même rapport, fi l'on pourroit tirer hors de la rivière
un canal d'une largeur & d'une profondeur d'eau fuffifantes, pour des barques d'une groffeur médiocre & d'une
charge proportionnée. Mais après avoir obfervé la qualité
du terrein par lequel il faudroit conduire le nouveau canal,
les fréquens paffages qu'il faudroit faire d'un côté à l'autre
de la rivière, la quantité des digues & des éclufes dont
on auroit befoin, & les autres travaux qui feroient néceffaires pour affurer la navigation contre tous les inconvéniens & fur-tout ceux des grandes eaux; les Auteurs
eux - mêmes conclurent que cette entreprife devoit être
regardée comme étant d'une très-difficile exécution, &
confeillèrent plutôt de l'abandonner que de l'entreprendre.
On examina enfuite la manière de rendre navigable le

Tibre dans Rome, propofée par l'Ingénieur Chiefa dans fon rapport imprimé en 1745.

XXXIX. Euftache Manfredi nous a laiffé par écrit dans ce premier rapport, diverfes chofes qui peuvent fervir de règle dans tous les cas femblables. Plufieurs autres Auteurs ont encore traité en général des canaux navigables, & principalement Guglielmini dans le *Chapitre XII.*<sup>me</sup> *fur la nature des rivières,* & Bélidor dans le *quatrième Livre de fon Architecture hydraulique.* Ce que Bélidor a écrit dans les *premiers Paragraphes du Chapitre VII,* & ce que nous avons déjà dit dans les *Paragraphes XXXII & XXXIII,* fuffit pour nous donner les principaux élémens de l'excavation des canaux. Pour réduire à fes principes la partie philofophique de cette matière très - importante ; nous traiterons fucceffivement, 1.° de la dérivation du canal, 2.° de la quantité réglée d'eau, 3.° du curement du fond, 4.° de la fabrication des éclufes, 5.° de la diftribution des pentes.

XL. On forme les canaux navigables ou en raffemblant les eaux de fources & de pluies, ou en les dérivant de quelque rivière. Dans le premier cas, qui eft celui de quelques canaux de France, il eft néceffaire de faire diverfes confidérations fur la nature des fources, ainfi que fur la quantité de l'évaporation & celle des pluies, afin d'avoir toujours la quantité d'eau néceffaire. Dans le fecond cas, qui eft celui de prefque tous les autres canaux, il faut ordinairement quelqu'éclufe ou digue qui traverfe le lit de la rivière, & force une portion de fes eaux à emboucher

conftamment

conftamment l'ouverture du canal. Lorfque les rivières n'ont pas une affez grande quantité d'eau, ou que leur lit eft trop libre & trop large, ou qu'elles peuvent tourner le fil de leurs eaux çà & là, à l'occafion de quelques dépôts de graviers qu'elles auront laiffés d'un côté ou de l'autre dans le temps des grandes eaux, il faut néceffairement leur oppofer un frein pour qu'elles fourniffent toujours au canal l'eau fuffifante pour la navigation.

XLI. Le plus grand ouvrage que j'ai vu dans ce genre eft la digue de Cafalecchio qui fert à dériver du Réno le canal de Boulogne. Les canaux de la Martefana & de la Muzza font auffi dérivés de l'Adda par d'autres grandes éclufes ; mais le grand canal de Milan commence fans l'aide des éclufes ordinaires, & fon fond va s'étendre fur le fond même du Tefin. Les premiers Ingénieurs ne voulant pas interrompre la navigation libre de la rivière par une éclufe, trouvèrent le moyen d'en dériver une branche fixe d'eau par des travaux d'un autre genre. Une rivière auffi grande, auffi rapide & auffi irrégulière que le Tefin, qui, dans les autres lieux fupérieurs & inférieurs, change fouvent de lit, comme font toutes les rivières qui charient des graviers, fe maintient en cet endroit encaiffée entre fes chauffées fans qu'elle manque de porter dans le canal la quantité d'eau ordinaire. J'ai eu occafion de me trouver plufieurs fois en cet endroit dans le temps des plus grandes eaux, & j'ai été étonné de voir avec quelle impétuofité & quelle furie ces travaux étoient affaillis par le courant.

F f

XLII. L'efpèce d'éperon qui défend & affure l'angle de la dérivation des eaux du canal du Tefin, a fouffert anciennement 'de grands changemens. Le Tefin eft entré quelquefois dans le canal avec toutes fes eaux, & il en a interrompu la navigation en y laiffant des dépôts confidérables de graviers. Enfin, en 1585, après une grande crûe d'eau arrivée le 7 août, la ville manquant de fubfiftances, on a fait, par l'avis des fameux Ingénieurs Baffi, Pellegrini & Meda, réparer & prolonger l'éperon auquel on a donné la forme qu'il a préfentement; & dans la partie fupérieure on a fait, à la rive droite & à la rive gauche du Tefin, les ouvrages que l'on voit encore aujourd'hui & qu'il n'eft pas néceffaire de décrire. Quoique la crainte que le Tefin ne s'éloignât trop du canal ait fait penfer autrefois à l'entreprife très-difficile de redreffer & de changer le lit de la rivière, l'expérience de ce qui s'eft paffé fuffit pour nous affurer que les travaux actuels pourront encore fervir long-temps.

XLIII. Dans les autres cas ordinaires de dériver une branche fixe d'eau, pour continuer une navigation qui n'eft pas praticable dans le lit même de la rivière, il faut commencer par le travail des digues de traverfe. Les règles générales pour les conftruire ont été parfaitement indiquées par Bacciali, dans une *Differtation imprimée dans le quatrième Tome de l'Académie de Boulogne.* Dans le cas dont nous parlons, il faut en outre faire attention que les hauteurs de la digue & celle de l'eau que l'on doit faire entrer dans le canal, foient les moindres

poffibles, pourvu qu'elles foient fuffifantes pour l'ufage
de la navigation ; & cela, non - feulement pour donner
moins de hauteur aux éclufes, mais encore pour diminuer
les efforts qu'auroient à foutenir les éclufes, les rives &
la digue elle-même, à caufe d'un plus grand corps d'eau.
Ceci eft une précaution importante, mais elle n'eft pas
la feule qu'il faille prendre pour empêcher que les canaux
navigables ne foient furchargés d'eaux dans le temps des
grandes crûes.

XLIV. Dans le canal qui forme à Pife la communication du Serchio avec l'Arno, & que l'on croit être
l'ouvrage de Laurent des Albizzi, j'ai vu par quels artifices
on a pourvu à ce que les grandes eaux du Serchio, quoiqu'elles foient très - confidérables & qu'elles arrivent en
peu d'heures, ne portaffent jamais dans le canal plus d'eau
qu'il n'en eft néceffaire, en faifant à Ripa-fratta de très-
fortes cataractes que l'on peut facilement ouvrir. Tout
ce mécanifme étoit néceffaire dans cet endroit, parce
que le canal eft, pendant un long efpace, encaiffé &
comme enféveli dans la terre fans avoir aucun déchargeoir. Dans un canal qui porteroit un grand corps d'eau,
& qu'il faudroit continuer prefque dans la même direction
que le fil de la rivière, comme dans le canal qui a été
projeté dans le tronc fupérieur de l'Adda, tout ouvrage
que l'on voudroit oppofer de front à l'impétuofité des
grandes eaux feroit inutile. Le feul parti qu'il y ait à prendre
eft celui de laiffer écouler dans la rivière toutes les eaux
furabondantes, par le bord du canal. C'eft précifément de

F f ij

cette manière que font conftruits les autres canaux de Milan, qui, ayant leur prife d'eau libre, font enfuite flanqués, pendant un long efpace, par une chauffée par-deffus laquelle les eaux fe verfent quand elles paffent la hauteur ordinaire.

XLV. Mais ces précautions ne font pas encore fuffifantes pour les eaux qui feroient pouffées trop en avant par l'impétuofité avec laquelle elles entrent dans le canal, ou pour celles qui y tomberoient des côtes voifines, ou qui y feroient portées par les autres affluens ; il faut en outre que tout le canal foit pourvu des déchargeoirs néceffaires. Les canaux que nous venons de nommer en font fi bien pourvus, que toutes les grandes eaux du Tefin & de l'Adda n'y pourroient jamais occafionner aucuns dommages fi l'on faifoit toujours jouer à temps les cataractes, & fi on levoit toutes les vannes des diramations inférieures. Dans le canal de la Martefana en particulier, il y a au-deffus, au-deffous & vis-à-vis de l'embouchure du Lambro, dix-neuf déchargeoirs placés avec tant d'art qu'ils font fuffifans, non-feulement pour déboucher toutes les grandes eaux du Lambro, mais même encore pour enlever à peu-près la moitié des eaux du canal, afin que le torrent Sevefo, dont la portée eft évaluée environ à la moitié des eaux du canal, y entrant un peu au-deffous, ne faffe que rétablir le corps d'eau à la hauteur ordinaire. On avoit auffi deftiné à cet ufage l'ancien déchargeoir du lieu de Mondrone, où arrive le regorgement du Lambro, & où le torrent, appelé la *Molgoretta*, entre dans le canal.

XLVI. Les grandes eaux de l'Adda furviennent ordinairement dans l'été à caufe des neiges fondues fur les
montagnes. La Sevefa, le Lambro & la Molgoretta, dont
le cours n'eft pas auffi long & qui ne font pas auffi enfoncées dans les montagnes, fe gonflent ordinairement
en été par les orages, & en automne à caufe des pluies
abondantes. Pour prévenir tous les accidens des grandes
eaux, lorfqu'elles arrivent dans le même temps, & pour
fuppléer au défaut des déchargeoirs qui ne feroient pas
ouverts, on a pris une excellente précaution pour que les
eaux furabondantes, avant que d'arriver à Milan, aillent
fe décharger dans le foffé extérieur de la ville, que l'on
nomme *Redefoffo*, dans lequel elles tombent par fix portes
fpacieufes, comme du fommet d'une efpèce de trébuchoir.
Les eaux du Redefoffo, après différentes diramations,
vont enfuite finir ou dans le Lambro ou dans le canal de
la Vecchiabbia, qui eft le plus grand déchargeoir des eaux
des deux canaux réunis dans l'enceinte de la ville. Le
détail de ces diramations ne pourroit intéreffer les étrangers,
& il eft fuffifamment connu à Milan.

XLVII. Nous avons des obfervations très-précifes
fur la caufe du regorgement de certaines grandes eaux qui,
par le paffé, ont incommodé quelques quartiers de la ville.
Puifqu'en 1761, en prenant les feules précautions ordinaires de régler & d'ouvrir à temps les déchargeoirs de
Loncefa, de Vaprio & du Lambro, il n'eft arrivé aucune
inondation, quoique dans les mois de mai & de juin il y
ait eu quarante jours de pluies continuelles, & qu'il foit

furvenu deux grandes crûes d'eau du Sevefo & du Lambro,
à la différence de quelques jours entre l'une & l'autre. La
même chofe eft arrivée dans le printemps & dans l'été
de l'année fuivante, & dans le mois de novembre, toutes
les eaux du Redefoffo étant forties dans le quartier de la
porte Tofa, il a été reconnu que les déchargeoirs du
Lambro n'étoient pas ouverts, & l'inondation a ceffé
auffitôt qu'on les a fait ouvrir. Ces expériences font fuffifamment connoître que ce quartier peut être garanti de
toutes les inondations, lorfqu'à la première vue de la crûe
d'eau on fera l'ufage convenable des cataraĉtes. Les inondations de l'autre quartier de la porte Romaine font
occafionnées par les atterriffemens du foffé par lequel le
Redefoffo fe décharge dans la Vecchiabbia, & par les
autres empêchemens que l'on a mis à fon cours & qu'il
eft inutile de décrire.

XLVIII. Les premiers Ingénieurs après avoir ainfi
remédié aux accidens des crûes d'eau., ont encore penfé
aux moyens d'entretenir les troncs fupérieurs des deux
canaux bien nettoyés de tous les dépôts de graviers &
autres matières groffières. Mais à l'égard des atterriffemens du fond dans toutes les parties inférieures & dans
toute l'enceinte de la ville, ils n'ont fuggéré aucun autre
expédient que celui du curement manuel. La fcience des
rivières & des canaux navigables feroit beaucoup plus
fimple fi les eaux étoient toujours limpides & claires. Les
matières qui courent entre-mêlées avec les eaux en forment
les principales difficultés. Dans notre cas on a penfé

plufieurs fois fi l'on pourroit pourvoir d'une autre manière
à cette partie de la police civile, & fe garantir des inconvéniens du mauvais air en évitant l'incommodité de curer
de temps en temps tout le canal. On a encore propofé
de laiffer toutes les éclufes ouvertes les jours de fêtes
dans lefquels les travaux des moulins ceffent, & enfuite
de remuer le fond avec des râteaux, afin que les eaux,
courant avec vîteffe dans le déchargeoir de la Vecchiabbia, y portaffent toutes leurs troubles. Ce ne feroit pas
une chofe fort aifée que de remuer ainfi tout le fond,
& le moyen plus facile de laiffer toutes les éclufes ouvertes
ne fuffiroit peut-être pas pour que l'on pût s'épargner les
inconvéniens du curement manuel.

XLIX. Les deux premières éclufes que l'on rencontre
en defcendant du canal de la Martefana dans la ville, font
éloignées l'une de l'autre de 500 bras. La dernière éclufe
eft éloignée de plus de 1500 bras du déchargeoir de la
Vecchiabbia, & inférieurement à ce même déchargeoir
il y a encore une autre branche de canal de 3756 bras,
dans laquelle il n'y a aucune éclufe. De cette manière,
quoique le déchargeoir & les éclufes aient chacun la
chute de quelques bras, & que la chute totale d'un bout
à l'autre du foffé inférieur de la ville, foit fort confidérable,
la chute totale n'eft cependant pas diftribuée uniformément, & le foffé inférieur n'y participe aucunement pendant
de longs efpaces. Une fois que l'on auroit fait le curement
de tout le canal, & que l'on auroit laiffé un libre cours à
l'eau, ce cours devroit fe ralentir entre la première &

la feconde éclufe, & entre la dernière & le canal de la
Vecchiabbia; par ce moyen les matières tranfportées des
lieux où la chute eft plus grande s'amoncelleroient, &
les eaux fe formant un nouvel empêchement perdroient
fucceffivement la force qui feroit néceffaire pour pouffer
plus en avant les autres matières. Ainfi, comme par cette
méthode on ne pourroit éviter l'excavation manuelle, le
meilleur parti que l'on pourroit prendre, feroit peut-être
celui de la rendre plus commode en faifant un ufage
continuel de quelques-uns de ces inftrumens dont on fe
fert en France & en Italie, & qui font fuffifans pour
conferver la profondeur néceffaire à plufieurs ports &
plufieurs canaux.

L. On a fuffifamment pourvu au curement du fond
dans les troncs fupérieurs des deux canaux où les pierres
& les graviers entrent en grande abondance avec les eaux,
en y plaçant une quantité convenable de déchargeoirs que
l'on nomme *déverfoirs de fond.* Ces fortes de déverfoirs
doivent être conftruits dans le bord du canal, du côté
de la rivière principale, de telle manière que leurs feuils
foient notablement plus bas que le fond du canal même.
Les eaux qu'on laiffe de temps en temps fe précipiter
dans la rivière par ces fortes de déverfoirs, acquièrent
une très-grande vîteffe, & celles qui fe précipitent s'accélérant, celles qui fuivent s'accélèrent encore à caufe de
l'adhéfion & de la tenacité naturelle des parties de l'eau,
& l'accélération s'étend à quelque diftance en remontant.
Par ce moyen, les matières groffières fe détachent du
fond,

fond, & l'excavation fe prolonge à quelque diflance au-deffus de ces déverfoirs. Avec plufieurs artifices de cette nature, que l'on fait jouer quand il convient, & qui font diftribués de manière qu'à l'endroit où finit l'action de l'un, commence l'action de l'autre qui fuit, on force le gravier qui eft entré dans le canal à fe rejeter dans la rivière, dans le moindre efpace de temps poffible.

L I. Quelques Auteurs ont propofé des expédiens pour empêcher qu'il n'entrât aucune forte de gravier dans le canal. Euflache Manfredi, en traitant, comme on l'a dit, des moyens de dériver du Tibre une branche fixe d'eau à *Ponte-novo* au-deffous de Péroufe, propofa d'y faire une éclufe de 8 palmes Romains, qui conféquemment élevât de 8 palmes la fuperficie de l'eau. Il prefcrivit en outre qu'il falloit que l'on foutînt le feuil de la prife d'eau du canal, 5 palmes Romains au-deffous de la fuperficie rehauffée de la rivière, afin d'avoir dans le canal la profondeur de 5 palmes d'eau qui étoit fuffifante, & afin que les autres 3 palmes excédans ferviffent à empêcher qu'il n'y entrât aucune forte de cailloux. De plus, il penfa aux moyens d'empêcher que le fond de la rivière ne vînt à s'élever au-deffus de l'éclufe, & il crut que l'on pourroit aifément y parvenir en y pratiquant des ouvertures fermées avec des madriers, des planchers, des fafcines ou autres chofes mobiles dont on pût faire ufage dans le temps des grandes eaux. Et enfin, dans le détail du projet, il indiqua les précautions qu'il falloit prendre pour détourner tous les affluens qui pourroient porter du gravier dans le canal,

G g

ainfi que Guglielmini l'a enfeigné dans le *Chapitre XII*
*fur les eaux courantes.*

LII. Belidor, dans le *Chapitre VI* du Livre cité ci-
deffus, a donné l'idée de recevoir les eaux dans quelque
grand réfervoir , dans lequel elles puffent dépofer les
graviers & les autres matières groffières avant que d'entrer
dans le canal. Mais quoiqu'on ait fait ufage de ce moyen
dans le fameux canal de Languedoc , il a toujours
l'inconvénient d'être d'une exécution très-difficile & très-
difpendieufe , & celui de ne pouvoir jamais être applicable
au cas où il feroit queftion de dériver une branche fixe
d'eau d'une groffe rivière qui coule entre les montagnes ,
ou dont les rives font fort élevées. L'expédient de Manfredi doit toujours être inutile dans les rivières dont le
cours eft très-rapide , & qui portent une grande quantité
de graviers , comme le Réno, l'Adda & le Tefin , parce
que, fuivant quelques expériences du P. Grandi, la gravité
fpécifique du gravier dans l'eau eft à la gravité fpécifique
de l'eau elle-même, à très-peu-près comme 5 à 3 , & que
cette petite différence de denfité & de pefanteur fpécifique eft aifément compenfée par l'impétuofité tranfverfale
des eaux ; de-là il arrive que les graviers , même les plus
gros, fatiguent fouvent les bords des éclufes les plus
élevées, & même paffent par-deffus & tombent dans les
troncs inférieurs. Il eft donc certain que dans ces cas,
l'expédient propofé n'empêcheroit pas que les graviers
de la rivière ne fuffent tranfportés à une grande diftance
dans le canal qui feroit contigu.

LIII. Bacciali , dans la *Differtation* dont nous avons
déjà parlé, a propofé, pour empêcher le comblement du
canal, d'ouvrir dans la groffeur de l'éclufe, inférieurement
au fond de la bouche du canal, quelques déchargeoirs
par lefquels on pût, dans le temps des grandes eaux, faire
paffer les graviers & les tenir ainfi dans le lit de la rivière.
Cet expédient a été mis en pratique avec fuccès dans
l'éclufe de Cafalecchio , & il fert principalement à mettre
à fec le canal du Réno toutes les fois qu'il eft néceffaire
de le curer , fans qu'il foit befoin d'employer aucune
machine. La hauteur de cette éclufe eft de 26 pieds de
Boulogne *(d)*. Mais en premier lieu, il eft rare qu'il fe
rencontre des circonftances dans lefquelles il foit néceffaire,
& où il foit poffible d'élever affez les éclufes pour qu'il
refte un efpace fuffifant à pouvoir y placer différens déchargeoirs au-deffous du plan du fond du canal. Et en
outre, quoique dans cette même éclufe de Cafalecchio ,
les déchargeoirs chaffent en avant une grande quantité de
graviers, cela n'empêche pas qu'il n'en paffe encore un
bon nombre dans le canal, & il a fallu y conftruire des
déverfoirs de fond pour en empêcher le comblement.

LIV. Le canal de Boulogne a , au-deffous de la prife
d'eau , à différentes diftances, des déverfoirs à fleur d'eau ,
toujours ouverts , & fix déverfoirs de fond que l'on ouvre
dans le temps des grandes eaux. Les déverfoirs à fleur-

***

*(d)* Le pied de Boulogne vaut 1 pied 2 pouces $\frac{1}{5}$ de ligne du pied
de Roi.

d'eau laiffent tomber, dans le Réno, les eaux qui paffent
la hauteur ordinaire, & les efpèces de herfes des déverfoirs de fond fervent tout-à-la-fois & de cataraétes & de
déverfoirs, parce que lorfque ces herfes font fermées elles
couvrent le fond jufqu'à la hauteur dés autres déverfoirs
murés ; & enfuite, dans le temps des grandes eaux, lorfqu'on ouvre toutes les portes, l'impétuofité des eaux fert
à entretenir le fond fuffifamment creufé. Guglielmini nous
a laiffé par écrit dans le *Chapitre XII,* que, quoique dans
fon temps le gravier s'étendît dans le lit du Réno, à cinq
milles au-deffous de Cafalecchio, cependant il ne s'étendoit dans le canal qu'à un peu plus d'un demi-mille, &
que même on auroit pu le réduire à un moindre efpace,
fi au commencement on avoit mieux placé les déverfoirs
de fond, & fi on les avoit fait jouer plus fréquemment
dans les temps convenables.

LV. Dans le canal de la Martéfana, les graviers
s'étendent jufqu'à cinq à fix milles, & les déverfoirs de
fond font placés fi avantageufement qu'ils fuffifent ordinairement pour entretenir la prife d'eau & le premier tronc
bien nettoyés. Les graviers s'étendent beaucoup davantage
dans l'autre grand canal, & les déverfoirs de fond font fi
éloignés de la prife d'eau, qu'il faut quelquefois employer
l'art pour remédier aux empêchemens que la nature de
la rivière oppoferoit à la navigation. Près de la bouche
de la Muzza il y a un déchargeoir à fleur-d'eau, & deux
milles plus bas il y a deux déverfoirs de fond de dix portes
chacun. Leur aétion ne fe fait point fentir dans le tronc

fupérieur, & fouvent il faut employer la main & l'art pour
enlever les amas de graviers qui de temps en temps appau-
vriffent le corps d'eau, & font craindre pour la fertilité
artificielle du Lodefan. Comme les canaux de la Martefana & de Boulogne font d'une époque poftérieure à celle
des autres canaux, on a paré, lors de leur conftruction,
aux inconvéniens des autres canaux plus anciens.

LVI. Dans le cas où il feroit queftion de dériver du
tronc fupérieur de l'Adda, une branche fixe d'eau qui
pût y continuer la navigation jufqu'au lac de Lecco,
comme on l'a dit dans le *Paragraphe XXX* & les fuivans,
aucun des expédiens propofés dans les *Paragraphes LI &*
*LIII* ne feroit fuffifant pour empêcher que les graviers
ne s'étendiffent à toute la longueur du canal. La raifon
en eft que les campagnes des environs, ainfi que toutes
les côtes entre lefquelles coule l'Adda, font toutes pleines
de graviers; que le fond de l'Adda en eft lui-même tout
rempli, quoique dans quelques endroits où la pente eft
plus grande, ceux qui y tombent des côtes & des lieux
fupérieurs ne s'y arrêtent pas; que l'eau y defcend avec
une impétuofité extraordinaire, & que fon fil iroit emboucher prefque directement l'ouverture du nouveau canal.
Or, comme dans le canal actuel de la Martefana & dans
le lit de l'Adda, les graviers s'étendent jufqu'à la digue
de Trezzo, il eft certain que dans un lieu dont la pente
eft plus grande, & dans la continuation du fil de la rivière,
les graviers feroient naturellement portés à la diftance
d'un mille ou d'un mille & un tiers, & conféquemment
qu'ils fe répandroient dans toute l'excavation.

LVII. Les déverfoirs à fleur-d'eau toujours ouverts, fuivant le *Paragraphe XLIV*, ferviroient à empêcher le débordement du canal dans les grandes crûes; & fuivant le *Paragraphe L*, les déverfoirs de fond placés avantageufement au-deffous de la prife d'eau & avant la première éclufe, ferviroient à entretenir le fond bien nettoyé des graviers & autres matières groffières qui y auroient été fucceffivement portés par les grandes eaux; mais cela ne fuffiroit pas pour les graviers qui arriveroient jufques aux portes fupérieures & inférieures de l'éclufe; parce qu'en premier lieu, quand même le déverfoir de fond, ouvert immédiatement au-deffus, feroit très-grand & qu'il auroit beaucoup de chute, les eaux fe difpoferoient, en fortant, en une courbe continuée depuis la prife d'eau du canal jufqu'au déverfoir de fond, & de cette manière elles n'auroient aucune action fur l'angle oppofé qui feroit au de-là de la convexité de la courbe entre l'éclufe & le bord, & par conféquent les graviers s'y accumuleroient toujours: en fecond lieu, les déverfoirs de fond ne pouvant pas être toujours ouverts, il pourroit facilement arriver que les matières groffières fe dépoferoient fur toute la plate-forme extérieure de l'éclufe, & empêcheroient le jeu des portes. Et enfin, par les raifons que nous avons déduites dans le *Paragraphe LII*, il arriveroit fouvent que ces mêmes matières pafferoient de la plate-forme extérieure dans l'intérieure, & qu'elles y redoubleroient la même incommodité.

LVIII. Les Hydromètres n'ont pas encore traité le

cas où il feroit queftion de placer une éclufe dans des lieux où il fe trouve des graviers & autres matières groffières. Suivant Mafini, les éclufes du canal de Boulogne, faites en 1493, font placées dans des lieux où il n'arrive que les matières les plus déliées. Il en eft de même des éclufes qui furent achevées quatre années après au canal de Milan, ainfi que de toutes les autres éclufes plus modernes de la Lombardie, de l'État Vénitien, de la Tofcane & de tous les canaux navigables de la France & des Pays-bas. Nous avons de plus l'expérience continuelle des incon-véniens & des accidens auxquels ces ouvrages font fujets à caufe des feules troubles, du fable fin & de la vafe qui y arrivent. Guglielmini, dans le *Chapitre XII* que nous avons déjà cité, & Zendrini, dans le *Chapitre XII fur les eaux courantes*, en traitant de la conftruction des éclufes, ont été d'avis que dans les eaux troubles il falloit les laiffer ouvertes de temps en temps afin d'en empêcher les comblemens. Les dérangemens doivent toujours aug-menter en proportion de la groffeur des matières.

LIX. J'ai cherché inutilement, pendant beaucoup de temps, à me procurer la connoiffance d'une éclufe qui fût conftruite dans un lieu où il y eût du gravier, afin de me procurer, par ce moyen, quelque lumière fur cette matière. Il y a quelques mois qu'un habile Ingénieur *(e)* m'a informé qu'il y avoit dans la province du Berri, une éclufe placée fur l'Indre, dans un endroit où cette rivière

_____

*(e)* M. Bouchet Infpecteur général des ponts & chauffées.

continue à charier des graviers & autres matières groſſières.
Il m'a donné de plus l'explication des artifices dont on ſe
ſervoit pour entretenir le fond toujours bien nettoyé, &
maintenir le jeu libre des portes. Le moyen eſt d'y faire
paſſer, quand il le faut, les eaux d'un torrent voiſin, qui
chaſſe au-dehors les graviers qui ont été ſucceſſivement
portés par l'Indre dans l'enceinte des portes. Cet exemple
ne peut pas être facilement imité dans les autres rivières &
dans les canaux que l'on en dériveroit. Cependant, ce fait
m'a fourni l'occaſion de penſer à divers expédiens, &
aux précautions qu'il faudroit prendre ſi l'on étoit obligé
de conſtruire une écluſe dans un endroit ſujet au verſe-
ment des graviers. L'expédient le plus naturel & le plus
ſimple ſeroit ce qui ſuit:

LX. En premier lieu, je propoſerois d'ouvrir un ample
déverſoir de fond immédiatement au-deſſus de l'écluſe.
En ſecond lieu, pour que l'action du déverſoir de fond
s'étendît juſqu'à l'angle oppoſé, & pour que tous les graviers répandus ſur la plate-forme extérieure de l'écluſe,
euſſent une iſſue plus facile par ce déverſoir, je voudrois
que le fond de cette même plate-forme eût une pente
ſenſible vers les bouches du déverſoir de fond. En
troiſième lieu, pour que les graviers entraſſent plus difficilement dans l'enceinte de l'écluſe, dans les temps de
l'ouverture & de la fermeture des portes, je voudrois
que le ſeuil de l'ouverture des premières portes fût plus
élevé que tout le plan de la plate-forme extérieure, en
bornant cependant cet exhauſſement à un point, tel,

qu'il

qu'il n'interrompît point la navigation dans le temps des baffes eaux. Enfin, pour entretenir la plate-forme intérieure très-bien nettoyée des graviers qui y tomberoient de temps en temps, je voudrois qu'on lui donnât une inclinaifon fenfible, & que l'on ouvrît dans l'angle inférieur un autre déverfoir de fond que l'on feroit jouer à propos.

LXI. De cette manière on pourroit maintenir l'éclufe toujours en état, fans qu'il fût néceffaire d'interrompre la navigation pour remédier aux nouveaux verfemens des graviers par l'excavation manuelle. Mais dans le cas dont nous avons parlé, du canal à creufer dans l'Adda, il faudroit de plus abandonner l'idée de ces grandes éclufes de 15 & de 30 bras de hauteur, comme on a abandonné en Suède le projet d'une éclufe de 52 pieds qui font environ 26 bras. Pour moi je ne puis pas imaginer par quel mécanifme on pourroit faire mouvoir des portes d'éclufes d'une grandeur auffi démefurée; & je ne vois pas qu'il fût bien facile de garantir le fond des plates-formes des gouffres qu'y formeroit une colonne d'eau d'une fi grande hauteur. Belidor, dans le *Chapitre VIII du quatrième Livre;* & Zendrini, dans le *Chapitre XII* que nous avons déjà cités, ont fuffifamment expliqué & détaillé toutes les règles-pratiques & les précautions que doivent prendre les Architectes dans la conftruction des plates-formes, des murs & des portes. Mais Belidor a expreffément obfervé, dans le *Chapitre III,* que lorfqu'il y a une hauteur plus grande que celle de 12 ou 13 pieds de France, le meilleur parti étoit toujours de multiplier les éclufes,

H h

& de les tenir unies & contiguës afin d'épargner la dépense
de la multiplication des portes.

LXII. Toutes les éclufes des canaux de Briarre,
d'Orléans & de Languedoc ne paffent pas la hauteur de 8
pieds. Les huit éclufes qui font dans le voifinage de
Béfiers, ont enfemble 11 toifes de chute, ce qui fait 8
pieds un quart pour chaque éclufe. Celles de l'ancien canal
de Picardie ont depuis 6 jufqu'à 13 pieds de hauteur.
Celles qui feront conftruites fur le nouveau canal & fur la
navigation de l'Efcaut, n'auront de même pas plus de 13
pieds de hauteur. Les plus grandes éclufes des Pays-bas
font celles d'Oftende & de Bouzingue. L'éclufe par laquelle on paffe du canal d'Ypres dans celui de Furnes
près de Bouzingue, a 20 pieds de hauteur & autant de
largeur fur 20 toifes de longueur. M. Dubié a fait fingulièrement briller fon habileté dans la conftruction de cet
ouvrage. Les huit éclufes du canal de Boulogne ont en
tout 50 pieds de Boulogne de hauteur. Les plus hautes
éclufes de l'Italie font celles qui font au Dolo fur la
Brenta. Les portes de l'éclufe du Dolo font élevées de
21 pieds $\frac{1}{2}$ de Venife *(f)* au-deffus de la plate-forme, à
la partie fupérieure, & de 18 pieds $\frac{7}{12}$ à la partie inférieure.

LXIII. Dans le projet dont nous avons parlé, de
continuer la navigation dans les parties fupérieures de
l'Adda, on pourroit conftruire des éclufes fur le modèle
de celles dont nous venons de parler. On pourroit donner
à la dernière la plus grande hauteur, par exemple celle de

---

*(f)* Le pied de Venife eft de 12 pouces 10 lignes du pied de Roi.

10 bras, en faifant fervir à fa conftruction les murs qui font déjà faits. Immédiatement au-deffus, on en pourroit conftruire trois autres toutes contiguës, d'environ 8 bras de hauteur chacune. Et enfin 1060 bras plus haut il en refteroit deux autres à faire de 6 bras chacune, lefquelles emporteroient le refte de la chute & pourvoiroient à la différence des deux plans dans lefquels la petite vallée de la Rochette eft partagée, comme nous l'avons dit dans le *Paragraphe XXX.* Il faudroit que les premières éclufes, en defcendant, fuffent plus baffes que les fuivantes, afin qu'elles fuffent mieux affurées contre la preffion qu'elles auroient à foutenir dans le temps des plus grandes eaux. En ajoutant à cela les autres précautions que nous avons expliquées ci-deffus, au fujet de la conftruction de la première éclufe, des déverfoirs de fond, & des déverfoirs à fleur-d'eau, je crois que l'on donneroit au nouveau canal la meilleure difpofition poffible.

LXIV. Dans le projet de dériver du fleuve Gotha un canal navigable, de la manière qu'on l'a déjà dit, on ne pouvoit imaginer mieux la forme, le lieu & les dimentions des fept éclufes dans lefquelles on doit divifer graduellement la chute totale de 113 pieds $\frac{1}{2}$ de Suède. La trace de tout le canal eft celle qui s'adapte le mieux à la topographie & à la conftitution phyfique des lieux où il fe rencontre tant de différentes difficultés. La dérivation & le retour dans la rivière font faits dans des endroits où fon cours eft fixe & tellement refferré par les montagnes, qu'il n'y a pas lieu de craindre qu'en fe détournant ailleurs, il intercepte ou rende plus incommodes les communications supérieure & inférieure avec le canal. Les deux digues qui joignent l'illot Grefon au Melgon, & le Melgon à la rive gauche de la rivière & à la lèvre inférieure de la bouche du canal, embraffent une fi grande partie de la rivière & par un détour fi fpacieux, qu'elles affurent fuffifamment à cette bouche la quantité d'eau qui pourra lui être néceffaire.

LXV. La nature de ce terrein ne permet pas que l'on y règle la quantité d'eau que l'on y fera entrer, comme on l'a fait dans les autres canaux de Milan & de Boulogne; parce que, comme on doit creufer l'ouverture & le premier tronc du canal dans un rocher fort élevé qui le féparera de la rivière de plus de 300 pieds, il ne feroit pas poffible d'y renvoyer les eaux furabondantes par-deffus les bords, ni d'ouvrir dans la rive même quelque déverfoir à fleur-d'eau. L'expédient le plus naturel feroit donc d'ouvrir, à la place, un ample déchargeoir auffitôt après la fortie des rochers, dans un endroit où le canal ne feroit pas fort éloigné de la rivière. Le feul déchargeoir que je trouve marqué dans les cartes feroit trop éloigné de la prife d'eau du canal, & quand même on le feroit en forme de déverfoir de fond & qu'il auroit une grande chute, il ne pourroit exercer aucune action fur le premier tronc fupérieur, ni pour donner une iffue aux eaux furabondantes dans le temps des grandes crûes, ni pour entretenir le fond bien nettoyé de toutes les matières qui y auroient été portées & dépofées fucceffivement par les eaux.

LXVI. Mais pour ce qui concerne la quantité régéel d'eau, il faudroit, attendu la conſtitution ſingulière du canal, prendre quelques autres précautions tout à-fait particulières. En donnant un coup-d'œil ſur la carte, il paroît que l'on peut conſidérer tout l'eſpace du fleuve Gotha qui ſe trouve compris entre les iſlots Melgon & Grefon comme étant le principe du canal; parce que le cours de la rivière étant libre ſur la droite, l'entrelacement de ces Iſlots & des digues dont nous avons déjà parlé, doit tenir les eaux arrêtées ſur la gauche juſqu'à l'endroit où étoit autrefois une autre caſcade d'eau appelée *Preſteskedet.* Il paroîtroit donc que l'on pourroit pourvoir ſuffiſamment aux inconvéniens des grandes eaux en ne donnant aux digues que la ſeule hauteur du corps d'eau qui eſt néceſſaire à la navigation, & en les faiſant ainſi ſervir d'un déchargeoir & d'un déverſoir toujours ouvert à fleur-d'eau. Que ſi en outre on pratiquoit, dans la groſſeur de la digue qui joint le Melgon avec la lèvre inférieure de l'ouverture du canal, quelques autres déchargeoirs & déverſoirs de fond, & qu'on les fit jouer à propos, on pourroit encore purger le fond ſupérieur des matières qui devroient néceſſairement s'y amonceler à cauſe du ralentiſſement du cours de l'eau.

LXVII. Les matières qui ſont mélées avec l'eau forment, par la ſuite des temps, les difficultés les plus ſérieuſes des canaux navigables. Il n'y a point de précautions que l'on puiſſe dire avoir été inutilement employées pour les prévenir. Mais dans tous les cas particuliers l'inſpection des lieux eſt abſolument néceſſaire, les ſimples cartes

& les defcriptions, même les plus exactes, ne fuffifent pas pour donner à un étranger les lumières néceffaires pour le mettre en état de juger quelle pourra en être l'iffue. La grande rapidité du fleuve Gotha, les montagnes entre lefquelles il eft refferré, les raifons pour lefquelles les travaux de 1751 ont été ruinés, tout annonce que ce fleuve doit charier des graviers & autres matières grof-fières en affez grande quantité pour qu'elles puiffent être tranfportées & s'étendre dans toute la longueur du canal. En outre, comme le canal doit être creufé fur les côtes des montagnes en quatre endroits différens & pendant des efpaces affez longs, indépendamment des troubles ordinaires du fleuve, les feules eaux de pluie y porteront néceffairement d'autres matières groffières, de la même manière que les petits torrens & les pluies qui defcendent des côtes voifines portent des fables & des graviers dans nos canaux de Milan, même au-delà des lieux où il n'en arrive plus ni du Tefin, ni de l'Adda. On peut, fur ces conjectures & fur les autres exemples que nous avons, pronoftiquer ce qui pourra arriver dans ce canal par la fuite des temps.

LXVIII. Premièrement donc, les troubles commen-çant à déboucher par l'ouverture & par le premier tronc du canal, dans le petit champ qui doit être mis fous l'eau autant que je puis le conjecturer par les cartes, cela renou-vellera le cas dont nous avons parlé dans le *Paragraphe XVII* du réfervoir de Naurofe & du canal de Languedoc; avec le temps, les matières dépofées fucceffivement y inter-cepteront la navigation, & alors il faudra néceffairement

continuer le canal en droite ligne à travers tout le champ;
il doit arriver la même chose à l'autre champ inférieur que
l'on doit aussi mettre sous l'eau, & où l'on ne veut pas
continuer le canal. Comme cette étendue est très-grande,
les atterriffemens commenceront dès l'entrée, & il faudra
toujours avoir recours à la main des hommes pour y
entretenir le passage libre & ouvert. De cette manière on
prolongera insensiblement le canal, & on parviendra au
point qu'il n'y aura plus qu'un seul canal uniforme &
continué depuis la prise d'eau jusqu'aux éclufes. Cet
évènement arrivera plus tôt ou plus tard en proportion de
la grosseur & de la quantité plus ou moins grande des
matières qui y auront été conduites par les eaux.

LXIX. Cet inconvénient, que l'on aura peut-être
déjà prévu, pour les campagnes que l'on doit mettre sous
l'eau, peut suggérer un expédient très-bon & très-sûr
pour confolider tout le marais qui est entre les deux
champs dont nous venons de parler, & par lequel le canal
doit paffer. Lorfque l'excavation de tout le tronc fupérieur
fera faite, il ne feroit question, lorfqu'on fera déboucher
les eaux troubles dans ce marais, que de les diriger à propos dans les lieux où le terrein a le moins de confiftance,
& où il y a le plus de profondeur, elles ne pourroient
manquer de les combler & de leur donner la confiftance
néceffaire, & cela d'autant plus promptement que la quantité
des matières portées par les eaux feroit plus grande. Les
Tofcans ont été les maîtres dans cette forte de bonification que l'on appelle proprement *comblemens;* & ils en
ont très-bien profité, fur-tout dans le Valdichiana. C'est

de cette manière que dans les Polefines, dans le Mode-
nois & dans d'autres lieux de l'Italie, l'on a trouvé le
moyen de changer en de riches campagnes des terreins
incultes & marécageux. Il faudroit un peu de temps pour
opérer la bonification du marais dont nous venons de
parler; mais on feroit bien dédommagé de ce retardement
par une exécution plus affurée & plus facile de la continuation de tout le canal.

L X X. Il paroîtroit que pour rendre l'entreprife encore
plus affurée & plus durable, il conviendroit de faire un
troifième déchargeoir, immédiatement au-deffus de la
première éclufe, & qu'il faudroit de plus que, dans la
conftruction de l'éclufe, on fe réglât fur la qualité des
matières qui pourroient y être portées. Ce font-là tous
les renfeignemens que j'ai pu donner fur la fimple infpection des cartes, & que j'ai voulu inférer dans le préfent
Traité. Ce n'eft pas feulement l'homme, le citoyen & le
philofophe qui s'intéreffe au fuccès d'une entreprife auffi
grande & auffi importante; l'honneur que j'ai d'appartenir
à l'Académie royale de Suède, l'amitié particulière qui
m'unit à plufieurs Membres de cet illuftre Corps, l'eftime
que j'ai pour une Nation auffi éclairée, auffi polie & auffi
induftrieufe, tout concourt à me faire prendre un intérêt
particulier à ce que cette entreprife ait une heureufe iffue.

## F I N.

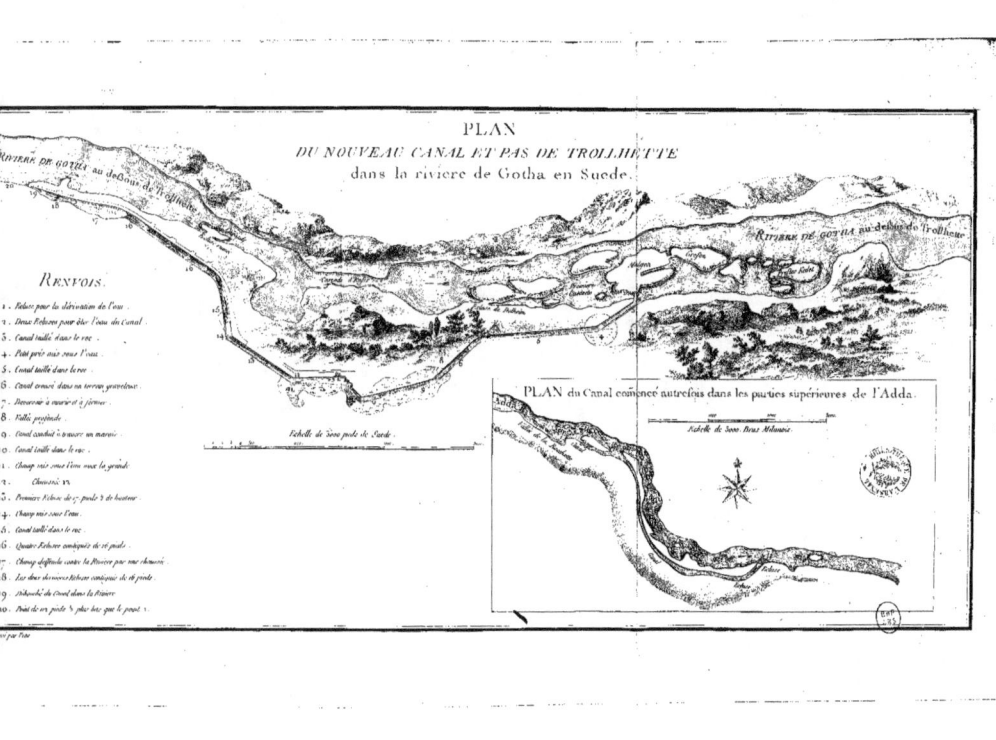

PLAN
DU NOUVEAU CANAL ET PAS DE TROLLHETTE
dans la riviere de Gotha en Suede.

RIVIERE DE GOTHA au deßous de Trollhette

RIVIERE DE GOTHA au deßous de Trollhette

RENVOIS.

1. Ecluse pour la dérivation de l'eau.
2. Deux Ecluses pour tirer l'eau du Canal.
3. Canal taillé dans le roc.
4. Point près sous sous l'eau.
5. Canal taillé dans le roc.
6. Canal creusé dans un terrain graveleux.
7. Decovenir à ouvrir et à former.
8. Vallé profonde.
9. Canal conduit à travers un marais.
10. Canal taillé dans le roc.
11. Champ vais sous l'eau vaux la grande.
12. Chaussée 1ʳᵉ.
13. Premiere Ecluse de 5 pieds 3 de hauteur.
14. Champ vais sous l'eau.
15. Canal taillé dans le roc.
16. Quatre Ecluses contiguës de 16 pieds.
17. Champ difficile contre la Riviere par une chaussée.
18. Les deux dernieres Ecluses contiguës de 16 pieds.
19. Débouché du Canal dans la Riviere.
20. Point de 101 pieds ½ plus bas que le pont.

Echelle de 3000 pieds de Suede.

PLAN du Canal commencé autrefois dans les parties supérieures de l'Adda.

Echelle de 3000 Bras Milanais.